Sascha Lange
Das wird mein Jahr

atb aufbau taschenbuch

Sascha Lange wurde 1971 geboren und lebt seither in Leipzig. Er ist gelernter Theatertischler, ungelernter Musiker, motivierter Autor und promovierter Historiker mit dem Schwerpunkt Jugendkulturen. Den Rest des Tages bereitet er zusammen mit seiner Lebensgefährtin seine beiden Söhne spielerisch auf den Ernst des Lebens vor. Sein erstes Buch »DJ Westradio« liegt bei atb vor.

Friedemann wohnt in einem Neubaugebiet am Rande von Leipzig und spielt in einer Band, zusammen mit seinem besten Kumpel Andi und den Cliquenschönheiten Anke und Katrin. Im Spätsommer 1989 fahren sie an den Balaton, und die Sache mit Anke läuft auch ganz gut an. Alles scheint perfekt. Doch dann fliehen Andi und Katrin in den Westen. Kurz darauf ist auch Anke weg, und Friedemann steht ganz allein zwischen den Betonklötzen seines Viertels. Zeit, endlich auch die Koffer zu packen. Die Maueröffnung spült Friedemann nach Stuttgart. Für den gelernten Gärtner ergeben sich dort völlig neue Perspektiven: Cannabis-Anbau ist eine Marktlücke, zum Einkaufen gibt's den Dispo, und Frauen in den Dreißigern können besonders gut küssen. Wenn da nur nicht eines Tages die Bullen vor der Tür stehen würden.

Sascha Lange
Das wird mein Jahr

Roman

atb aufbau taschenbuch

Mixed Sources
Product group from well-managed
forests and other controlled sources
www.fsc.org Cert no. SA-COC-001819
© 1996 Forest Stewardship Council

ISBN 978-3-7466-2635-2 | Aufbau Taschenbuch ist eine Marke der Aufbau Verlag GmbH & Co. KG | 1. Auflage 2011 | © Aufbau Verlag GmbH & Co. KG, Berlin 2011 | Umschlaggestaltung und Coveridee capa, Anke Fesel unter Verwendung einer Illustration von Sabine Gebhardt | Typografie Renate Stefan, Berlin | Gesetzt aus der Mignon und der DIN durch psb, Berlin | Druck und Bindung CPI – Moravia Books, Pohořelice | Printed in Czech Republic | www.aufbau-verlag.de

1. Primary

Als ich aus dem Haus kam, lag Andi immer noch unter seinem fünfundzwanzig Jahre alten Wartburg und schraubte und fluchte. Seit heute Mittag werkelte er an dieser alten Kiste. In zwei Stunden wollten wir in unseren ersten gemeinsamen Auslandsurlaub starten.

Letzten Sommer waren wir zelten an der Müritz, mit ein paar Kumpels und Millionen von Mücken, doch dieses Jahr, zum Abschluss unserer Lehrzeit, sollte es schon mal was Besonderes sein. Darum nach Ungarn, die westliche Perle des Ostblocks. Außerdem fuhren wir nicht allein, Katrin und Anke aus unserer Clique wollten mitkommen und wir freuten uns diebisch.

Aber da war noch was, das uns vier seit einigen Wochen verband. Wir waren »The Innocent Disco«, die erste New-Wave-Band aus Leipzig-Grünau. Andi am Schlagzeug, Katrin am Keyboard, Anke am Mikro und ich an der Gitarre. Wir waren die neueste, coolste Band, die es in Grünau gab. In ganz Leipzig. In der gesamten, verdammten Zone! Alle wertvollen Essenzen von zehn Jahren englischer New-Wave- und Independent-Musik hatten wir aus zahllosen Kassetten für unsere Songs herausgefiltert. Wir probten im Keller der Rakete, unserem Jugendclub im Viertel, und teil-

ten uns das Kabuff mit einer Heavy-Metal-Band, die regelmäßig für das klischeehafte Flair eines echten Proberaumes
sorgte: verschüttetes Bier, Zigarettenqualm, leere Schnaps-
flaschen. Perfekt. Unser erster und bislang einziger Song
hieß »Stinos On The Dancefloor«. Die Musik sollte klingen
wie irgendwas zwischen Billy Idol, Siouxsie & the Banshees,
Joy Division und The Smiths. Davon waren wir noch mei-
lenweit entfernt. Schließlich hatten wir erst dreimal ge-
probt.

»Mensch, Andi, was ist denn los? Ich hab dich aus dem
Küchenfenster beobachtet. Alles klar?«

»Nichts ist klar, klar?«, tönte Andis gestresste Stimme
blechern aus dem geöffneten Motorraum zurück. »Gib mir
lieber mal den Hammer.« Eine fordernde, ölverschmierte
Hand tauchte neben dem linken Radkasten auf. Ich angelte
aus dem Werkzeugkasten besagten Hammer und reichte
ihn runter. Unter dem Wagen ging es jetzt richtig zur Sache.
»Komm endlich, du Scheißding!« Andi hämmerte ohne
Pause und ließ sich noch eine Menge andere Schimpfwörter
einfallen.

Ich stand etwas hilflos neben dem Wagen, den er sonst
immer nur liebevoll »mein Warti« nannte und blickte zu
den Fenstern der Neungeschosser am Ende der Straße. Hier
in unserem Neubaugebiet war der Block, in dem Andi und
ich wohnten, mit fünf Stockwerken einer der kleinsten. Im
Haus gegenüber wohnte die alte Frau Dietrich. Den anderen Omis im Viertel erzählte sie manchmal, dass sie mit
Marlene Dietrich verwandt sei und fast auch ein UFA-Film-
star geworden wäre. Was auch immer davon stimmte oder
nur ihrer Fantasie entsprungen war – die Realität hatte aus

ihr jedenfalls eine Verkäuferin in einer Konsum-Kaufhalle gemacht, und nun als Rentnerin saß sie den ganzen Tag rauchend an ihrem offenen Wohnzimmerfenster im zweiten Stock, gestützt auf ein besticktes Kissen und beobachtete, wie Andi an seinem Warti schraubte. Natürlich auch jetzt.

Ich nickte ihr grüßend zu, und sie nickte zurück. In der Straße hieß sie nur »Frau Fensterguck«. Wenn Andi mal nicht zu Hause war, brauchte ich nur zu ihr rüberrufen: »Guten Tag, Frau Dietrich, wann ist denn der Andreas Wuttke aus dem Haus?«, und schon gab sie bereitwillig und ausführlich Antwort. Meist hatte die Gute sich schon anhand der Klamotten oder des Gepäcks überlegt, wo Andi hingegangen sein könnte. Ihr entging nichts, und auch wenn sie manchmal rummeckerte, weil wir abends vor dem Haus zu laut waren, gehörte sie zur Straße wie die Müllabfuhr.

Die Schwalben donnerten ohne Pause durch die Häuserschluchten des Viertels und tschirpten allen in die Ohren, dass schon August war. Bald würden sie nach Süden aufbrechen. Genau wie wir. Nur, dass die Schwalben noch weiter durften. Bis nach Italien oder sogar Afrika.

Aus Andis Auto kam plötzlich ein »Plong« und unter dem Wagen hörte man es seufzen. »Na endlich!« Andi kam hervorgekrochen und blinzelte mich zufrieden an. Sein wasserstoffblond gefärbter Billy-Idol-Strubbelkopf war nicht gerade in Topform, und von der Stirn tropfte ihm der Schweiß. »Na, Friedemann, alter Kunde, schon gepackt?«

»Klar. Probleme mit dem Warti?«

Andi war aufgestanden und klopfte sich den Staub der Straße vom T-Shirt. »Die Trommelbremse hat 'ne Macke, muss ich austauschen. Ich hol nur 'n Ersatzteil aus dem Keller, und in null Komma nichts ist die Karre fit für unseren Urlaub.« Andi fuhr sich mit der ölverschmierten Hand über die Stirn und hinterließ eine graubraune Kriegsbemalung. »Mensch, Friedemann, das wird großartig. Ungarn! Wir beide und die Mädels! Und mein Bruder lädt uns zum Essen ein!« Den letzten Satz hatte Andi verschwörerisch geflüstert. Er lachte und ging ins Haus.

Friedemann. Andi nannte mich immer noch bei meinem Vornamen, dabei war ich für die meisten nur »Blume« – von Blumenstrauß. Ausgerechnet mein Vater hieß so. Bei so einem Nachnamen gab es für mich nach der zehnten Klasse eigentlich nur eins: Gärtner werden, denn in einem Blumenladen zu arbeiten, war doch mehr was für Mädchen.

Mein Vater Horst hatte meiner Mutter 1967 sofort einen Heiratsantrag gemacht, als sie sagte, sie hieße Rosemarie. Das war bei einer Betriebsfeier im Kirow-Werk. Er war damals Schlosser, und sie arbeitete als Sekretärin in der Verwaltung. Später ist mein Vater dann in die Planung aufgestiegen. Mit eigenem Büro. Und nachdem ich 1970 geboren wurde, arbeitete meine Mutter nur noch dreißig Stunden die Woche.

In den ersten Schuljahren hatten mich meine Mitschüler manchmal wegen des Nachnamens aufgezogen. In der fünften Klasse war ich darum in einen Kanuverein eingetreten und hatte mir auf dem, nach chemischen Abwässern stinkenden, Elsterflutbett einige Muskeln antrainiert. Deshalb gab es eines schönen Tages nach einer unvorsichtigen Bemerkung von Sven, der einen Kopf größer war als ich, ein paar Ohrfeigen, und seitdem war endlich Ruhe. Nur meinen Spitznamen Blume, den wurde ich nicht mehr los.

Andi kannte ich, seit meine Eltern 1981 mit mir nach Grünau ins »WK 1« gezogen waren. Zuvor hauste unsere Familie in einer runtergekommenen Bude in Lindenau mit nur einem Waschbecken und Klo auf halber Treppe. Jetzt lebten wir in einem »Wohnkomplex«. Sechzig Quadratmeter mit Bad und Heizung, wir im zweiten Stock, Andi im vierten. Grünau – das klang dörflich, so nach grüner Idylle. In Wirklichkeit wohnten in diesem aus dem Boden gestampften neuen Stadtteil von Leipzig 85.000 Menschen, und Grün war hier eher wenig zu finden. »Arbeiterschließfach« nannten manche das Viertel. In der ersten Zeit verfuhren sich immer die Krankenwagen, weil die neuen Straßen im Zickzack verliefen. Das war auch der Grund, warum Andi schon als Teenie einen alten Wartburg 311er Kombi erbte, denn Andis Vater hatte im Mai 1984 einen tödlichen »Getränkeunfall« gehabt. Er war besoffen auf das Flachdach eines der Hochhäuser geklettert, um sich einen »Überblick« zu verschaffen, war die Kante entlang balanciert – und runtergefallen. Das stand sogar in der Zeitung, und Andi hatte den Artikel an seine Wand gepinnt. Aber näher darüber gesprochen haben wir nie, er wollte das irgendwie nicht.

Neben dem Zeitungsausschnitt hing ein Bild von Billy Idol. Andi vergötterte ihn wie sonst niemanden. Sogar beim Tanzen verzog Andi seine Oberlippe wie Billy und ballte dazu die Fäuste – falls er beim Luftgitarrespielen gerade eine Hand frei hatte. Beim Trommeln am Schlagzeug machte er das ähnlich. Mann, waren wir cool.

Und wir hatten den Warti. Weil Andis Mutter keine Fahrerlaubnis besaß und Jens, sein großer Bruder, 1987 dauerhaft und offiziell in den Westen ausgereist war, gehörte der Warti ihm. Er war der King von Grünau, und wir machten mit unseren sechzehn Jahren die ersten Spritztouren durch die Gegend. Das Fahren hatte ihm noch sein Bruder auf dem nahe gelegenen Garagenhof beigebracht. Die Fahrerlaubnis, die Andi zwei Jahre später bei der vormilitärischen Ausbildung während seiner Lehre zum Maschineninstandhaltungsmechaniker machte, war dann nur noch Formsache.

Die technischen Daten kannte ich mittlerweile auswendig, weil Andi sie mir immer wieder vorgebetet hatte: Wartburg 311 Camping – das war die Kombivariante, Baujahr 1964, 45 PS, Dreizylinder-Zweitaktmotor, 991 Kubikmeter Hubraum, Viergang-Lenkradschaltung, Pumpenumlaufkühlung mit Thermostat, Zahnstangenlenkung mit geteilter Spurstange, Lichtmaschine mit temperaturkompensiertem Spannungsregler, Anlasser mit elektromagnetischem Schubschraubtrieb, Höchstgeschwindigkeit bei voller Ladung 100 km/h. Das Ding war gut in Schuss, denn wenn sein Vater nicht gerade stockbesoffen von der Arbeit gekommen war, hatte er viele Stunden an diesem Oldtimer gebastelt.

Andi kam zurück mit einem verdreckten runden Teil aus Gusseisen in der Hand, das er mit einem ebenfalls nicht ganz sauberen Lappen putzte. »Ein Glück, dass mein alter Herr so viele Ersatzteile gebunkert hat. Ich könnte mir die Karre komplett noch zweimal aufbauen.« Er kroch wieder unter den linken Radkasten. »Schwester: Zange und Tupfer!«, rief er mir gut gelaunt zu.

Katrin und Anke kannten wir seit der Schulzeit. Sie gehörten zu unserer Clique, die sich seit drei Jahren in der Rakete traf, ein kleiner Flachbau gleich neben der Schule.

Wir waren bislang nur »gute Freunde« und Bandkollegen. Aber Andi und ich wollten das ändern. Bei ABBA hatte es das doch auch gegeben, zwei Pärchen in einer Band. Als Andi sie darum letzte Woche bei der Disco in der Rakete ziemlich besoffen, aber mit ironischem Unterton fragte: »Sagt mal, Mädels, das Wichtigste haben wir für unseren gemeinsamen Urlaub noch gar nicht besprochen. Nehmt ihr eigentlich die Pille?«, schubsten sie ihn empört vom Barhocker. Aber den Urlaub sagten sie nicht ab.

Zuerst luden wir Katrin ein. Sie wohnte nur eine Straße von uns entfernt und stand schon fix und fertig vor ihrer Haustür. Um sich hatte sie einen Berg an Gepäck angehäuft, und ich war mir bei dessen Anblick nicht sicher, ob der ins Auto passen würde. Wir stiegen aus und begannen nach dem obligatorischen Begrüßungsküsschen ihre Sachen in den Kofferraum zu zwängen.

»Da kann man ja nur hoffen, dass Anke nicht mehr als eine Handtasche mitnimmt«, flüsterte ich Andi zu, während er versuchte, die Hecktür zuzubekommen.

»Ist halt auch 'ne Kundin«, antwortete er und grinste zu Katrin rüber, die ihrer Mutter am Fenster noch mal zuwinkte, bevor sie einstieg. Für Andi waren alle und alles »Kunden«, obwohl er gar kein Verkäufer war.

Katrin saß hinter uns im Warti, und ihre The-Cure-mäßig auftoupierten Haare dufteten nach Action-Haarspray. Dazu hatte sie wie immer einen dunkelroten Lippenstift aufgelegt. Sie trug ein weißes kurzärmliges Hemd und einen schwarzen Rock. Ihr Gesicht und die Frisur erinnerten mich ein wenig an Claudia Brücken, die Sängerin von Propaganda. Nach der zehnten Klasse hatte Katrin Kellnerin in einem der schicken Interhotels in der Innenstadt gelernt. »Weil man da zur Messe manchmal Westkohle als Trinkgeld bekommt«, wie sie sagte.

Anke, ihre beste Freundin, wohnte zwar auch in Grünau, aber nicht in einer der Betonburgen. Zwischen all den endlosen Plattenbauten gab es eine schicke Einfamilienhaussiedlung, schon lange bevor die ersten Neubauten entstanden waren, und dort wohnte Anke.

Sie kam zusammen mit ihren Eltern aus der Tür. Alle trugen irgendein Gepäckstück, und der Kofferraum war bereits mit unseren Taschen, zwei Zelten, Luftmatratzen, Lebensmitteln für eine Woche, zwei vollen Benzinkanistern und jeder Menge Autoersatzteilen gefüllt. Und mit dem Kram von Katrin. In Ungarn mussten wir mit dem Geld haushalten, da man nur eine begrenzte Menge Ost-Mark pro Tag in ungarische Forint umtauschen durfte.

Ankes Vater, wie immer in Hemd und Schlips, begrüßte Katrin freundlich, Andi und mich weniger, aber dennoch höflich. Es hatte wegen dieses Urlaubs einigen Ärger bei ihr zu Hause gegeben, da ihr Vater anfangs absolut dagegen war, aber Anke hatte es irgendwie doch noch geschafft, ihn umzustimmen. Andi musste vor einigen Tagen bei ihrem Vater vorstellig werden und sich eine längere »Belehrung« anhören. Er nahm es gelassen. Sogar auch, dass Ankes Vater jetzt unseren Kofferraum noch mal komplett ausräumen und mit »Sinn und Sachverstand«, wie er sich ausdrückte, alles wieder ordentlich einpacken wollte, sodass auch Ankes riesige Reisetasche und ihr Schlafsack Platz fanden.

Bei der Verabschiedung gab er uns allen wieder die

Hand und blickte Andi und mir eindringlich in die Augen: »Na dann, bringt mir meine Tochter gesund und munter zurück«, sagte er in einem Ton, der keinen Widerspruch duldete. Hatte ich schon erwähnt, dass er Chefarzt war?

Endlich waren wir komplett, und es ging los. Raus aus der Stadt, rein in den Urlaub. Zusammen mit den Mädels! Bis zuletzt hatte ich Schiss, dass irgendwas nicht klappen könnte, aber nun war alles perfekt. Andi gab Gas, und der Zweitaktmotor heulte auf. The Innocent Disco gingen auf Tour.

Ich schloss die Augen. Die Idee mit der Band hatten Andi und ich eines Abends an der Bar nach unzähligen Wodka-Cola gehabt. Musik war seit Jahren mein Ein und Alles und ich hatte mich sogar durch drei Jahre Gitarrenunterricht geschrammelt, vorbei an Volks- und Wanderliedern bis hin zu einigen Beatles-Songs. Letztes Jahr hatte ich mir dann von meinem zusammengesparten Lehrlingsgeld eine gebrauchte E-Gitarre und einen kleinen Vermona-Verstärker gekauft und versuchte mich an den Songs der beiden überspielten Kassetten meiner Lieblingsband The Smiths. Andi trommelte schon in der Schule immer nervös auf der Bank herum und machte sich im Proberaum am Schlagzeug der Metal-Band, das er gegen einen Kasten Bier mitbenutzen durfte, gar nicht so schlecht. Leider kannten wir sonst niemanden, der ein Instrument spielte und ungefähr auf unsere Musik stand. Aber an dem einen Abend in der Rakete fanden Andi und ich, dass Anke einfach wunderschön aussah und sie darum die perfekte Sängerin abgab. Außerdem schien uns die Sache mit der Band als der ultimative Masterplan, um an die sonst immer etwas unnahbar wirkenden beiden Mädels ranzukommen.

Anke war in unserer Clique schon was Besonderes und das nicht nur wegen ihrer Frisur: knallrot gefärbte Haare, die sie zu einem Pferdeschwanz zusammengebunden hatte, vorn ein streng geschnittener Pony. Vor zwei Jahren trug sie noch die gleiche auftoupierte Robert-Smith-Frisur wie Katrin, aber das bekam ihren Haaren auf Dauer nicht. Das rote Haarfärbemittel ließ sie sich von ihrer West-Tante schicken, denn solch einen grellen Farbton gab es in der ganzen DDR nicht zu kaufen. Ansonsten trug sie konsequent schwarze Klamotten. Ihr war auch scheißegal, dass manche in Grünau ihr hinterherriefen, dass man früher solche Leute wie sie vergast hätte. Was sollte ihr schon groß passieren? Ihr Vater war Chefarzt für Chirurgie an der Universitätsklinik, und Genosse war er auch. Ihre Mutter arbeitete als Verkäuferin in einem Exquisit in der Innenstadt. Anke hatte gerade ihr Abitur mit 1,2 abgeschlossen und einen Studienplatz für Medizin in der Tasche. Dennoch war sie alles andere als eine Streberin. Sie war eben intelligent – irgendwie – und wunderschön. Alle Jungs in der Clique wollten was mit ihr anfangen, aber sie hielt jeden auf Distanz. Sie hatte was Geheimnisvolles, ähnlich wie Annie Lennox von den Eurythmics im Musikvideo zu »Here Comes The Rain Again«. »Für mich gibt es nur Robert Smith«, sagte Anke immer, wenn auf Partys oder bei der Disco jemand versuchte, sie anzubaggern. Es hieß, sie hätte einen Freund in einem anderen Leipziger Stadtteil, den wir aber nie zu Gesicht bekamen. Keine Ahnung, ob das stimmte.

Anke als angehende Ärztin. Ich stellte mir vor, wie Frau

Doktor Anke eines Tages im weißen Kittel meinen Körper ausgiebig untersuchen würde. Währenddessen versank die Sonne in satten Orangetönen rechts neben uns, und wir fuhren auf die holprige Autobahn Richtung Dresden in die Nacht. Es gab so einen DEFA-Spielfilm, der hieß »Nächstes Jahr am Balaton«. Ich hatte den noch nie gesehen, und der war auch bestimmt nicht gut, aber der Titel fiel mir plötzlich ein. »Dieses Jahr am Balaton«, sagte ich zu mir. Meine Augen waren noch geschlossen, und ich grinste.

Anke hatte sich den Beifahrersitz erbettelt. Sie sagte, dass ihr auf der Rückbank immer schlecht werden würde, und Andi bekam sofort Angst, dass sie sein Auto vollkotzen könnte. Ich sagte: »Mensch Anke, das liegt doch nur an Andis Fahrstil«, aber ich machte ihr den Platz frei.

Da im Warti nur ein altes Mono-Radio ohne Kassettenteil eingebaut war, hatte sich Anke dazu überreden lassen, ihren Rekorder mitzunehmen, einen Sanyo aus dem Intershop, den sie zur Jugendweihe bekommen hatte. Nach langer Diskussion hörten wir zuerst Die Ärzte, weil die alle geil fanden und man von deren Musik immer gute Laune bekam.

Gut drei Stunden fuhren wir bis zur tschechoslowakischen Grenze. Auf der Strecke Leipzig–Dresden konnte man die Autobahn benutzen, danach gab es nur noch eine Landstraße durch die Sächsische Schweiz. Andi fuhr im Schritttempo auf den Posten zu. Hier am Grenzübergang Zinnwald war in der Urlaubssaison nachts weniger Betrieb, und wir mussten nur etwa eine halbe Stunde warten, bis wir an der Reihe waren. Wir hatten uns deshalb entschlossen, erst abends in Leipzig los- und die ganze Nacht durchzufahren, um am nächsten Tag schon vormittags am Balaton zu sein. Mindestens zwölf Stunden würden wir für die etwa 800 Kilometer Fahrt brauchen, inklusive kleinerer Pausen und möglicher Reparaturen am Warti. Nachts war auch auf den tschechoslowakischen Landstraßen weniger LKW-Verkehr, denn die konnte man bis Prag kaum überholen, hatte uns Ankes Vater aufgeklärt.

Andi brachte den Wagen an einem der Schalter zum Stehen und reichte unsere Reisepässe rein. Der uniformierte Grenzer kontrollierte mit ausdrucksloser Miene unsere Dokumente und die gestempelten Visa für Ungarn. Abwechselnd schaute er auf die Passfotos und auf uns im Wagen. Die Grenzübergangsstelle war überdacht und von Neonlampen in ein kaltes, helles Licht getaucht. Sie brummten genauso monoton wie die in den Klassenzimmern meiner Berufsschule. Hinter uns hörte man das Knattern eines Trabants.

»Was ist Ihr Reiseziel in der ungarischen Volksrepublik?«, fragte der Beamte.

»Campingurlaub in Siófok am Balaton«, antwortete Andi.

»Haben Sie vor, sich dort mit Personen aus dem nichtsozialistischen Ausland zu treffen?«

»Nein, um Gottes Willen«, gab Andi belanglos zurück. Wir anderen schüttelten stumm unsere Köpfe. Ich musste unwillkürlich nach unten schauen. Andi hatte mir doch gestern noch erzählt, dass sein älterer Bruder dort sein würde. Es wäre das erste Treffen der beiden, seitdem Jens ausgereist war. Sie hatten sich bei einem Telefonat letzte

Woche in umständlich verschlüsselten Wortspielereien alles ausgemacht.

»Na, den Herrgott lassen Sie mal lieber aus der Sache raus«, erwiderte der Grenzbeamte trocken. Er schaute immer noch auf unserer Pässe, die für uns nicht sichtbar vor ihm lagen, vielleicht verglich er auch mit einer Namensliste. Hatten die das Telefonat zwischen Andi und Jens abgehört und Meldung erhalten? Oder war es, weil zur Zeit immer mehr Zonis über die ungarisch-österreichische Grenze abhauten?

»Bitte fahren Sie dort rechts rüber zu den Kollegen.« Der Grenzer zeigte mit der Hand in Richtung zweier Beamter, die auf einem Seitenstreifen der überdachten Fahrbahn schon zu uns rüberblickten. Wir schauten uns kurz an, und Andi lenkte den Wartburg in ihre Richtung.

»Bitte alle aussteigen.« Der eine Grenzer stand direkt neben Andis Fahrertür, während der andere bereits mit prüfenden Blicken um den Wagen schlich. Etwas ratlos standen wir da. Was nun?

»Bitte öffnen Sie den Kofferraum.« Die Stimme des Beamten klang monoton und bedrohlich zugleich, obwohl er von der Statur her eher eine Bohnenstange mit SVK-Brille und beschissenem Haarschnitt war. Bestimmt hatte er diesen Job gewählt, um die Autorität, die ihm seine Mitmenschen im zivilen Leben versagten, hier grenzenlos auszuleben. Und das tat er jetzt. Er würde entscheiden, wie viel von unserem Gepäck wir vor ihm auspacken müssten und wann wir weiterfahren dürften.

Andi öffnete die Kofferraumtür und Katrins Reisetasche purzelte ihm direkt vor die Füße. Anke kramte in ihrem kleinen Rucksack und sprach den Grenzer freundlich an: »Diese Fahrt ist eine Auszeichnung für die besten Lehrlinge aus Leipzig-Grünau, verliehen vom FDJ-Kollektiv des Jugendclubs Rakete.« Sie zog ein Schreiben aus ihrer Tasche und reichte es dem Beamten.

Der nickte stumm, während er das Papier mit dem FDJ-Briefkopf scheinbar aufmerksam und sehr langsam durchlas. Vielleicht hatte er auch Mühe, den Text durch seine Mitropa-Aschenbecher-dicken Brillengläser zu lesen. Der zweite Grenzer trat hinzu und blickte ebenfalls auf das Schreiben und auf uns. Wir blickten erwartungsvoll die Uniformierten an.

Der erste ging mit dem Wisch rüber in das Häuschen, in dem immer noch unsere Pässe lagen. Wir hörten durch die offene Tür, wie gesprochen wurde. Schließlich ertönte das erlösende Stempelgeräusch, viermal. Der Grenzer kam zurück zu unserem Wagen und gab uns die Ausweise wieder.

»So verehrte Jugendfreunde – gute Fahrt! Auf Wiedersehen.«

Ich stopfte schnell Katrins Tasche wieder in den Kofferraum und stieg ein, die anderen ebenfalls. Andi startete und fuhr langsam an. Im Wagen war es totenstill. Zehn Meter weiter standen tschechoslowakische Grenzbeamte und winkten uns mit einer gelangweilten Handbewegung durch. Andi beschleunigte den Wagen.

»Das waren vielleicht ein paar Kunden«, sagte er in die Stille des Wagens. Ein tiefes Ausatmen entfuhr ihm dabei.

»Mensch, Anke, wo hast du denn den Wisch her?«, fragte ich.

»Hab ich selber geschrieben, schließlich bin ich ja der FDJ-Fuzzi in der Rakete. Mein Vater hat mir den Tipp gegeben. Wenn sein Töchterchen auf Reisen geht, dann soll nichts schiefgehen. Ihr kommt doch alle wieder mit zurück, oder?«

»Na klar.« Alle nickten. Dann war wieder Stille und Anke legte eine neue Kassette in den Rekorder.

Der Wagen rollte über die Landstraße weiter durch die Nacht. Die Stunden vergingen. Anke hatte ihren Sitz nach hinten gestellt und war eingeschlafen. In so einem alten Wartburg war zwar mehr Platz als in einem Trabbi, aber für die lange Strecke hätte ich mich doch nicht überreden lassen sollen, Anke den Beifahrersitz zu überlassen. Ich wusste einfach nicht wohin mit meinen Beinen. Katrin schlief ebenfalls, und ihr Kopf war irgendwann auf meine Schulter gerutscht, was ich nicht unangenehm fand, obwohl tendenziell eher Anke mein Typ war. Nun konnte ich mich überhaupt nicht mehr bewegen. Andi fuhr schweigend und rauchte eine nach der anderen.

Dieses Jahr am Balaton.

2. Under the Milkyway

Andis Bruder Jens war fünf Jahre älter als wir. Er hatte in den späten 70ern eine Heavy-Metal- und Fußballfan-Sozialisation erfahren und gehörte zu einer gefürchteten Clique Halbstarker, die sich in der Rakete eingenistet hatte, noch lange bevor wir dort das erste Mal artig zur Samstagnachmittag-Teenie-Disco vor der Tür anstanden. Solange ich mich zurückerinnern konnte, hatte Jens enge Röhrenjeans getragen und eine Jeansweste, auf deren Rückseite ein riesiger selbstgemalter AC/DC-Schriftzug prangte. Letztlich war Jens ganz in Ordnung und Grünau trotz der Betonwüsten-Atmosphäre ein großes Dorf – in der Rakete trafen sich alle friedlich beim Bier.

Anfang der 80er war Jens auf dem besten Wege auf die schiefe Bahn zu geraten. Die wöchentlichen Besuche örtlicher Oberliga-Fußballvereine endeten im Allgemeinen in handfesten Schlägereien mit gegnerischen Fans und Jens war immer mit am Start. Außerdem stand er seinem Vater in nichts nach und soff wie ein Loch. Nur die Polizei hatte ihn noch nicht erwischt, aber das war wohl bloß eine Frage der Zeit. Dafür wurde er im Herbst 1982 von der NVA eingezogen, Grundwehrdienst, anderthalb Jahre. Von dort zurückgekehrt, hatte er zwar kürzere Haare, ansonsten war er aber der Alte geblieben. Allerdings schimpfte er noch mehr über den Staat als zuvor. Das mit dem »Ehrendienst« war also nach hinten losgegangen. Von ihm hatten Andi und ich auch den Spruch »20 Meter im Quadrat – überall nur Stacheldraht. Da weißt du wo ich wohne – ich wohne in der Zone.« Damals als Kiddies fanden wir das aufregend. Jens erzählte uns außerdem, dass man wegen solcher Sprüche sofort in den Knast käme und die Kinder in den Jugendwerkhof.

Nachdem sein Vater im Mai 1984 diesen »Getränkeunfall« hatte, zog Jens sich plötzlich für einige Wochen mit mehreren Schachteln Zigaretten und seinen Lieblings-Heavy-Metal-Kassetten in sein Zimmer zurück und begann offenbar über sein weiteres Leben nachzudenken. Das Resultat dieser geradezu meditativen Selbsterfahrung war, dass Jens einen Ausreiseantrag stellte. Er wollte raus, rüber in den Westen. Hier gab es für ihn absolut nichts mehr, was ihn interessierte. Und dann war er weg. Seit 1987 hatte Andi seinen Bruder nicht mehr gesehen.

Irgendwann war auch ich im Warti eingeschlafen. Wir stoppten nur zu Pinkelpausen, und Andis Wagen hatte uns bis jetzt nicht im Stich gelassen. Zwischen Prag und Bratislava fuhren wir auf der Autobahn und nach der ungarischen Grenze nur noch Landstraße.

Inzwischen war es schon wieder Morgen und die Sonne prasselte auf unser Auto. Wir hatten alle Fensterscheiben runtergeleiert und hielten die Hände in den Fahrtwind. Aus dem Rekorder tönte The Cure mit »A Forest«.

Weinberge kündigten am späten Vormittag die Nähe unseres Reisezieles an. Ab einem Ort mit dem kaum aussprechbaren Namen »Balatonfüzfö« konnten wir schon das Wasser sehen, und auch alles andere sah hier wirklich nach Urlaub aus. Vor allem einige klotzige Hotels am Strand im 70er-Jahre-Betonstil. Plattenbau am Plattensee – wie passend. Auf dem Wasser glitten weiße Segelboote dahin.

In Siófok schauten wir nach dem »Camping International«-Schild, unserem Reiseziel. Die Zeltplätze am Balaton waren oftmals ausgebucht, doch hier sollte man, nach Informationen eines Kumpels aus der Rakete, ganz sicher immer einen Platz bekommen.

Endlich bogen wir in das umzäunte Gelände ab. Andi parkte den Wagen an der Rezeption, und wir sprangen raus. Ich fuhr mir mit den Händen durch die Haare, um meine Frisur wieder in Form zu bringen, während Andi die Motorhaube seines Wartis küsste und ihn liebevoll streichelte. »Danke fürs Durchhalten, alter Junge«, flüsterte er ihm zu.

Wir reckten unsere eingeschlafenen Arme und Beine und schauten uns um. Vor der Eingangstür neben der Rezeption stand eine zwei Meter hohe Kübelpalme. Cool. So was kannte ich bislang nur aus dem Tropenhaus im Zoo. Die Sonne schien hier viel heißer. Es fühlte sich an, als würde man direkt vor einem offenen Backofen sitzen. Aber es war nicht unangenehm. So musste es wohl in Italien sein. Dabei erinnerte hier nicht wirklich viel an Italien, aber das konnten wir damals noch nicht wissen. Andis Bruder hatte mal eine Postkarte vom Gardasee geschickt. Da war auch so eine Palme drauf gewesen. Nur größer. Viel größer.

Keine zehn Minuten später hatten wir für unsere Zelte das letzte freie Stück schattige Wiese unter den Bäumen erwischt. Anke kam aus der Rezeption und erzählte grinsend, dass sie von dem jungen Typen bei der Anmeldung aufgrund ihrer Haarfarbe zuerst für eine Westdeutsche gehalten worden war und wir deshalb noch einen guten Platz bekommen hatten. »Tja, und als er dann meinen Ost-Reisepass sah, hat er doof geguckt, aber er konnte keinen Rückzieher mehr machen.«

Der Warti musste draußen auf dem Parkplatz stehen bleiben, dafür bekamen wir einen Handwagen, um unser Gepäck zu transportieren. Andi zeigte überhaupt keine Anzeichen von Müdigkeit. Obgleich er die ganze Nacht durchgefahren war, packte er sofort den Handwagen voll und grinste mich an: »Mensch, Friedemann, mach mal am Kiosk 'n Westbier klar.«

Die Zelte kriegten wir schnell aufgebaut, aber bis wir alle Taschen, Luftmatratzen und die Lebensmittel verstaut hatten, vergingen noch mal fast anderthalb Stunden. Schließlich ließen wir uns erschöpft in die Campingstühle fallen und stießen mit dem mittlerweile nicht mehr ganz so kühlen Bier an.

»Dieses Jahr am Balaton«, prostete Andi mir zu und trank seine Flasche in einem Zug aus.

Die Mädels verschwanden in ihrem Zelt und krochen wenig später in Bikinis wieder raus. Dieser Anblick war mir nicht neu, wir waren in der Clique schon einige Male am Kulkwitzer See gewesen. Trotzdem wusste ich nicht so recht, wo ich hinschauen sollte, um nicht gleich wie ein Spanner zu wirken. Katrin ging noch mal ins Zelt, um irgendwas zu suchen.

»Kannst du mir den Rücken eincremen?«, fragte mich Anke, und ich sprang auf, um ihr zu helfen. Sie drückte mir eine Tube in die Hand und drehte mir ihren Rücken zu. Der

Duft der Creme vermischte sich mit dem ihrer Haut, und mich überkam der Wunsch, ihren Hals zu küssen.

»Soll ich dir auch noch was anderes eincremen?«, fragte ich etwas keck, um meine Unsicherheit zu überspielen.

»Vergiss es!« Anke drehte sich um und grinste mich an.

In dem Moment kam Katrin wieder, und die beiden rannten den Schotterweg runter zum Wasser. »Bis dann, Jungs!«, riefen sie uns lachend zu.

Ich stand mit sonnencremeverschmierten Händen auf der Wiese und nahm mir vor, in diesem Urlaub Anke anzubaggern. Sollte Andi doch Katrin nehmen, die war ja auch ganz süß, sagte ich mir und ging duschen. So kalt es nur ging.

Die ersten beiden Tage auf dem Campingplatz verbrachten wir vier mit pennen, faulenzen und baden. In der Ecke des Zeltplatzes, wo wir unser Lager aufgeschlagen hatten, waren nur Zonis, meistens Familien. Direkt vorn am Ufer standen die Wohnwagen der ungarischen Dauercamper und die westdeutschen und österreichischen Wohnmobile, teilweise richtig große Kisten. Besonders angetan hatte es mir ein grasgrüner VW-Bus mit schräg aufgeklapptem Dach. Da oben drin konnte man schlafen. Von unserem Liegeplatz am Strand glotzte ich stundenlang den Bus an und überlegte, ob man bei uns einen Barkas auch so umbauen könnte, denn die hatten ungefähr die gleiche Größe. Aber woher einen bezahlbaren Barkas bekommen, es gab ja nicht mal unbezahlbare auf dem Gebrauchtmarkt. Und neue gab es überhaupt nicht. Zumindest nicht für junge Hüpfer wie mich. Na ja, Geld hätte ich eh nicht dafür gehabt.

Immer wieder lief ich an dem Bus vorbei. Davor saß ein Ehepaar auf Campingstühlen. Sie hatten etwa das Alter meiner Eltern. Hinter den Fenstern hingen hellbraune Gardinen. Im Inneren waren kleine Schränke eingebaut und sogar ein Gasherd und ein Spülbecken mit Wasserhahn. Alles wirkte sehr gemütlich. Da musste man nicht ständig irgendwas hin- und herräumen, und man konnte sogar auf einer richtigen Matratze schlafen. So ein Bus schien perfekt fürs Verreisen. Fehlte nur noch die dazugehörige Staatsbürgerschaft – mit der konnte man in alle Länder, nicht nur in den Ost-Block.

Ohne es zu merken, war ich stehen geblieben. Der ältere Mann bemerkte meine Blicke und nickte mir grüßend zu.

»Sind Sie auch ein T3-Wohnmobil-Freund?« fragte er mich.

»Entschuldigung, ein was?«, fragte ich zurück.

»T3, so heißt das Modell, VW-Bus T3«, sagte er.

»Ach, Sie kommen wohl aus dem Osten?« entgegnete seine Frau freundlich, fast mitleidig.

»Ja, aus Leipzig.«

»In Leipzig war ich mal als junger Mann zur Messe. Gibt es die noch?«, fragte der Mann.

»Zweimal im Jahr«, antwortete ich.

Auf ihrem Campingtisch lagen bunte Zeitschriften, die ich nicht kannte. Auf einer sah man das DDR-Wappen aus Stacheldraht. Der Mann bemerkte, wie ich dorthin schielte.

»Interessieren Sie sich für das Spiegel-Magazin? Das haben wir schon ausgelesen. Wenn Sie möchten … Sie müssen es nicht zurückbringen, wir hätten es bloß weggeworfen.«

»Oh, gerne, danke! Das ist ja nett«, entgegnete ich erfreut. Er hob das Magazin vom Tisch auf und hielt es mir entgegen. Ich ging einige Schritte auf ihn zu und nahm es. »Explodiert die DDR? Massenflucht aus Honeckers Sozialismus«, stand in großen Buchstaben auf dem Titelblatt.

»Ich weiß allerdings nicht, ob Sie das Heft mit über die Grenze nehmen dürfen, junger Mann«, sagte er noch.

»Stimmt. Danke für den Hinweis.« Ich wandte mich zum Gehen, weil Andi und die Mädels fragend zu mir schauten. Aber mir fiel noch was ein.

»Bei uns gibt es zwar keinen T3 aber dafür einen T 34. Das ist ein russischer Panzer, und der ist als Wohnmobil eher ungeeignet.«

»Na hoffen wir mal, dass wir so einem nicht auf der Autobahn begegnen.« Der Mann und seine Frau lachten, und ich verabschiedete mich.

Zurück bei den anderen am Strand präsentierte ich stolz mein Geschenk.

»Mensch, Kunde, ist das geil«, sagte Andi und wollte mir gleich das Heft aus der Hand reißen.

»Nix da, das is meine«, erwiderte ich und hielt das Heft in die Höhe. »Komm, wir schauen zusammen rein.« Wir setzten uns und blätterten darin. Anke lag in der Sonne. Nur Katrin hatte sich neben Andi gehockt und schaute ihm über die Schulter. Es ging seitenweise um die Ausreisewelle aus der DDR. Immer mehr junge Leute sollen in westdeutsche Botschaften geflüchtet sein oder es direkt über die ungarische Grenze nach Österreich versuchen.

»Hier steht, dass dieses Jahr 100.000 in den Westen gehen. Das wäre so, als wenn in ganz Grünau keiner mehr wohnen würde und drum rum auch niemand. Stell dir das mal vor.«

Wir verstanden nicht alles, was dort investigative West-Journalisten versuchten, den Lesern über die deutsch-deutschen Beziehungen zu erklären, aber über all diese Dinge hatten wir zuvor in keiner einzigen Ost-Zeitung gelesen.

»Es scheint, als ob drüben die Kunden vom Spiegel besser über die Zone Bescheid wissen als wir«, meinte Andi nach einer Weile und nickte anerkennend.

Nach Erzählungen von Andi muss das konspirative Telefonat mit seinem Bruder ungefähr so abgelaufen sein:

»Mensch Bruderherz, wo machst du denn dieses Jahr Urlaub?« – »Am Balaton. Ich fahr mit ein paar Kumpels.« – »Ah, der Plattensee, da war ich letztes Jahr, aber das ist nichts für mich. Ich fahr nach Italien oder so, aber für dich, Bruderherz, ist das schon nett dort. Da gibt es eine Disco in Siófok, die heißt ›Space‹, da musst du unbedingt hin, da sind viele schöne Mädels. Komm nicht zu spät, am besten gleich achtzehn Uhr. Achtzehn Uhr, verstehst du Bruderherz?« – »Ist das nicht zu zeitig? Bei uns gehen die Discos immer erst nach zwanzig Uhr los.« – »Nein Bruderherz, achtzehn Uhr. Wann seid ihr dort?« – »Äh, so ab 17. August, glaub ich.« – »Ja super, am 19. ist dort immer 'ne heiße Party. Da musst du unbedingt hin. Wird dir gefallen.« – »Hä? Ach so. Ja jetzt versteh ich, alles klar. Bis … also danke für den Tipp.«

Na ja, besonders unauffällig war das nicht.

Andi erzählte den Mädels beim Frühstück von dem geplanten Treffen mit seinem Bruder und lud uns alle ein mitzukommen, da Jens bestimmt genug »ordentliche« Kohle dabeihätte, um uns zum Essen einzuladen.

Zuvor bummelten wir noch durch den Ort. Vorbei an kleinen Geschäften, die mit großer bunter Schrift und farbigen Lichtschlangen ihr Warensortiment anpriesen: »Jeans«, »Music« und »Hotdogs«. Ich erinnerte mich an die Einkaufsstraße in Baabe auf der Insel Rügen, wo ich vor einigen Jahren mit meinen Eltern im Urlaub gewesen war und kam mir jetzt vor, als wären wir hier auf einem anderen Planeten. An jeder Kneipe hingen Leuchtkästen von Pepsi-Cola oder Coca-Cola und auch von einigen österreichischen Biersorten. Immer wieder zeigte einer von uns in eine andere Richtung, weil er was entdeckt hatte, das es bei uns in Leipzig nicht gab. An einem kleinen Zeitungskiosk fanden wir sogar die BRAVO, die Bibel aller Dreizehn- bis Achtzehnjährigen. Zu viert drängten wir uns um das Titelbild und kriegten lange Gesichter, als wir den horrenden Preis lasen. Mit den paar Forint konnten wir die uns kaum leisten. Ein Großteil unserer Kohle ging ja bereits für den Zeltplatz drauf. Warum hatten sich die DDR-Fritzen da bloß so zickig und ließen uns nur die paar Mark tauschen?

Gleich an dem kleinen Hafen mit den Segelbooten befand sich die Disco »Space«. Davor war ein kleiner Platz, auf dem sich abends vor allem die jugendlichen Urlauber aus Ost und West trafen. In der Mitte stand ein Springbrunnen, und genau an dem waren wir mit Jens verabredet. Andi lief ein paar Schritte voraus und sah sich suchend um.

Auf den ersten Blick hatte keiner Jens erkannt. Keiner, außer Andi, der plötzlich »Jens! Jens! Du alter Kunde!« schrie und losrannte und einem Kaugummi kauenden Typen mit weißem Muskelshirt, Jeans und Cowboystiefeln lachend um den Hals fiel. Danach lagen sie sich kurz schweigend in den Armen, und die Mädels und ich kamen uns fast ein bisschen fehl am Platz vor. Aber die beiden lösten sich schnell aus ihrer Umarmung und Jens begrüßte uns ebenfalls überschwänglich.

»Alles klar, Blume?«, lächelte er mich an, und ich nickte zurück. »Neue Frisur!« Jens zeigte auf meine Morrissey-Tolle.

»Ja, seit zwei Jahren«, gab ich stolz zurück. »Alle denken immer, das wäre wegen Depeche Mode. Es ist aber wegen The Smiths.« Jens blickte mich kurz verständnislos an.

»Habt ihr Hunger? Ihr könnt euch doch mit den paar Ost-Kröten hier nix kaufen. Kenn ich noch von früher. Also, woll'n wir was essen gehen? Ich lade euch ein. Heute zahlt Andis großer Bruder ausm Westen.« Jens grinste, boxte Andi und mir kumpelhaft auf die Oberarme und nickte den Mädels aufmunternd zu.

»Das wäre spitze«, antwortete Andi. »Wir haben seit Tagen nur Tütensuppen und Konsum-Toastbrot gefuttert.«

Kurze Zeit später saßen wir in einer nahe gelegenen Pizzeria und blätterten in der Speisekarte. Die Klamotten von Jens und sein selbstbewusster Auftritt hatten bei den Kellnern keinen Zweifel aufkommen lassen, dass es sich hier um einen Menschen mit West-Kohle in der Tasche handelte, und so bekamen wir sogar einen Tisch auf der Terrasse. Andi musste erst mal alles Mögliche über Leipzig erzählen.

»Und was macht eigentlich Susi?«, fragte Jens anschließend. Susi war Jens' letzte Freundin in Grünau gewesen.

»Die hat geheiratet. Vor einem Jahr«, antwortete Andi.

Jens wirkte für einen kurzen Moment nachdenklich, dann grinste er: »Das sieht ihr ähnlich. Die hätte mich damals am liebsten auch unter die Haube gebracht. Aber für so was hätte ich im Moment gar keine Zeit. Die Geschäfte, ihr versteht.« Wir nickten und verstanden nicht.

»Was machst du jetzt eigentlich beruflich?«, fragte ich Jens, nachdem der wichtigste Klatsch und Tratsch aus unserem Viertel und der Rakete erzählt war.

»Ich bin in der Autobranche und handle mit Gebrauchtwagen. Super Geschäft. Läuft prima«, sagte Jens freudestrahlend. »Ich zeig euch nachher mal meinen Mercedes. Ist ein schwarzer E 300, Baujahr 1987 mit 137 PS. Der geht ab wie Schmidts Katze! Ein super Schlitten! So ein Auto gibt es in der ganzen DDR nicht. Wir können ja dann mal eine Spritztour machen, okay?«

»Cool«, rief Andi, »Lässt du mich ans Steuer?«

»Bist du bescheuert? Mein Mercedes ist doch kein alter Wartburg. Da muss man schon Ahnung haben.«

»Alter Angeber!« Andi tat beleidigt. Jens knuffte ihn in die Seite: »Mensch, Kleiner, mach nich so dicke Backen. Vielleicht morgen.«

Nach dem Essen führte uns Jens zu seinem Mercedes, und ich bekam eine Vorstellung davon, was er mit »Geschäfte« meinte.

»Das ist das Schmuckstück. Spezialausführung, da gibt es nur ganz wenige von«, erklärte er. »Los, Leute, steigt mal ein, aber vorsichtig, das sind echte Ledersitze!«

Andi nahm vorne auf dem Beifahrersitz Platz. Ich setzte mich mit den Mädels auf die Rückbank. Der Wagen roch innen nach Leder, Tabak und Vanille oder so was in der

Art, völlig anders als der Warti, überhaupt anders als alle Ost-Schlitten.

»Achtung, Leute, jetzt kommt der absolute Knüller: Clarion-Autohifisystem mit Zehnfach-CD-Wechsler.« Ohrenbetäubende Musik setzte ein, Jens hatte die Anlage voll aufgedreht, und unsere Hintern vibrierten zu den Bässen von AC/DC oder irgendso einer Metal-Mucke. »Spürt ihr den Subwoofer? Das ist Power! Habt ihr schon mal so was Geiles gehört? Na? Was sagt ihr nun? Hä? Super, oder?« Er schrie uns an, um die Musik zu übertönen. Wir nickten beeindruckt. Danach startete er den Wagen und fuhr mit uns durch den Ort. Der Mercedes hatte eine elegante Federung, und Andis Warti kam mir im Vergleich vor wie ein Traktor. Später setzte er uns vor unserem Zeltplatz ab.

Jens hatte ein Zimmer in einem Hotel direkt in Siófok, und so trafen wir uns mit ihm auch an den nächsten Abenden, um zusammen von seinem Geld essen zu gehen und zu später Stunde ins Space, welches eigens dafür errichtet worden war, den Urlaubern die Kohle aus der Tasche zu ziehen. Doch nur für die West-Touristen war der Laden durch den günstigen Umtauschkurs bezahlbar. Jens lud uns und noch einige uns unbekannte Mädels, die er wohl aus dem Hotel kannte, zu exotischen Mixgetränken ein. Immer wieder winkte er den Kellner heran, um sich von ihm Feuer für seine Marlboros geben zu lassen.

Weil über der Bar Schwarzlichtröhren hingen, sah man bei einigen Mädels, wo sie im Gesicht ihre Pickelcreme aufgetragen hatten. Ungarisch hörte man hier kaum, die meisten sprachen Deutsch mit österreichischem Akzent, aber auch aus Westdeutschland schienen viele Leute hier zu sein.

Die West-Kiddies trugen meist pastellfarbene Lacoste-Polo-hemden und komische braune Slipper. Am zweiten Abend waren einige Depeche-Mode-Fans aus Dresden da, die mich gleich wegen irgendwelchen speziellen Maxi-Singles anquatschten. Um die riesige kreisförmige Tanzfläche waren Tische und Sitzgruppen platziert, doch wir saßen meist an der Bar. Die Musik war der übliche West-Hitparaden-Kram, Milli Vanilli und so was, aber es passte gut zu unserer Urlaubsstimmung. Einige betrunkene Österreicher forderten hin und wieder lautstark, dass ihr Falco gespielt werden sollte. Na ja, sie hatten ja sonst keinen Popstar.

Wir tanzten und tranken viel, und am dritten Abend floss irgendwann endlich die richtige Menge Alkohol durch mein Blut, um Anke bei einem langsamen Lied zum Tanzen aufzufordern, und sie lehnte überraschenderweise nicht ab. Ich glaube, es lief irgendeine Schnulze von Phil Collins, aber das war mir in dem Augenblick völlig egal. Ich nahm ihre Hand, zog sie sacht, aber bestimmt, in die Mitte der Tanzfläche zwischen all die anderen Pärchen und legte meine Arme um ihre Hüften, während sie ihre um meinen Hals schlang. Ihr Gesicht lag auf meiner Schulter, und ich konnte ihren Atem spüren. Die ersten Minuten genoss ich es, ihren Körper endlich einmal so nah zu fühlen, doch dann überlegte ich, ob sie, so eng an mich geschmiegt, meine zunehmende Erektion spüren konnte und ob das vielleicht aufdringlich sei. Doch da war das Lied schon zu Ende.

Sie löste sich aus unserer Umarmung, und wir gingen zurück zu den anderen an die Bar. Jens laberte dort einige Kaltwellen-Mädels mit Autohändler-Geschichten zu. Daneben standen Andi und Katrin und knutschten wild miteinander rum.

Am nächsten Abend saß ich mit Andi am Wasser auf einer Bank. Katrin und Anke waren von ihrem Einkaufsbummel zurück und in den Waschräumen. Andi hatte zuvor ein kurzes Treffen mit seinem Bruder gehabt und von ihm einen Sixpack West-Dosenbier geschenkt bekommen. Die leerten wir jetzt. Mit den Handflächen trommelte Andi dabei auf seinen Oberschenkeln, wie das Schlagzeuger manchmal machen und wirkte auffallend nachdenklich.

Nach einer Weile prüfte Andi, ob noch jemand in Hörweite war und sagte dann ganz ernst zu mir: »Du, Friedemann, was hältst du davon, hier über die Grenze abzuhauen?«

Ich erschrak über diese Frage, auch wenn wir in den letzten Tagen manchmal dieses Thema am Rande gestreift hatten, nicht zuletzt nach unserer Lektüre des Spiegel-Magazins. Wir wussten, dass die Ungarn seit einigen Tagen begonnen hatten, ihre Grenze zu Österreich abzuspecken und es zum ersten Mal realistische Chancen gab, lebend rüberzukommen.

Da ich ihn nur sprachlos anschaute, fuhr Andi fort: »Mein Bruder hat alles vorbereitet und kennt einen Weg über die grüne Grenze, das wird ganz easy. Mensch, Friedemann, so 'ne Gelegenheit kommt nie wieder!«

»Tja, ich weiß nicht. Ist alles etwas plötzlich. Ist das nicht gefährlich? Und was wird mit den Mädels? Wie sollen die denn wieder zurück? Und überhaupt, dein Auto? Und was ist mit unserer Band?«, stammelte ich verwirrt. Ich fühlte mich wie vor einigen Jahren beim Baden im Beuchaer Steinbruch. Wir waren damals auf einen Felsen geklettert, mindestens zehn Meter über dem Wasserspiegel. Andi sprang, ohne zu zögern, doch ich schaute lange in die Tiefe und kletterte nach einer Ewigkeit wieder zurück.

Und da waren auch noch meine Eltern. Mein Vater wollte mit mir die Laube unseres Schrebergartens neu bauen und wartete nur darauf, dass ich aus Ungarn wiederkomme, damit er und ich loslegen konnten. Aber ich schämte mich, Andi das zu sagen und sah ihn nur ratlos an.

»Scheiß auf alles, Friedemann. Scheiß auf alles! Frauen und Autos gibt es drüben ohne Ende. Die Mädels können mit dem Zug zurück oder kommen halt mit rüber. Was sollen wir denn noch in der Zone? Willst du dich bis an dein Lebensende für die paar Ost-Piepen in einer Gärtnerei abplagen? Du siehst doch, was mein Bruder jetzt für 'nen Schlitten fährt, nach nur drei Jahren im Westen. So einen Wagen kannst du dir bei uns nicht mal zusammensparen. Weil's sowas gar nicht gibt. Und drüben könnten wir eine neue, viel geilere Band gründen. Das wäre doch was. Mensch, Friedemann.«

Ich trank den Rest von meinem Bier aus, zerdrückte langsam die Dose und schaute vor zum Wasser, wo Anke und Katrin inzwischen barfuß am Ufer standen. In meinem Kopf drehte sich alles, und das lag nicht am Alkohol. Ich dachte an die letzte Nacht in der Disco – ich hatte mit Anke langsam getanzt. Auch wenn ich auf dem Nachhauseweg daran nicht anknüpfen konnte, weil sie und Andi die stockbesoffene Katrin stützen mussten, glaubte ich, dass das was ganz Großes werden konnte.

»Ich komme nur mit, wenn Anke mitkommt«, rutschte es plötzlich aus mir heraus, ich hatte kaum darüber nachgedacht.

Andi fuhr herum: »Du bist doch bescheuert! Kunde, vermassel dir nicht deine Zukunft wegen so 'nem Mädel.«

»Du redest ja wie 'n Spießer!«

»Quatsch nicht!«, Andi schrie schon fast. Dann, nachdem er sich beruhigt hatte, fuhr er wieder leise fort: »Mensch, Friedemann. Wir sitzen hier nicht weit von der Freiheit entfernt. Echte Freiheit. Nur ein kleiner Waldspaziergang, ein bisschen über eine Wiese gerobbt und wir sind dort, wo wir schon immer sein wollten. Dann wäre der Mist, den wir bei der vormilitärischen Ausbildung gelernt haben, doch noch zu was nütze. Wenn das unsere Lehrer wüssten, für was sie uns trainiert haben. Willst du dir das wegen so 'ner Tussi versau'n?«

Die Mädels schauten zu uns rüber, winkten und kamen langsam in unsere Richtung gelaufen.

»Du musst ihnen Bescheid sagen«, meinte ich zu Andi.

»Logo. Aber können wir ihnen überhaupt vertrauen? Nicht, dass Anke noch zu Hause anruft und uns hier die Stasi auf 'n Hals hetzt«, antwortete Andi.

»So 'n Quatsch! Nicht Anke. Du hast doch gesehen, wie die den Grenzer übers Ohr gehauen hat«, entgegnete ich empört.

Und da standen sie schon vor uns.

Andi machte kurzen Prozess. »Die Sache ist die«, sagte er nach einer kurzen Pause zu ihnen, »ich komme nicht mit zurück nach Leipzig.« Keine Reaktion, nur betretenes Schweigen. »Warum, könnt ihr euch bestimmt denken.«

Katrin hielt sich erschrocken die Hand vor dem Mund und schaute uns mit großen Augen an. Andi fuhr unbeirrt fort: »Ich biete euch allen an mitzukommen, ich gehe aber auch alleine.«

Bei diesen Worten fixierte er kurz Katrin mit seinem Blick. Sie blickte etwas verschämt nach unten, wohl wegen der Knutscherei gestern. Vielleicht war sie aber auch in ihn verliebt.

»Mein Bruder weiß eine Stelle an der ungarisch-österreichischen Grenze, wo man gut rüberkommt. Todsicher.«

»Ja bestimmt, todsicher!«, platzte Anke etwas zynisch heraus. Dann schwiegen wieder alle.

Andi stand auf. »Also, überlegt es euch. Ich muss jetzt noch mal zu meinem Bruder. Sagt mir bis morgen Früh Bescheid. Und bitte: Klappe halten! Sonst wandern wir alle in den Knast. Ohne Scheiß.« Er ging und alle blickten ihm stumm hinterher.

»Der ist doch lebensmüde«, sagte Anke, nachdem Andi außer Hörweite war. »Das ist viel zu gefährlich.« Katrin schwieg und schaute auf das Gras zwischen ihren Füßen.

»Gehst du denn mit?«, fragte mich Anke.

»Na ja … ich weiß nicht. Das kommt doch alles etwas plötzlich. Wie seht ihr denn die Sache?«, fragte ich zurück.

Anke war inzwischen aufgestanden und starrte aufs Wasser. Ihr Gesichtsausdruck verriet, dass sie angestrengt nachdachte. Nach kurzer Zeit wandte sie sich Katrin und mir wieder zu: »Ich fahre auf jeden Fall zurück nach Leipzig. Ich muss. Klar, das Angebot ist verlockend, wer will nicht rüber, aber meinem Vater haben sie gerade eine Professur an der Uni angeboten. Der bekommt jede Menge

Schwierigkeiten, wenn die Tochter in den Westen abhaut. Ich kann das meinen Eltern nicht antun. Nein, ich fahre wieder zurück.« Ihre Stimme klang entschlossen, sie hatte sich offenbar entschieden.

»Und was ist mit dir?« Anke setzte sich wieder und blickte zu Katrin.

»Mensch, Anke, wenn ich das wüsste. Mist, Mann!« Damit stand Katrin auf und lief wieder langsam Richtung See. Ich glaube, sie heulte.

Anke blickte ihr erstaunt hinterher. »Katrin, warte! Sag mal, spinnst du komplett?«, rief sie ihr nach und folgte ihr mit schnellen Schritten. Ich sah, wie beide am Ufer lang liefen und ziemlich aufgeregt diskutierten.

Ich saß auf der Bank und überlegte, was ich mit diesem merkwürdigen Abend noch anfangen sollte. In westlicher Richtung versank gerade irgendwo zwischen den Bäumen die Sonne. In meinem Kopf schwirrten die Sätze von Andi und Anke umher. Nach einer Weile stand ich auf und schlenderte den Uferweg vom Zeltplatz bis zum Platz vor dem Space. Ich wollte alleine sein und gleichzeitig unter Leuten.

Dort angekommen kaufte ich mir ein Bier und setzte mich auf die kleine Mauer, die den Brunnen umsäumte. Aus dem Space dröhnte dumpf Musik. Überall standen kleinere Gruppen von Jugendlichen, die ausgelassen feierten. Was feierten die überhaupt, fragte ich mich? Ich glaube, vor allem sich selbst. Und den Sommer. Und Urlaub ohne Eltern. Und die Aussicht auf baldigen Sex. Oder wenigstens die Hoffung darauf. Ich versuchte mir vorzustellen, wie zu Hause in Leipzig die Polizei darauf reagieren würde, wenn abends vor der Rakete so ein Lärm wäre. Hier schien das keinen zu stören, aber bei uns würden die Vopos das nach einer halben Stunde beenden, und alle hätten 'ne Menge Ärger bekommen. Ich musste trotzdem leise lachen, als ich mir unseren ABV-Bullen vorstellte, der manchmal vor dem Jugendclub auftauchte, wenn wir an unseren Mopeds rumschraubten oder Andi mit seinem Warti da war, als er noch keine Fahrerlaubnis hatte. Der ABV fragte dann immer, wem dieser »Personenkraftwagen« gehörte, doch alle schüttelten nur den Kopf und verkniffen sich das Grinsen.

Die Sonne war mittlerweile längst untergegangen, und Straßenlaternen erhellten den Platz.

Plötzlich stand Anke neben mir, allein. »Was machst du denn hier?«, fragte ich sie, freudig überrascht, dass sie mich in diesem Gewühl gefunden hatte.

»Ich dachte mir, dass ich dich hier treffe«, antwortete sie und setzte sich neben mich.

Ich reichte ihr meine Bierflasche. Sie trank einen großen Schluck und sagte: »Katrin will mit Andi rüber. Ich glaube, sie ist in ihn verknallt.«

»Ihr habt euch gestritten?«

»Ja, so was in der Art. Ich kann es einfach nicht fassen. Das ist voll fies, meine beste Freundin. Seit drei Jahren machen wir alles zusammen und dann so was. Tja, und unsere Band können wir dann wohl auch vergessen.« Sie stockte, und ich legte ihr tröstend meinen Arm um ihre Schulter und ließ ihn gleich dort liegen, so ganz unaufdringlich. Sie blickte mir in die Augen auf eine Art, die mich noch mehr verwirrte, als ich es wegen Andi ohnehin schon war und fragte mich: »Fährst du mit mir zurück nach Leipzig?«

»Klar«, antwortete ich so cool wie möglich. »Sieht so aus, als wären nur noch wir beide übrig. Was das wohl zu bedeuten hat?«

Anke löste sich sanft aus meiner Umarmung, stand auf und lächelte mich an. Es war so ein freundschaftliches, nur freundschaftliches Lächeln oder so was ähnliches, aber ich war zu diesem Zeitpunkt schon nicht mehr zurechnungsfähig, weil mein Körper und mein Geist beschlossen hatten, mit Anke gehen zu wollen. Nicht hier am Strand – okay, das vielleicht auch. Nein, ich war gerade dabei, mich zu verlieben, und mein Glück stand direkt vor mir und lächelte mich auf irgendeine Art an, und ich lächelte ganz konkret zurück.

»Ich hol uns noch ein Bier, okay?«, sagte Anke, immer noch lächelnd, und ging zum Kiosk gegenüber.

Ich blickte ihr hinterher, und mein Entschluss verfestigte sich mit jedem Schritt, den sie tat. Mit den Schritten in Richtung Kiosk – ich beobachtete ihre Beine, ihren Po und ihren Rücken, und erst recht mit jedem Schritt zurück zu mir, nachdem sie zwei Bier gekauft hatte und sich wieder neben mich setzte. Ich öffnete die Flaschen mit meinem Feuerzeug und ließ sie dabei nicht aus den Augen. »Prost«, sagte sie und ich grinste nur noch, wie ein Kind zur Weihnachtsbescherung. Was war der ganze Westen gegen diese schöne Frau? »Genau, Prost!«

Ich war schon am Überlegen, wann denn ein passender Augenblick sei, Anke zu küssen, um der ganzen Sache mit uns eine gewisse Verbindlichkeit zu geben, doch gerade da tauchte Katrin mit verweintem Gesicht vor uns auf. Mist, gerade jetzt! Anke ging ihr entgegen und nahm sie stumm in die Arme. Das würde bestimmt dauern.

Ich drückte Katrin vorsichtig meine halbvolle Bierflasche in die Hand und ging nach einer flüchtigen Verabschiedung zurück zum Zeltplatz. Die beiden Mädels brauchten offenbar noch ein bisschen Zeit miteinander.

Am Tag darauf lief ich mit Andi schweigend am Ufer entlang, zwischen all den dicht an dicht liegenden Urlaubern und kreischenden Kindern.

»Und du willst wirklich nicht mitkommen, Friedemann?«, fragte er mich nach einer Weile.

»Nee, lass mal. Ich trau den Gewehren der ungarischen Grenzer nicht. Russische Produktion. Außerdem, meine Eltern …, na ja, lassen wir das. Ich fahre mit Anke zurück.«

»Mensch, Kunde!« Andi sagte das nicht böse, mehr so kumpelhaft. »Weißt du noch, wie wir als Stifte auf diesen Garagendächern rumgeklettert sind?«

Ich überlegte. »Du meinst, als du durch die marode Dachpappe eingebrochen und direkt auf einem Lada gelandet bist?«

»Danke noch mal fürs Aus-der-Garage-Rausziehen und Nicht-Verpetzen.« Andi nickte mir zu. Dann schwiegen wir wieder. »Ich hoffe, du bist mir nicht böse«, sagte er nach einer Weile, »aber das ist jetzt meine Chance, und die muss ich nutzen.« Ich blickte zu ihm rüber. Offenbar machte ich ein fragendes Gesicht, denn Andi fuhr fort: »Ehrlich, Friedemann, als wir in Leipzig losgefahren sind, wollte ich das noch nicht.«

»Ist schon gut, Andi. Wenn ich einen Bruder drüben hätte, wäre das für mich auch was anderes.« Ich klopfte Andi auf die Schulter, und er nickte stumm.

»Lass uns mal langsam zurückgehen«, sagte Andi, nachdem er auf seine Uhr geschaut hatte. Noch am Nachmittag wollten die beiden los.

»Ach so, noch was Wichtiges: Wenn das hier schief geht, kannst du das alles meiner Mutter erklären und dich ein bisschen um sie kümmern, nur die erste Zeit?«

»Klar, Andi, wie bei ›Timur und sein Trupp‹, kein Problem«, antwortete ich. Andi knuffte mich in die Seite.

Ganz beiläufig drückte er mir seinen Autoschlüssel in die Hand. »Du hast doch auch schon die Fleppen. Hier, schenk ich dir. Drüben kauf ich mir ’nen ordentlichen West-Schlitten, Mercedes oder so was.« Ich war stehen geblieben und schaute ihn entgeistert an. Andi sagte: »Bring du mal Anke gut nach Hause. Den rechtlichen Kram mit dem Warti klärst du mit meiner Mutter, okay?«

»Danke, Andi, Mann!« Ich hielt den abgegriffenen Schlüssel in der Hand, an dem ein noch abgewetzterer Brillenschlumpf-Anhänger baumelte und schaute Andi ins Gesicht.

Wenig später liefen wir zum Hotel, vor dem Jens auf einem Parkplatz in seinem Mercedes wartete. Er hatte es für unauffälliger befunden, Andi und Katrin nicht direkt am Zeltplatz abzuholen. Die beiden Mädels liefen eingehenkelt und verdrückten sich immer wieder die Tränen. Auch Andi sagte kein Wort. So überschwänglich unsere Begrüßung mit Jens gewesen war, so traurig war nun unsere Verabschiedung. Nur meine selbstauferlegte Coolness hinderte mich daran, nicht auch gleich loszuheulen.

»Kunde, komm bald nach«, flüsterte Andi mir ins Ohr, als wir uns zum Abschied umarmten.

»Ich überleg's mir.«

»Versprochen?«

»Versprochen.«

Als die drei losfuhren und ich mit Anke am Straßenrand zurückblieb und ihnen hinterherwinkte, nahm sie meine Hand, und beide schauten wir dem Wagen nach, bis er um die Ecke verschwunden war. Schweigend gingen wir zurück zum Zeltplatz.

Die Grillen zirpten immer noch. Anke und ich saßen auf derselben Bank, auf der Andi uns gestern alles gebeichtet hatte. Nun war er schon seit einem halben Tag weg.

Ich war verliebt – und ich war unglücklich. Andi, mein Kumpel, mit dem ich in den letzten Jahren jede freie Minute verbracht hatte, geht rüber, und ich schaffe es nicht mitzugehen! Dabei wollten wir die coolste Band überhaupt sein. Jedes Wochenende hatte ich in den letzten drei Jahren mit Andi die Discos in Leipzig unsicher gemacht und seit Wochen im Proberaum gestanden, um mit ihm Schlagzeug zu üben. Das war nun vorbei. Nun wusste ich, wie sich Andi gefühlt haben musste, als damals sein Bruder in den Westen ausgereist war.

Anke schluchzte wegen Katrin laut auf und riss mich aus meinen Gedanken. Sie war das Hier und Jetzt: Anke! Und nur Anke! Das war meine Bestimmung. Hoffentlich.

Jetzt musste ich nur noch die Gewissheit haben, dass sich das alles gelohnt hatte. Ich legte vorsichtig meinen Arm um ihre Schulter. Sie kuschelte sich an mich, und ich versteckte mein Gesicht in ihren Haaren, die so wunderschön nach Sommer rochen. Und nach Haarfärbemittel. Wir starrten abwesend auf das Wasser, in dem sich der Mond spiegelte und auf die Lichter vom gegenüberliegenden Ufer. Irgendwann schauten wir uns etwas länger als sonst in die Augen. Ich war nicht das erste Mal verliebt, aber das hier schien mir irgendwie anders, stärker. Ich nahm ihr Gesicht vorsichtig in meine beiden Hände und gab ihr einen Kuss auf den Mund.

Sie erwiderte ihn, aber nur kurz, löste sich dann behutsam aus meiner Umarmung und stand auf. »Es ist schon spät, und du musst morgen lange Auto fahren«, sagte sie.

»Na ja …«, brachte ich nur heraus und wusste nicht, ob das jetzt eine Einladung in ihren Schlafsack war oder einfach nur eine nüchterne Feststellung.

An der Stelle unter den Bäumen standen noch beide Zelte, denn Andi hatte es unauffälliger gefunden, bis zum Schluss den Anschein zu erwecken, dass wir zu viert seien. Man wusste ja nie, wer hier noch so aus der Zone Urlaub machte.

»Gute Nacht!« Anke sagte das sehr freundlich. Sie streichelte kurz meine Wange und verschwand in ihrem Zelt. Etwas unbefriedigt starrte ich auf den Reißverschluss ihres Zelteinganges, der sich langsam schloss.

»Okay. Alles zu seiner Zeit«, sagte ich leise zu mir. Ein bisschen rummachen wäre schon nett gewesen, aber vielleicht sollte ich das mit Anke etwas langsamer angehen, damit es umso schöner wird.

Ich ging zu unserem Campingtisch und fand darunter in der Kühlbox noch ein lauwarmes Bier. Auf dem Zeltplatz war totale Stille, man konnte sich fast einbilden, alleine hier zu sein. Nur die Grillen zirpten ohne Pause. Die Nacht war extrem heiß, und in dieser Hitze würde ich sowieso nicht pennen können. Ich holte meinen Schlafsack aus dem Zelt und legte mich mit dem Bier auf die Wiese. Eine ganze Weile schaute ich in den dunklen, sternenklaren Himmel und den Sternschnuppen hinterher.

Bin ich nun mit Anke zusammen? Waren ihre Umarmungen und der Kuss in diese Richtung zu interpretieren? Bloß nicht so was morgen direkt fragen, das war ja wie im Ferienlager. Irgendwie musste ich es aber rauskriegen, das war ja sonst nicht auszuhalten. Mein Gott, war ich unzurechnungsfähig – und das von einem Bier? Und was, wenn das mit ihr nichts wird?

Während ich weitergrübelte und langsam müde wurde, hörte ich den Reißverschluss von Ankes Zelt. Ich blickte zu ihr rüber, und sie kam mit ihrem Schlafsack unterm Arm rausgekrochen. Sie trug ein übergroßes weißes T-Shirt als Nachthemd und hatte einen traurigen Gesichtsausdruck, der mir zu verstehen gab, dass sie nicht zum Knutschen zu mir kam, sondern einfach nur nicht alleine sein wollte. Schweigend legte sie sich neben mich auf die Wiese in ihren Schlafsack und kuschelte sich an mich. Keiner von uns beiden rührte sich und so schliefen wir irgendwann ein.

Die Sonne weckte mich und außerdem der Krach, den diese unmöglichen Camper machten, die auch im Urlaub so zeitig aufstanden, als würden sie zur Frühschicht gehen. Das waren einfach keine Genussmenschen, und ich nahm mir fest vor, niemals so zu werden wie sie. Wieso fuhren die überhaupt in den Urlaub?

Verschlafen öffnete ich die Augen und sah, dass Anke

schon aufgestanden war und ihre Tasche packte. Die Romantik und Melancholie des Vorabends waren verschwunden, und auch ich stand auf und begann, geradezu mechanisch unser Zeug in dem Warti zu verstauen.

»Was machen wir mit dem zweiten Zelt und dem anderen Kram, den Andi und Katrin zurückgelassen haben?«, fragte Anke irgendwann.

»Wenn sie uns bei der Einreise kontrollieren, könnte das blöde Fragen geben«, antwortete ich.

Wir schmissen alles in den Müllcontainer, was nicht zur Campingausstattung eines Pärchens gehörte und machten uns schließlich auf den Heimweg. Anke hatte ihren Kassettenrekorder auf die leere Rückbank gelegt, und wir hörten das Tape von The Cure, das sie sich in Siófok gekauft hatte.

Wir fuhren schon gut eine Stunde, als ich es nicht mehr aushielt und sie fragte: »Sag mal Anke, ich überlege die ganze Zeit, ob deine Gefühle für mich jetzt mehr so wie zwischen Bruder und Schwester, oder ...« Weiter kam ich nicht, denn sie legte ihre Hand vorsichtig auf meinen Mund, ohne mich dabei anzuschauen. Okay, dann eben nicht reden. Während der nächsten Zeit schaute ich immer wieder zu ihr rüber, und wenn sich unsere Blicke trafen, lächelten wir uns kurz an, aber so sehr ich mich auch anstrengte, ich konnte ihre Gedanken nicht erraten.

»Wirst du wieder zurück nach Ungarn fahren, wenn du mich in Leipzig abgesetzt hast?«, fragte sie mich nach einer schieren Ewigkeit des Schweigens. Ich schreckte auf aus meinen Gedanken.

»Ich weiß noch nicht«, erwiderte ich. »Ich kenne da drüben niemanden. Aber vielleicht hat Andi recht. Soll ich bis zur Rente als Gärtner arbeiten, für sechshundert Glocken im Monat, von denen ich mir nix kaufen kann? Was haben wir denn überhaupt für Möglichkeiten in den nächsten Jahren? Bei uns steht doch alles still. Da wird man völlig depressiv.«

Anke knuffte mich in den rechten Oberarm. »Mensch, Blume, nicht so pessimistisch. Mein Vater meint, das wird sich irgendwann schon ändern, da oben in Berlin.«

»Na ja, danach sieht's aber überhaupt nicht aus. Das Politbüro ist doch wie Willy DeVille. Der ist von vorgestern, den will niemand mehr hören oder sehen, aber ständig ist er in der BRAVO. Das ist so 'n Selbstläufer, und keiner kommt auf die Idee, den mal wegzulassen. Aber The Smiths sind nie in der BRAVO, obwohl die tausendmal besser sind.«

Wir sprachen und schwiegen noch einige Zeit und fuhren immer weiter in Richtung Grenze. Nach Hause. Anke und ich.

3. Hey Little Girl

Wir hatten durchgesprochen, was wir antworten, wenn uns die Grenzer ausquetschen würden. Vor allem wegen der Fahrzeugpapiere des Wartis, die auf Andis Mutter ausgestellt waren. Aber die Einreise in die Deutsche Demokratische Republik war zu unserem Erstaunen völlig unkompliziert gewesen. Keine dummen Fragen, keine Gepäckkontrolle.

Als der Grenzer etwas länger in die Fahrzeugpapiere schaute, sagte ich, seine Gedanken erahnend: »Der Wagen ist auf meine Mutter angemeldet. Sie hat einen anderen Nachnamen als ich. Aber sie sehen ja anhand der Adresse, dass wir zusammenwohnen.«

Der Uniformierte nickte beruhigt, gab mir die Papiere zurück und wünschte uns eine gute Fahrt.

»Die sind bestimmt froh, dass noch jemand wieder zurückkommt«, meinte Anke trocken, als wir den Übergang passiert hatten.

Es war gegen zwei Uhr morgens, als ich Anke vor dem Haus ihrer Eltern absetzte. Ich half ihr mit dem Gepäck bis zur Tür, und zum Abschied küsste sie mich auf eine irritierende Weise, so ein Mittelding zwischen Kumpel-Kuss und Miteinander-Gehen-Kuss. Aber es war schon spät, und ich war zu müde, um jetzt noch Fragen zu stellen.

»Ich ruf dich an«, sagte sie und lächelte mich dabei an. Ich stieg verwirrter ins Auto, als ich ausgestiegen war.

Das Frühstück hatte ich komplett verschlafen, also saß ich mit meinen Eltern zusammen am Mittagstisch in unserer kleinen Küche. Ich erzählte ihnen von Andi und Katrin, und meine Mutter tätschelte meine Hand und sagte, dass sie sich freue, dass ich zurückgekommen sei. Mein Vater nickte nur stumm. Dabei streichelte er kurz meinen Kopf, und für einen kleinen Moment fühlte ich mich, als ob ich noch mal dreizehn Jahre alt wäre. Damals war ich aus dem Ferienlager mit Liebeskummer zurückgekommen und saß traurig auf der Eckbank, und mein Vater hatte mir genauso mit seiner Hand über den Kopf gestreichelt.

»Du lässt uns nicht hängen, nicht wahr? Jetzt, wo ich endlich das Material für die neue Gartenlaube zusammen habe«, sagte er noch und klopfte auf meine Schulter. Dann stand er auf und ging auf den Balkon, um zu rauchen, weil meine Mutter nicht wollte, dass die Wohnung nach Zigarettenqualm stank.

»Ich muss jetzt mal hoch zu Andis Mutter«, sagte ich.

Die Mutter von Andi öffnete mir im Morgenmantel, obwohl es schon nach vierzehn Uhr war, aber das war bei ihr nichts Ungewöhnliches. Sie hatte eine Zigarette im Mund und winkte mich ins verqualmte Wohnzimmer. Heute wirkte sie zerzauster als sonst, und ich bekam schlagartig Schiss vor dem Gespräch, das jetzt folgen würde.

»Setz dich«, sagte sie zu mir und ließ sich selber auf das Sofa fallen. »Andi hat vorhin angerufen. Aus Stuttgart«, erwähnte sie fast beiläufig mit ihrer tiefen, rauchigen Stimme.

Mir fiel hörbar ein Stein vom Herzen. »Dann hat er es also wirklich geschafft«, sagte ich.

»Mich wundert, dass du nicht gleich mit rüber bist, Friedemann«, sagte sie und drückte ihre Zigarette in einem übervollen Aschenbecher auf dem Wohnzimmertisch aus.

»Das ist eine lange Geschichte, Frau Wuttke«, antwortete ich. »Und wollen Sie jetzt auch noch rüber?«

Andis Mutter machte sich eine neue Zigarette an. »Keine Ahnung, mein Guter, erst mal nicht. Ich hab doch hier alles was ich brauche, und meine Jungs können mir jetzt immer fleißig West-Pakete schicken. Vor allem ein paar gute Zigaretten.« Sie musste husten und lachte dabei kurz, offenbar über den Gedanken, dass ihre beiden Söhne drüben im Westen für ihre verteere Lunge schuften würden. Trotzdem konnte ich mich nicht des Eindrucks erwehren, dass sie sich irgendwie alleingelassen fühlte. Es entstand eine kurze Pause.

»Wegen dem Auto«, fragte ich in die Stille. »Andi hat mir den Schlüssel in die Hand gedrückt und gesagt, ich könne ihn haben.«

»Das sieht ihm ähnlich. Der ist ja eigentlich auf mich angemeldet«, sagte sie und hielt kurz inne, um an ihrer Zigarette zu ziehen. »Aber ich hab eh keine Fahrerlaubnis. Hat Andreas gesagt, wie das gehen soll?« Sie fragte nicht vorwurfsvoll, sondern schien daran interessiert zu sein, die Sache so abzuwickeln, wie Andi es mir versprochen hatte.

»Ich könnte Ihnen den Wagen ganz offiziell abkaufen.«

»Was soll ich mit deinen Aluchips, Friedemann? Nee, lass mal. Besorg so 'nen Kaufvertrag und wir schreiben irgendwas rein, das mit dem Auto machst du mit meinen

Jungs aus, ich hatte mit der Scheiß-Karre und ihrem Vorbesitzer sowieso nur Ärger.«

»Danke, Frau Wuttke. Vielen Dank! Ich komm morgen noch mal mit einem Vertrag vorbei, okay?« Sie nickte stumm, während der Zigarettenqualm ihr zerzaustes Haar umhüllte.

»Ich muss dann mal wieder. Meine Eltern …« Ich stand auf und sie brachte mich noch zur Tür. »Mach's gut, Friedemann. Mach's gut.«

Den Nachmittag verbrachte ich damit, den Wartburg aufzuräumen. Zuvor lag ich noch eine Weile in meinem Zimmer auf dem Bett und überlegte, ob ich Anke anrufen sollte. Aber ich hatte auch meinen Stolz und dachte mir, sie sollte vielleicht den nächsten Schritt machen.

Gleich als ich das Auto aufgeschlossen hatte, sah ich Frau Fensterguck von gegenüber. Mir schoss es plötzlich durch den Kopf, dass sie bald merken würde, dass Andi nicht mehr da war. Irgendwann würden mich vielleicht die Bullen oder sogar die Stasi ausfragen. Das könnte richtig unangenehm werden. Ich sollte mir eine gute Geschichte überlegen, falls mich jemand auf Andi und Katrin ansprechen würde.

Gemächlich setzte ich mich auf den Beifahrersitz, wo ein paar Stunden zuvor Anke gesessen hatte. Im Wagen roch es noch nach Balaton, bildete ich mir zumindest ein. Auf dem Boden zwischen meinen Beinen lag eine Coca-Cola-Flasche. Wie hatte es Andi bloß über die Grenze geschafft? Ich konnte ihn ja kaum am Telefon fragen, denn alle Gespräche sollten angeblich von der Stasi abgehört werden. Und da war da noch Anke. Scheiße, ja, Anke!

Ich stieg wieder aus, schloss den Wagen ab und lief die dreihundert Meter rüber zur Rakete. Ich musste unter Leute kommen, sonst würde ich noch verrückt werden.

Im Jugendclub war Sonntagnachmittag-Teenie-Disco. Das hieß, dass das Durchschnittsalter so um die vierzehn lag und es eigentlich nicht sehr cool war, in meinem Alter dort rumzuhängen. Aber als Stammgast kam man immer sofort vorbei an Peter, dem Türsteher, und der wartenden Traube aufgedonnerter Kids. Er war ein Hüne, sodass wir ihn immer nur »Peter der Große« nannten. Wenn er das hörte, grinste er jedes Mal stumm, kniff die Augen zu winzigen Schlitzen zusammen und knuffte uns leicht mit seinen riesigen Fäusten auf die Oberarme – wir unterdrückten die Schmerzensschreie.

»Mensch, Blume!«, begrüßte mich drinnen Toni. Er war der Jugendclubleiter, etwa Mitte dreißig, mit Schnurrbart und Kaltwelle und versuchte immer den netten Kumpel raushängen zu lassen. Uns war er dafür zu alt, aber man kam gut mit ihm aus. »Wie war es in Ungarn?«, fragte er mich.

»Danke, prima. Übelst sonnig«, antwortete ich.

»Kommt Andi auch noch?« fragte er.

Scheiße! Jetzt schon so eine Frage? »Nee …, der kommt heute nicht«, gab ich schnell zurück und fragte ihn, wie es in der letzten Woche hier in Leipzig war. Ich sollte mich zu Hause einschließen, bis alle die Sache mit Andi von woanders her wussten, das konnte ja heiter werden. Nach einer Stunde war ich wieder draußen.

Montag stand ich früh auf und fuhr mit dem Rad die zwanzig Minuten in die Gärtnerei nach Hartmannsdorf am südwestlichen Stadtrand, bei der ich die letzten zwei Jahre Lehrling gewesen war und nun seit Mitte Juli eine Festanstellung bekommen hatte. Ich wollte nicht mit dem Warti vorfahren, um keine lästigen Fragen beantworten zu müssen. Heute wartete eine Menge Arbeit auf uns, denn ab August machten wir die gerade blühenden Eriken für den Versand fertig. Das hieß, dass wir in den folgenden Wochen pausenlos diese Blumen einzeln vermessen und entsprechend der Größe nach sortieren mussten – für den Export in das »nichtsozialistische Wirtschaftsgebiet«, also nach drüben.

Als ich auf dem Hof der Gärtnerei einbog, wartete bereits ein LKW mit westdeutschem Nummernschild. Direkt neben der geöffneten Ladetür standen drei Beamte vom DDR-Zoll und passten wie immer auf, dass keiner von uns Gärtnern sich in einer Blumenkiste versteckt in den Wagen schmuggelte, denn die LKWs wurden noch hier verplombt und gingen danach sofort auf Transport in den Westen. Unter den Gärtnern kursierte die Geschichte, dass vor einigen Jahren mal ein früherer Kollege stockbesoffen versucht hatte, auf den LKW zu klettern. Er schrie die Zöllner an: »Ich heiße Erika! Ich bin eine Blume! Ich muss da mit!« Es folgte eine Schlägerei mit den Typen vom Zoll, und danach war Kollege Erika von der Polizei abgeholt worden. Man erzählte unter vorgehaltener Hand, dass er aufgrund der Aktion wegen versuchter Republikflucht verknackt worden war. Aber keiner wusste Genaueres, weil niemand ihn wiedergesehen hatte.

Ich überlegte mir den ganzen Vormittag beim Tragen der Kisten, ob Andi ein paar Tage später irgendwo in Stuttgart meine Eriken kaufen würde. Aber Andi und Blumen, na ja ... Theoretisch wäre es jedenfalls möglich gewesen.

Die Entscheidung Gärtner zu lernen, hatte ich natürlich nicht nur wegen meines albernen Nachnamens gefällt. Aber alle umliegenden Betriebe im Südwesten der Stadt hatten irgendwas mit Metall und Maschinen zu tun, und das war mir zu laut, zu dunkel und zu dreckig. Mit etwa zehn Jahren hatte ich mir überlegt, später mal aufs Dorf zu ziehen. Ich stellte mir in meiner kindlichen Fantasie das Leben auf einem Bauernhof unglaublich schön vor. Ein paar Tiere, ein alter Traktor und ein großer Gemüsegarten. Mit den Jahren verblassten diese Vorstellungen in meinem Kopf und wichen Wichtigerem: Musik und Mädchen.

Aber Gärtner sein, das stellte ich mir gut vor. Ein Handwerk mit dem man immer etwas anfangen könnte. Und wenn ich später Gitarrist in einer berühmten Band sein würde, machte sich das bestimmt gut im Lebenslauf. Das hatte was Romantisches und gefiel den Mädels bestimmt. Ja, ich mochte meinen Job, denn es gab beschissenere. Aber noch mehr mochte ich meine Freizeit.

Nach einer Woche Urlaub war ich soviel Schufterei kaum noch gewohnt. Darum blieb ich abends zu Hause und schaute mir im West-Fernsehen die Nachrichten an. Meistens ging es um junge Zonis, die über die ungarisch-österreichische Grenze abgehauen waren. Hunderten sollte es schon geglückt sein. Ich überlegte, bei Anke anzurufen. Aber ich tat es nicht. Ich hatte in Ungarn ihr gegenüber schon zu viel von meinen Gefühlen preisgegeben und befürchtete, wie ein Schoßhündchen gewirkt zu haben. Nun konnte ich nur punkten, wenn Anke den nächsten Schritt machen musste. Doch der ließ auf sich warten.

Freitagabend klingelte endlich das Telefon, kurz bevor ich in die Rakete aufbrechen wollte.

»Hallo, ich bin's.«

Ich erkannte ihre Stimme sofort und versuchte, so freundlich wie nur möglich zu klingen. »Hallo, schöne Frau. Wie geht's?«, antwortete ich. »Ich habe noch deine The-Cure-Kassette. Bist du heute Abend in der Rakete, dann kann ich sie mitbringen?« Der Zuckerguss auf meinen Sätzen tropfte förmlich in den Telefonhörer.

»Wahrscheinlich eher nicht. Ich … ich bin ein wenig erkältet, sicher die Nacht draußen vorm Zelt.«

»Ach so.« Ich sagte nichts weiter und schloss die Augen, und ihr ebenmäßiges Gesicht tauchte in Gedanken vor mir auf, so wie es aussah, als wir auf der Bank saßen und ich ihre Wange gestreichelt hatte.

»Friedemann?«, fragte Anke in den Hörer, und ich fuhr aus meinen Gedanken wieder auf. Vor unserem Ungarntrip hatte sie mich immer nur Blume genannt, und nun sprach sie mich plötzlich mit meinem Vornamen an. Das hatte irgendwas Intimeres, fand ich. »Friedemann?«, fragte sie noch mal.

»Ja? Ich bin noch da«, sagte ich.

»Danke, für … für alles.«

Ich hatte mir etwas anderes erhofft und fragte spontan: »Rufst du deswegen an, Anke?«

»Nicht nur. Ich wollte fragen, ob du wieder fährst.« Es war klar, dass sie Ungarn meinte, und ich glaubte eine gewisse Unsicherheit in ihrer Stimme zu erkennen.

»Ich weiß nicht, im Moment eher nicht.« Dann fügte ich noch hinzu: »Wolln wir uns nicht lieber irgendwo treffen, anstatt am Telefon rumzustottern?«

Ihre Antwort kam erst nach einer winzigen Pause, aber sie war lang genug, dass sie mir aufgefallen war: »Ja ... aber nicht heute. Tut mir leid. Geht echt nicht.«

»Dann vielleicht morgen Abend in der Rakete?«, fragte ich.

Im Hintergrund konnte man Ankes Vater hören, der sie irgendwie vollquatschte, und sie sagte schnell: »Du, ich muss Schluss machen, ich melde mich wieder. Mach's gut, Friedemann.«

»Mach's gut, Anke. Ich umarme dich.« Den letzten Satz von mir hörte sie glaube ich nicht, da sie zu schnell aufgelegt hatte, aber vielleicht war das ja auch besser so. Ich stand noch einige Minuten im Flur an unserem Telefonschränkchen mit dem Hörer in der Hand und hörte das Tuten in der Leitung. Irgendwann legte ich auf.

Am Samstag frühstückten mein Vater und ich zeitig. Heute sollte es mit dem Bau der neuen Laube losgehen. Während wir verschlafen und schweigend am Küchentisch saßen, schaute ich auf die Uhr an der Wand. Zur Disco in der Rakete trudelten wir samstags im Allgemeinen gegen einundzwanzig Uhr ein. Das war genau in dreizehn Stunden. Ich konnte mir nicht vorstellen, dass Anke nicht kommen würde. Ich wollte es mir nicht vorstellen. Sie hatte gesagt, sie würde sich melden. So blieb mir nur quälendes Warten auf den Abend. Wenn wir uns erst mal wieder gegenüberstünden, könnten wir dort anknüpfen, wo wir am Balaton aufgehört hatten. Bestimmt. Noch zwölf Stunden und fünfundfünfzig Minuten.

Mein Vater drängte zum Aufbruch, meine Mutter wollte später nachkommen. Wir hatten noch Baumaterial im Auto und fuhren mit dem Škoda meiner Eltern die wenigen Minuten rüber zur Gartenkolonie.

Der Split auf dem Hauptweg knirschte unter den Schuhsohlen, und weit und breit schien noch keiner außer uns auf den Beinen zu sein. Als Kind war ich hier jedes Wochenende mit meinen Eltern gewesen. Auf diesem Hauptweg zwischen den Gärten hatte mir mein Vater auch das Radfahren beigebracht. Als ich dann größer wurde, bin ich kaum noch mitgekommen, weil ich lieber mit der Clique in der Rakete rumhängen wollte. Maximal zum Mittagessen konnten mich meine Eltern noch in den Garten locken.

Mein Vater schloss die Tür zu seinen achtzig Quadratmetern »Gartenglück« auf, so hieß auch die ganze Gartensparte. Die Parzelle war gut zwanzig Quadratmeter größer als unsere Wohnung. Kein Wunder, dass meine Eltern lieber hier ihre Wochenenden verbringen wollten.

Ich blickte auf meine Uhr. Noch zwölf Stunden und vierzig Minuten.

»Übrigens, Friedemann. Lehmanns von drüben ...«, mein Vater zeigte auf die gegenüber liegende Parzelle »... die sind auch noch nicht aus Ungarn zurück. Das werden jetzt drei Wochen. Denen gehen die ganzen Tomatenpflanzen ein. Die gießt doch keiner. Schade drum.«

Ich zuckte nur mit den Schultern. Dirk, der Sohn von Lehmanns, war ein Jahr älter als ich, und wir hatten hier früher oft zusammen gespielt. Ob der auch mitgefahren war?

Unsere Parzelle bestand aus einem Blumenbeet, zwei Gemüsebeeten mit Salat und Möhren, dem aus alten Fenstern zusammengebauten Gewächshaus, in dem mein Vater Gurken und Tomaten anbaute, und unserer alten Laube. Eigentlich war das nur ein etwas größerer Geräteschuppen, aber dank der überdachten Terrasse hatte man bei Regen wenigstens eine Unterstellmöglichkeit. Daneben in der Ecke war bereits letzte Woche die etwa fünfzehn Quadratmeter große Bodenplatte für die neue Laube gegossen worden. Das hatte ein Gartennachbar für meine Eltern organisiert. Unter einer Plane warteten die Gasbetonsteine, wegen denen mein Vater monatelang rumgerannt war. Ich glaube, letztlich hatte er sich die von irgendeiner Baustelle aus seinem Betrieb abgezweigt und jeden einzelnen Stein in seinem Škoda hierher gefahren.

Zuerst mischten wir Zement in einer großen vorsintflutlichen Zinkbadewanne, und dann zogen wir Stein auf Stein die Wände hoch. Für Fenster und Tür ließen wir noch Platz, die wollten wir aus der alten Laube ausbauen, weil mein Vater keine neuen bekommen hatte. Die Balken und Bretter für das Dach waren auch noch nicht hier, lagen aber schon drüben in den Garagenhöfen, wo Andi heimlich das Autofahren gelernt hatte.

Mittags kam meine Mutter vorbei und brachte uns das Essen. Wir saßen zusammen auf der kleinen Terrasse und mein Vater berichtete von unseren baulichen Fortschritten. Ich zählte in Gedanken die Wochenenden durch, die wir noch brauchen würden, bis alles fertig war. Auf das geplante Flachdach aus Holz müsste noch die Dachpappe, dann Wände verputzen und Stromleitung verlegen. Das könnte sich hinziehen. Aber danach hätte ich jedes Wochenende sturmfreie Bude. Ich könnte dann Anke nach der Disco in der Rakete noch mit zu mir nehmen. Über Nacht. Was für ein Gedanke!

Meine Eltern sprachen fast die ganze Zeit nur über Lehmanns Tomaten und über die Farbe der Gardinen für die neue Laube. Ich überlegte, sie zu fragen, ob sie noch nie mit dem Gedanken gespielt hatten, auch rüber in den Westen zu gehen, verkniff es mir aber. Alles was mich im Moment wirklich interessierte, war, wie ich die knapp acht Stunden bis heute Abend rum bekommen sollte.

Pünktlich um einundzwanzig Uhr stand ich frisch geduscht und rasiert in der Rakete. Ich setzte mich an die Bar mit Blick auf die Eingangstür, beseelt von der Hoffnung, Anke würde gleich kommen. Als meine Uhr zweiundzwanzig Uhr zeigte, war von ihr noch nichts zu sehen. Dieses blöde Warten! Das war die reinste Nervenfolter. Dazu kam, dass alle Leute wissen wollten, wo Andi heute sei. Kein Wunder, denn wir waren ja immer zu zweit hier aufgelaufen. Ich bügelte alle Fragen ab, indem ich erzählte, er sei bei seiner Oma in Dresden. Die hatte wirklich dort ein Grundstück und Andi half ihr ein-, zweimal im Jahr im Garten für einige Tage. Ich war auch schon mal mit dort gewesen, um beim Bäumeverschneiden zu helfen.

Dave und Martin setzten sich zu mir an den Tresen. Eigentlich hießen sie Mike und Marco und waren Depeche-Moder, aber da Mike exakt wie Dave Gahan und Marco eben wie Martin Gore gestylt war, nannten wir sie in der Clique nur so. Die beiden waren in Grünau bekannt wie ein bunter Hund. Ihre selbst geschneiderten Lederoutfits waren tatsächlich ziemlich cool. Ich erzählte ihnen, wo Andi jetzt in Wirklichkeit steckte, und wir tranken giftgrünen Pfefferminzlikör auf ihn und fühlten uns, als wenn wir gerade von seiner Beerdigung gekommen wären.

Wo bloß Anke blieb? Grit, eine blassgeschminkte Freundin von ihr, kam zu uns an den Tresen, und ich fragte, ob sie wüsste, wann Anke käme.

»Die müsste eigentlich schon da sein. Ich hatte am Mittwoch noch mit ihr telefoniert, und sie wollte heute kommen«, antwortete Grit und verdrückte sich mit ihrem Gin-Tonic wieder unter die tanzenden Massen. Also hieß es nur noch ein kleines bisschen warten. Dave und Martin hatten die nächste Runde Pfeffis klargemacht: »Auf Andi!«

Es war schon nach Mitternacht und von Anke immer noch nichts zu sehen. Ich schwankte ungeduldig auf dem Barhocker hin und her, aber das konnte auch von den vielen Pfeffis gekommen sein. Dave und Martin waren ebenfalls gut abgefüllt und zogen mich plötzlich mit auf die Tanzfläche, wo wir drei wie wild zu Modern Talking tanzten. Das ganze Publikum sah uns dabei zu und klatschte im Takt, auch die ganzen Stinos mit ihren Fassonhaarschnitten und Schneejeans. Es war nach ein Uhr, als ich allein nach Hause wankte.

Sonntagvormittag arbeiteten wir wieder an der Laube. Während ich restalkoholisiert Gasbetonsteine heranschleppte, pendelten meine Gedanken zwischen den verschiedenen Optionen, die ich heute noch bezüglich Anke hatte: Warten, anrufen, warten, vorbeigehen, warten, ihr einen Brief schreiben oder warten. Nach dem Mittagessen sagte ich meinem Vater, dass ich nachher noch was Dringendes erledigen müsste. Glücklicherweise fragte er nicht weiter nach und wir machten um fünfzehn Uhr »Feierabend«. Ich schwang mich auf mein altes Rennrad und fuhr rüber zu Anke. Ich wollte endlich wissen, was los war. Die Tatsache, dass wir uns seit Ungarn eine Woche nicht gesehen hatten, sprach schon für sich. Aber wieso hatte sie mich dann angerufen?

Ich stand mit meinem Rad und ihrer The-Cure-Kassette vor ihrem Haus und klingelte. Niemand öffnete. Ich klingelte noch mal – nichts. Ich hatte das Tape in der Hand und schaute auf das Cover. Dort stand »Kiss Me, Kiss Me, Kiss Me« und ich wünschte, Anke hätte es drauf geschrieben und mich genau dazu jetzt eingeladen. Aber die Tür blieb verschlossen. Langsam spürte ich, dass ich mich hier voll zum Idioten machte und schaffte es dennoch nicht, wieder aufs Rad zu steigen und loszufahren. Unentschlossen blickte ich auf die stummen Fenster des Hauses.

»Wollen Sie zu Bäumerts?«, rief plötzlich eine Stimme hinter mir. Ich drehte mich um, und aus dem gegenüberliegenden Einfamilienhaus schaute eine Frau aus dem Fenster.

»Ja«, antwortete ich. »Ist keiner da?«

»Nein, die sind Freitagabend verreist. Alle drei. Die machen Familienurlaub in Ungarn. Für eine Woche.«

»Ach so. Danke.« Mechanisch setzte ich mich in Bewegung und schob das Rad auf dem Fußweg. Zum Aufsteigen und Losfahren fehlte mir plötzlich die Kraft. Meine Beine waren schwer wie Blei, und in meinem Kopf hämmerte es seit dem Wort »Familienurlaub« unaufhörlich.

Anke war seit zwei Jahren nicht mehr mit ihren Eltern verreist.

Oh mein Gott, was bin ich für ein Trottel gewesen! Ziellos lief ich gut eine halbe Stunde durch Grünau. Mein Handgelenk schmerzte vom verkrampften Festhalten des Lenkers. Irgendwann blieb ich stehen. Anke hatte mich verarscht. Einfach so verarscht. Sie musste doch gewusst haben, was ihre Eltern vorhatten. Da hätte sie doch was sagen können am Telefon. Scheiße! Je mehr ich darüber nachdachte, desto wütender wurde ich. Diese Tussi! Bestimmt wusste sie das schon in Ungarn und hat mich deshalb überredet, wieder zurück nach Leipzig zu fahren, weil sonst die Flucht der netten Chefarzt-Familie aufgeflogen wäre. Und ich Blödmann lass mir die Chance entgehen mit meinem alten Kumpel Andi in den Westen zu gehen. Mein Gott, wie bescheuert kann man nur sein? Wenn wenigstens diese scheiß Gartenlaube von meinen Eltern schon fertig wäre. Dann könnte ich gleich morgen ein neues Visum nach Ungarn beantragen. Zumindest es versuchen. Ob man da überhaupt noch eins bekam? Die würden doch sicher merken, dass ich im August schon dort war und könnten dann eins und eins zusammenzählen. Seit einigen Wochen hatten sogar schon Leute in Prag die Botschaft besetzt. Aber das schien mir zu plump. Ich mach mich doch nicht völlig zur Feile und klettere über einen Zaun und werde dabei noch von irgendwelchen Fernsehteams gefilmt. Und dann hatte ich noch den Bau dieser Gartenlaube an der Backe. Vor dem Urlaub hatte ich mich darauf gefreut. Aber jetzt … war sowieso alles irgendwie zu spät.

Ich stieg auf mein Rad und fuhr Richtung Kulkwitzer

See und weiter, raus aus der Stadt. Ich brauchte Bewegung, Bewegung gegen die Untätigkeit, zu der ich verdammt war. Ich brauchte Zeit zum Nachdenken, und sehen wollte ich jetzt sowieso niemanden.

Die Straße hinter Markranstädt war kaum befahren, und die Bäume am Straßenrand spendeten etwas Schatten an diesem warmen Septembertag. Ich hatte ein gutes Tempo drauf und der kühle Fahrtwind etwas Beruhigendes. Nur keine Hektik, sagte ich immer wieder zu mir. Du bist jung, Friedemann, und hast noch alle Zeit der Welt, was aus deinem Leben zu machen. Anke und Andi waren ja schließlich nicht die einzigen Menschen, die ich kannte. Ich kam auch so ganz gut klar. Die und ihr blöder Westen.

Eine Woche war seit meinem erfolglosen Klingeln bei Anke vergangen. Sonntagabend spazierte ich Richtung »Völkerfreundschaft«, dem Jugendclub im WK 4, etwa zwanzig Minuten Fußweg von meinem Zuhause. Aber eigentlich wollte ich gar nicht in die »Völle« zum Biertrinken, sondern zu Anke, um zu sehen, ob sie vielleicht doch gestern zurückgekommen war.

Als ich an ihrem Haus vorbeilief, war alles dunkel. Der Lada stand auch nicht in der Auffahrt. Ich blickte nur kurz an der Fassade zu den Fenstern hoch und lief weiter, ohne stehen zu bleiben. Das war ja eigentlich klar gewesen! Trotzdem spürte ich, wie Wut und Enttäuschung wieder in mir hochkrochen.

An der nächsten Straßenkreuzung bog ich rechts ab und danach gleich noch mal. Kurz darauf stand ich vor dem Hintereingang von Ankes Grundstück und blickte über den

Gartenzaun auf die Rückfront des Hauses. Auch hier war alles dunkel. Keiner zu Hause. Jetzt war es wohl endgültig: Hier ist niemand zurückgekommen. Anke, Andi und Katrin sind drüben, und ich schleiche hier wie ein Straßenköter um die Häuser.

Die Sonne war schon fast untergegangen und weit und breit kein Mensch zu sehen. Die Kleingärten gegenüber waren ebenfalls verlassen. Totenstille. Und plötzlich hatte ich eine Idee.

Mit einem Satz kletterte ich über das Tor und rannte zum Haus. Ich kannte den Blumentopf, in dem sich der Schlüssel für die Kellertür befand, das hatte mir Katrin mal ziemlich besoffen auf Ankes Geburtstagsparty verraten. Ich hob den Topf mit dem stark duftenden Lavendel an, und tatsächlich lag darunter ein Schlüssel. Ich blickte mich um. Niemand war zu sehen oder zu hören. Auch auf den angrenzenden Grundstücken war es still. Nur die Grillen zirpten, allerdings nicht so laut wie am Balaton. Wahrscheinlich saßen alle Nachbarn vor der Glotze und schauten sich den »Tatort« im West-Fernsehen an. Wenn am Montag die Kollegen des Herrn Chefarztes bemerken würden, dass der Genosse nicht mehr zur Arbeit käme, würden hier bestimmt die Stasifritzen auftauchen und die Bude filzen. Ich wollte noch einmal Ankes Zimmer sehen, das ich von einigen Besuchen mit Andi und Katrin kannte. Ihr Reich. Dort, wo ich so gerne mit ihr rumgeknutscht hätte und den ganzen anderen schönen Kram. Ich drehte mich um und huschte zur Tür. Vorsichtig schloss ich auf und schlüpfte durch den Spalt.

Der Kellergang lag im Dunkeln, nur durch das Milchglasfenster in der Tür fiel etwas Licht. Ich kannte den Weg nach oben in die Diele noch von der Party und tastete mich vorsichtig ins Erdgeschoss. Licht machte ich keines an, das letzte bisschen Abendsonne erhellte die Räume durch die Fenster gerade so, dass ich alles sehen konnte.

Zunächst schlenderte ich planlos durch die Etage, erst kurz in die Küche, dann in das große Wohnzimmer, wo der Schreibtisch des Chefarztes stand, immer darauf bedacht, keinen Krach zu machen. Mein Blick fiel auf den großen Farbfernseher. Der würde sich bestimmt gut in meinem Zimmer machen, aber wie sollte ich den hier unauffällig raus bekommen? Nein, ich fühlte mich überhaupt nicht wie ein Einbrecher. Ein seltsames Gefühl von Neugier und Melancholie überkam mich. Alles war peinlich genau aufgeräumt, und ich zweifelte kurz, ob sie nicht doch wieder zurückkommen würden. Warum räumt man denn seine Bude sonst auf? In der Küche war sogar der Kühlschrank noch an. Ich öffnete ihn und entdeckte eine Flasche Nordhäuser Doppelkorn. Ohne zu zögern nahm ich sie heraus und trank einen Schluck. Mit der Flasche ging ich langsam die Treppe hoch ins Obergeschoss. Die Tür zu Ankes Zimmer stand halboffen. Diese Stille …

Es muss bei der Gartenparty Ende Juni gewesen sein, als ich das letzte Mal in ihrem Zimmer gewesen war. Damals waren ihre Eltern übers Wochenende weggefahren, und Anke hatte ihren achtzehnten Geburtstag nachgefeiert. Es war eine tolle Fete gewesen mit mindesten dreißig bis vierzig Leuten und reichlich Bratwurst und Bier. Andi hatte Anke nach ihren Schallplatten gefragt, weil er sich was auf Kassette überspielen wollte, und wir drei waren kurz in ihr

Zimmer hochgegangen. Sie hatte eine Platte von The Cure aufgelegt, ein Geschenk von ihrer West-Tante. Wir saßen auf ihrem Bett und hörten zu, wie Robert Smith uns seinen Weltschmerz vorsang. Ich glaube, damals hatte ich mich schon ein wenig in sie verknallt, als wir so nahe beieinander auf dem Bett saßen und ich ihr kurz in die Augen und lange in den Ausschnitt geguckt hatte.

Ich trat in Ankes Zimmer und schloss kurz die Augen, weil ich glaubte, ihren Duft im Raum noch zu riechen. Tief atmete ich ein und erinnerte mich an den Geruch ihrer Haare, damals in der Nacht am Balaton. Langsam schaute ich mich um. Über ihrem Schreibtisch hingen mehrere Fotos von unserer Clique und auch unser erstes und einziges »Bandfoto«, auf dem wir vier in schwarzen Klamotten sehr ernst in die Kamera schauten. Anke hatte mit rotem Nagellack auf das Foto »The Innocent Disco« geschrieben. Von den vier Leuten auf dem Bild waren mittlerweile drei im Westen. Ich war der letzte Mohikaner. Vorsichtig nahm ich das Foto ab und legte es auf ihren Schreibtisch, die Stecknadeln daneben. Einige Schubladen machte ich auf und wieder zu, ohne den Inhalt näher zu untersuchen. Mein Blick fiel schließlich auf ihren silbernen Sanyo-Kassettenrekorder, den sie mit am Balaton hatte. Was für ein cooles Teil, wie aus dem »Beatstreet«-Film.

Als ich vorhin die Treppen zu ihrem Zimmer hochgestiegen war, hatte ich die zugegeben ziemlich absurde Hoffnung, dass Anke mir einen rosafarbenen Brief auf ihrem Schreibtisch hinterlegt hätte, mit den größten Liebesschwüren überhaupt und der Adresse, wo ich hinkommen sollte, um sie zu heiraten. Aber da war nichts dergleichen in ihrem Zimmer. Nur bedrückende Stille und Erinnerungen an ein Mädchen, das nicht da war und nie mehr hierher kommen würde.

Draußen dämmerte es immer mehr, und langsam wurde es im Zimmer dunkel. Ich nahm noch einen Schluck aus der Flasche und ließ sie auf dem Schreibtisch stehen. Oben auf ihrem Kleiderschrank entdeckte ich einen Reiserucksack. Ich zerrte ihn runter und packte den Rekorder rein. Die Seitentaschen füllte ich mit ihren Musikkassetten. Für ihre West-Schallplatten fand ich noch einen Stoffbeutel. Zuletzt nahm ich unser Bandfoto vom Schreibtisch und steckte es zu den Platten. Bevor ich ihr Zimmer verließ, atmete ich noch einmal tief ein und aus: Anke.

Leise schlich ich aus dem Haus, verschloss die Tür und legte den Schlüssel wieder unter den Blumentopf. Niemand sah mich, als ich das Grundstück verließ und schwer bepackt den Heimweg antrat.

»Hat sich Andi eigentlich mal bei dir gemeldet?«, fragte mich mein Vater, während ich Mörtel auf die letzten Steine unserer neuen Gartenlaube klatschte.

»Nee. Ich denke mal, er will nicht, dass ich Ärger bekomme, weil wir doch zusammen in Ungarn waren. Von wegen Fluchthelfer oder so was.«

»Aber 'ne Karte könnte er ja mal schreiben. Ihr wart doch immer die dicksten Kumpels.«

Ich zuckte nur stumm mit den Schultern. Wenn wenigstens Anke eine Karte schreiben würde.

»Sag mal, du und Mutti, habt ihr nicht auch mal darüber nachgedacht rüber zu gehen?«

Mein Vater blickte sich fast erschrocken um und schaute, ob von den Gartennachbarn jemand in Hörweite war. Dann schwieg er einen Moment.

»Ach, Friedemann, weißt du, deine Mutter und ich sind jetzt Mitte vierzig. Ich glaube nicht, dass ich drüben noch Arbeit kriegen würde. Im Fernsehen sagen sie immer, die nehmen dort nur junge Leute. Wir haben hier unser ganzes Leben lang auf bessere Zeiten gewartet, die uns versprochen worden sind. Der Sozialismus in der DDR, das sollte ja nur sozusagen das Wartezimmer zum Kommunismus sein. Und so haben wir gewartet, dass es mit Walter Ulbricht besser wird und dass die Mauer wieder wegkommt. Dann, als Honecker an die Macht kam, haben wir gewartet, dass er den Laden besser schmeißt. Ich glaube, der einzige Grund, warum es diese DDR schon so lange gibt, ist die Geduld, die die Menschen darin haben, das Warten auf bessere Zeiten. Die wurden uns ja immer versprochen. Und nun … Ich glaube für unsereins gibt es nichts Neues mehr.« Mein Vater hob den nächsten Gasbetonstein auf den Mörtel, und ich rückte ihn ins Lot.

Ich saß alleine auf unserer braunen Couch im Wohnzimmer. Meine Eltern waren bei einer Betriebsfeier und würden erfahrungsgemäß sehr spät und etwas angetrunken nach Hause kommen. In den ZDF-Nachrichten lief ein Bericht über DDR-Flüchtlinge in der Prager Botschaft, Tausende waren dort seit Wochen untergekommen. Genscher stand auf einem Balkon und sagte irgendwas. Ich verstand es nicht, weil der Empfang sich verschlechterte. Plötzlich jubelten alle, offenbar durften sie mit Genscher mitfahren.

Wie einfach das schien. Wäre ich dort gewesen, könnte ich auch mit.

Ich zog meine Jacke an und ging in die Rakete. Der Laden war voll, als ob es nichts anderes gäbe in Leipzig. Ich zwängte mich Richtung Bar. Dave und Martin bestellten gerade eine neue Runde Pfeffis. Ich nahm auch einen.

»Hast du schon gehört, die Botschaftsbesetzer in Prag dürfen raus«, sagte Martin, und ich nickte.

»Vielleicht sollten wir auch mal was besetzen«, warf Dave ein, »sagen wir einen Intershop und dann Depeche-Mode-Platten für alle fordern.« Er schaute, als ob er das ernsthaft überlegte. Wahrscheinlich hatten ihn zu viele Pfeffis auf die Idee gebracht.

»Meinst du, da kommt auch Genscher vorbei, mit 'nem Koffer voller Vinyl?«, entgegnete ich, und Dave nickte eifrig.

»Genau. Wir müssen ihm nur noch unsere Wunschliste schreiben.«

Heute war Montag. Dave, Martin und ich trafen uns an der Straßenbahnhaltestelle Ratzelstraße. Die Jungs hatten ihre feinsten Depeche-Mode-Outfits angelegt, so als hätten sie vor zur Disco zu gehen. Aber das Wochenende hatten wir gerade hinter uns.

»Das wird total geil, Blume, wirste sehen. Letzte Woche waren es 70.000. So viele Menschen freiwillig auf 'ner Demo in der Zone. Das hat es das letzte Mal am 17. Juni 1953 gegeben.« Martin sprach leise, da noch eine ganze Menge anderer Leute an der Haltestelle standen, die wir nicht kannten.

Den ganzen Samstagabend in der Rakete hatten sie mir in den Ohren gelegen, ich solle unbedingt mit auf eine Montagsdemo. Schon am 7. Oktober waren die beiden in der Innenstadt gewesen und hatten sich von den Vopos durch die Straßen jagen lassen. Aber ich hatte so viel mit Vaters Gartenlaube zu tun. Und dann noch die Arbeit in der Gärtnerei in Verbindung mit meinem latenten, mittlerweile schon chronischen Liebeskummer – das alles verdarb mir bislang die Lust am Revoltemachen. Doch schließlich hatte ich mich nach vielen Mixgetränken breitquatschen lassen.

Als die Bahn anhielt und die Türen sich öffneten, war alles überfüllt. Wie im dicksten Berufsverkehr. Dave und Martin drängelten sich sofort rein, doch vor meiner Nase ging die Tür zu, und die Bahn fuhr los. Die beiden konnten nur noch lautlos winken. Wie sollte ich die in der Innenstadt wiederfinden, bei so vielen Menschen? Minutenlang stand ich verdattert vor dem Haltestellenhäuschen. Dann ging ich wieder nach Hause.

Andi fehlte mir. Und Anke auch. In ganz verzweifelten Momenten sogar Katrin! Immer noch hoffte ich auf einen Anruf oder auf Post. Andi traute sich offenbar nicht anzurufen, aber dafür hatte ich Verständnis. Es war ja auch zu meinem Schutz, wegen der Stasi im Telefon.

Ich hörte mir Ankes Schallplatten an, während Dave und Martin und zehntausende andere in der Innenstadt demonstrierten – Tears For Fears »The Hurting« und The Cures »Faith«. Ich las die Texte auf den Plattenhüllen mit, auf der Suche nach einer Antwort auf all die Fragen, die ich niemandem stellen konnte. Warum war ich noch hier? Was war das mit Anke gewesen? Was kommt als nächstes? Draußen im Land und in der Stadt war scheinbar alles im Umbruch, auch ohne mein Zutun. Immerhin war Ende Oktober die Gartenlaube fertig geworden – durch mein Zutun, zwei Tage, nachdem Honecker von all seinen Ämtern zurückgetreten war. Mein Vater sagte scherzhaft: »Das ist nun die Erich-Honecker-Gedächtnislaube.« Aber mein Ticket nach Ungarn konnte oder wollte ich noch nicht lösen. Woche um Woche zögerte ich die Entscheidung hinaus.

Es war ein kalter Donnerstag im November, als ich am späten Nachmittag müde aus der Gärtnerei nach Hause kam. Ein Brief lag für mich auf dem Telefontisch im Flur. Der Absender hieß: »Wehrkreiskommando«. Auch das noch! Ich bekam einen Adrenalinschub, wie ich ihn zuvor nicht gekannt hatte und verschwand in meinem Zimmer. Was ich aus dem Umschlag zog, war nichts anderes als meine Einberufung zum Grundwehrdienst bei der Nationalen Volksarmee. Nein! Wieso ausgerechnet ich? Ich saß auf meinem Bett und starrte auf die Fotos von Morrissey, die an der Wand hingen. Der war bestimmt nicht bei der Asche gewesen. Dem ging's gut.

Nach einer Weile ging ich mit dem Wisch in die Küche, wo mein Vater am Tisch saß und Zeitung las. Meine Mutter schaute im Wohnzimmer die Nachrichten. Die monotone Stimme des Sprechers tönte hinter der angelehnten Tür.

»Ja, da musst du durch, Junge«, entgegnete mein Vater beiläufig, nachdem er das Schreiben überflogen hatte. »Mussten wir alle. Die Frauen kriegen die Kinder, und die

Männer gehen zur Armee.« Das waren die guten Ratschläge eines Vaters an seinen frustrierten Sohn?

»Aber gerade jetzt?«, entgegnete ich. »Armeen machen doch sowieso keinen Sinn mehr. Eine Atombombe und alles is futsch. Außerdem, was du aus deiner NVA-Zeit erzählt hast, von wegen den ganzen Schikanen und so. Andis Bruder hat das auch alles mitmachen müssen. Nee, darauf hab ich absolut keinen Bock!«

»Tja, was willste denn machen, Junge? Vor der Armee drückt man sich nicht. Da lernst du wenigstens mal, wie man sein Bett ordentlich macht. Das hat noch keinem geschadet.«

Ich lehnte am Kühlschrank und schaute meinen Vater an. »Mich interessiert aber nicht, wie eine Kalaschnikow funktioniert, ich will nur wissen, wie man Gitarre spielt.«

»Friedemann, das Leben besteht nun mal nicht nur aus Faulenzen und Träumereien. Dein Großvater damals, der hatte 'ne schlechte Zeit erwischt, aber du … Das wird schon. Geht schnell vorbei.« Er raschelte mit der Zeitung und blätterte zum Sportteil.

In mir begann es zu brodeln: »Ich will aber nicht zur Armee. Ich bin Musiker, kein Soldat.« Meine Stimme wurde immer lauter. »Anderthalb Jahre meines Lebens in einer beschissenen Kaserne verplempern. Lieber hau ich ab nach drüben«, rief ich ihm zu. Ich musste dringend aus diesem Zimmer raus.

Mein Vater legte geräuschvoll die Zeitung aus der Hand. »Jetzt mach mal halblang«, rief er in strengem Tonfall. »Willst du dein Leben lang vor den unangenehmen Dingen weglaufen? Was hast du denn schon geleistet? Willst du deswegen in den Knast?«

»Ist doch das Gleiche. Verdammte Scheiße! Scheiß-Armee! Scheiß-Zone! Alles Scheiße!« Ich schrie und trat gegen die Küchentür. Mein Vater sprang auf.

Plötzlich rief meine Mutter ganz aufgeregt aus dem Wohnzimmer: »Horst! Friedemann! Kommt schnell und schaut euch das an! Die Mauer in Berlin ... die Mauer ist offen!«

4. Road to Nowhere

Ich saß im Warti. »Take me out tonight …« – neben mir auf dem Beifahrersitz lag Ankes Kassettenrekorder und spielte mein The-Smiths-Tape. »Take me anywere I don't care« – wie passend.

Draußen war es Nacht und in den Wagen kroch langsam die Kälte. Ich hatte mich auf dem Fahrersitz in meinen Schlafsack eingepackt. Seit Stunden ging es nur Stop-and-go auf beiden Spuren der Autobahn, und es waren noch etwa vierzig Kilometer bis zur bayrischen Grenze. Weil ich Benzin sparen wollte, startete ich den Motor nur, wenn es vorwärts ging. Die Fensterscheiben beschlugen von meinem Atem, und ich wischte mit der Hand immer wieder Gucklöcher nach vorn und zur Seite. »There is a light that never goes out«, sang Morrissey, und ich hoffte, dass die Batterien noch eine Weile durchhalten würden.

Um mich herum standen überall Autos voller erwartungsfroher Menschen. Einige konnten es nicht abwarten und öffneten schon die Sektflaschen. Immerhin half das auch gegen die Kälte. Ich trank leidlich warmen Kaffee aus Vaters Thermoskanne, die er erst mal nicht zurückbekommen würde. Keine vierundzwanzig Stunden zuvor hatte ich mit meinen Eltern vor dem Fernseher gesessen und zugeschaut, wie die Ost-Berliner nach West-Berlin spazierten. »Na, gute Nacht, DDR«, prostete mein Vater mit seinem Bier dem Bildschirm zu.

»Ich gehe nicht zur Armee. Ich geh rüber«, platzte es aus mir heraus.

Meine Mutter schaute mich erschrocken an. Mein Vater drehte sich ebenfalls zu mir um und sagte etwas, womit ich überhaupt nicht gerechnet hatte: »Tja, Friedemann, du bist alt genug. Mach, was du für richtig hältst.« Es klang resigniert, oder bildete ich mir das nur ein?

»Aber Horst! Der Junge …« entgegnete meine Mutter weinerlich. Doch ich hatte mich entschieden. Endlich!

Während meine Eltern am folgenden Morgen zur Arbeit gingen, blieb ich zu Hause. Ich rief in der Gärtnerei an und meldete mich krank. Dass ich eigentlich nie wieder kommen wollte, traute ich mir nicht zu sagen. Die Grenzöffnung war mir noch zu unglaublich. Ich fuhr zum Büro der Pass- und Meldestelle der Volkspolizei, rüber nach Lindenau, und holte mir in einer langen Schlange voller aufgeregter Menschen meinen Visastempel ab. Wie einfach das plötzlich alles war. Danach eilte ich zurück nach Hause. Ich packte ein paar Klamotten ein, meine Papiere, meine Kassettensammlung, Ankes Rekorder, meine E-Gitarre, tankte den Warti auf und auch die beiden Kanister. Von Andis Mutter holte ich mir seine Adresse und Telefonnummer in Stuttgart. Vielleicht könnte ich dort erst mal unterkommen. Ich versuchte mehrmals ihn anzurufen, aber man konnte nicht in den Westen durchwählen, und bei der Telefonvermittlung war laufend besetzt.

Meine Eltern kamen schon gegen drei von der Arbeit,

und wir tranken noch zusammen Kaffee. Meine Mutter hatte Kuchen vom Bäcker mitgebracht. Die Stimmung war ähnlich bedrückend wie im Sommer am Balaton, als Andi und Katrin mit uns zum letzten Mal frühstückten. Ich drängte bald zum Aufbruch, weil klar war, dass die halbe DDR zu einem Kurzbesuch in den Westen starten würde. Und ich musste auch hier weg, weil ich das besorgte Gesicht meiner Mutter kaum länger ertragen konnte.

»Der schafft das schon, Rosi«, sagte mein Vater in die Stille am Tisch. Seine Gelassenheit schien nur Fassade, aber was sollten sie machen, ich war volljährig. Mein Vater holte aus der Schrankwand im Wohnzimmer einen Briefumschlag und drückte ihn mir in die Hand.

»Hier, das kannst du jetzt nötiger gebrauchen als wir.« Ich schaute kurz rein und sah zwei Zehn-D-Mark-Scheine und ein paar West-Münzen. Ich lächelte verlegen, weil ich wusste, dass dies das einzige West-Geld meiner Eltern war. Eigentlich müsste ich es ablehnen, aber ich konnte es wirklich gut gebrauchen. »Dankeschön. Ich schick euch einen neuen Schein, sobald ich drüben was verdiene«, antwortete ich und wedelte kurz mit den Banknoten, bevor ich sie in mein Portmonee steckte.

»Hast du dir das auch wirklich gut überlegt?«, fragte mich meine Mutter zum gefühlten hundertsten Male, als wir unten am Auto standen. »Das kommt jetzt alles so plötzlich.«

Ich nickte geduldig und sagte: »Ja, Mutti. Wirklich. Keine Ahnung, wie lange die Mauer noch offen ist. Vielleicht stoppen die Russen das ja wieder. Oder die Amis oder wer weiß noch. Und gerade jetzt noch zur Armee?«

Auch mein Vater umarmte mich unsicher, und ich überlegte, wann wir uns das letzte Mal so verabschiedet hatten.

Gegen ein Uhr nachts kam langsam der Grenzübergang Hirschberg in Sicht. Hier war alles hell erleuchtet inmitten der allumfassenden Dunkelheit. Überall Maschendrahtzäune, unzählige Scheinwerfer und Wachtürme. Als ob dahinter ein kontaminierter Landstrich wäre. Eine Seuchensperrzone. Ich glaube, die SED-Bonzen hatten das auch so verstanden. Nur eben ihr liebes Volk nicht. Nun hatten sie den Salat. Beide Spuren der Autobahn waren voller Ost-Kisten gen Westen. Der Geruch von Zweitaktmotoren lag in der Nachtluft, und ihr lautstarkes Tuckern übertönte meinen Rekorder, denn die Batterien wurden langsam schwächer. »I never, never want to go home. Because I haven't got one. Anymore ...« Die Kassette fing an zu leiern, und ich stoppte das Band.

Weiter draußen hinter den Zäunen hörte man Hunde bellen.

Allmählich rollte ich auf die Passkontrolle zu. Ob es irgendwelche Probleme geben könnte? Die werden ja wohl kaum wissen, dass ich bereits meinen Einberufungsbefehl bekommen hatte. Bei dem Chaos im Land. Oder am Ende doch? Ob das dann so was wie desertieren war? Scheiße, so hatte ich das noch gar nicht gesehen! Panik kroch plötzlich durch meine kalten Füße in mich rein, und in meinem Kopf begann es zu hämmern. Was nun? Zurück konnte ich jetzt nicht mehr, ich stand keine dreißig Meter von der Passkontrolle entfernt und war von Autos quasi eingekeilt. Zurück wollte ich auch nicht! Nur noch ein paar Meter und ich wäre drüben. Cool bleiben und notfalls dumm stellen.

Meine ganzen Papiere, Zeugnisse und so, hatte ich bereits in Leipzig vorsorglich im Reserveradkasten versteckt. Man konnte ja nie wissen. Sicher nicht das originellste Versteck, aber besser als nichts, dachte ich mir. Wird schon klappen. Es muss. Es muss.

Vor mir winkten die DDR-Grenzer einen Wagen durch und auch gleich den nächsten. Pässe wurden kurz hingehalten, die Grenzer stempelten hinten was rein und machten anschließend eine Handbewegung, die so viel wie »Weiterfahren!« bedeutete. Ich hielt ebenfalls meinen Pass aus dem runtergekurbelten Seitenfenster, während ich im Schritttempo an die Grenzbeamten heranrollte. Der Grenzer nahm ihn und schaute flüchtig auf den Visastempel, gab mir das Ding zurück und wünschte gute Weiterfahrt. Dann passierte ich eine weiße Betonstele mit DDR-Emblem.

Obwohl ich die gleichen Bilder gestern Abend im Fernsehen gesehen hatte, konnte ich es einfach nicht glauben. Aber es stimmte wirklich! Ein paar Meter weiter war schon der westdeutsche Zoll. Alle Autos um mich herum hupten wie verrückt, und auf der westdeutschen Seite standen lachende Leute mit Sektflaschen und klopften auf die Dächer der Trabbis und Ladas, die sich langsam durch die Menschentraube vorwärtsbewegten. »Go West«, dieses Lied von den Pet Shop Boys kam mir plötzlich in den Sinn. Ich hasste den Song, weil er so eine vergnügte, oberflächliche Melodie hatte, ohne jeden Tiefgang, aber ich bekam ihn jetzt nicht mehr aus meinem Kopf raus. Die westdeutschen Grenzbeamten grinsten mich nur kurz an. Niemand wollte meinen Pass sehen.

Und dann war ich wirklich drüben. Ich spürte es, weil

sich der Belag der Fahrbahn plötzlich änderte. Die DDR-Autobahnen waren aus einzelnen Betonplatten zusammengesetzt, und man spürte immer die Asphalt-Naht, wenn man über sie hinwegfuhr. Doch plötzlich glitt selbst der Warti sanft dahin, ohne zu holpern. Ein Schild grüßte mich mit »Freistaat Bayern«. Überall standen Menschen auf der Fahrbahn und am Seitenstreifen. Auch einige Kamerateams waren da. Doch ich hatte keine Zeit zum Feiern. Ich konnte diesen Augenblick nicht genießen, obwohl ich mindestens so aufgeregt war, wie alle anderen hier. Ich war ungeduldig. Und neugierig. Egal, was jetzt kommen würde, es würde auf jeden Fall ein Abenteuer werden, und dazu war ich gerade in Stimmung. Ich schlängelte den Warti hupend durch die feiernden Leute. Viel zu lange hatte ich in Leipzig gezögert. Jetzt hatte ich keine Zeit mehr zu verlieren.

Am nahe gelegenen Rasthof Frankenwald fuhr ich auf den überfüllten Parkplatz und suchte mir eine Telefonzelle. Mit den West-Münzen, die mir mein Vater mitgegeben hatte, rief ich bei Andi an. Hoffentlich erreichte ich ihn, er war hier mein einziger Anlaufpunkt. Nach dem vierten Freizeichen hörte ich eine vertraute Stimme »Hallo?« sagen.

Ich rief freudig in den Hörer: »Andi? Andi, ich bin's: Friedemann! Ich bin drüben! Also hier, ich meine, ich bin im Westen.«

»Friedemann! Ja, Mensch, alter Kunde. Schön, dich zu hören. Alles klar bei dir?« Er klang fast schon so taff wie sein Bruder.

»Alles bestens. Die wollten mich zur Asche einziehen, und da bin ich gleich rüber. Die und ihre Scheiß-Armee. Ohne mich.«

»Ja super. Wo bist du jetzt?«

»Gleich hinter der Grenze, irgendwo in der Nähe von Hof. Mit dem Warti.«

»Mit der alten Kiste? Na cool. Und wo willst du hin?«, fragte Andi.´

»Gute Frage – keine Ahnung. Erst mal brauch ich was zum Pennen. Hast du vielleicht noch ein Sofa frei?«

»Verstehe. Tja, bei uns ist es recht eng. Warte mal, ich muss mal kurz Katrin fragen.«

»Ach, ihr wohnt zusammen?«

»Ja, warte mal.«

»Mach schnell, ich hab nicht viel Geld für das Telefon«, sagte ich noch.

Andi rief durch die Wohnung nach Katrin. Was sie besprachen, konnte ich nicht richtig verstehen. Im Hintergrund hörte man einen Fernseher laufen. »Friedemann?«, tönte Andis Stimme wieder im Hörer. »Klar, kannst vorbeikommen. Mensch, alter Kunde. Fahr … tja, wohin am besten … Fahr weiter nach Nürnberg, dann Richtung Heilbronn und dann die Abfahrt Stuttgart-Zentrum rein zum Hauptbahnhof. Und dann ruf mich noch mal an. Ist alles ausgeschildert.«

»Das ist spitze! Bis nachher. Danke! Tausend Dank!« Ich legte auf und strahlte übers ganze Gesicht. Nürnberg, Heilbronn, Stuttgart. Ich wiederholte die Route mehrmals in Gedanken, denn ich hatte keinen Straßenatlas. Mein guter alter Andi. Ich hatte also schon mal eine Unterkunft.

Vom Roten Kreuz ließ ich mir auf dem Parkplatz noch einen Teller Suppe aus der Gulaschkanone und einen Kaffee spendieren. Jetzt kam ich mir schon ein wenig wie ein Flüchtling vor. Andererseits: meine erste West-Mahlzeit!

Eigentlich schmeckte es wie Ost-Schulessen, aber das konnte ich mir unmöglich eingestehen.

Viel sah ich nicht vom Westen, während ich durch die Nacht fuhr. Meist nur ein paar Lichter in der Ferne. Bayreuth war die erste Stadt, die ich vom Namen her kannte. Die Autobahn schien mitten hindurchzugehen. Links und rechts von der Fahrbahn sah ich im Schein der Straßenlampen Wohnhäuser und Industriegebiete.

Ich hatte Nürnberg hinter mir gelassen, als mich ein Militärkonvoi der US-Armee überholte. Die olivgrünen Fahrzeuge waren in der Dunkelheit kaum zu sehen. Ich erschrak tierisch, aber dann fiel mir ein, dass sie nicht in Richtung DDR-Grenze unterwegs waren. Der dritte Weltkrieg brach heute Nacht also nicht aus. Als ich kurz in das Fahrerhaus eines Jeeps blickte, sah ich, wie der Soldat auf dem Beifahrersitz verwundert auf den Warti starrte. Offenbar hatte er noch nie so ein Auto gesehen.

Die US-Armee war zu Hause am Küchentisch immer mal Thema gewesen. Mein Vater erzählte uns in regelmäßigen Abständen, wie seine große Schwester im April 1945 als ganz kleines Kind von amerikanischen Soldaten in Leipzig ihren ersten Kaugummi geschenkt bekommen hatte.

Langsam verschwand der Konvoi vor mir in der Nacht. Immer wieder donnerten auf der linken Spur große West Schlitten mit mörderischen Geschwindigkeiten an mir vorbei, während ich etwa 100 km/h fuhr. Offenbar gab es hier kein Tempolimit. Mir nützte das nichts, der Warti fuhr schon so schnell er konnte. Die Batterien des Rekorders waren endgültig im Eimer, und so hörte ich mit dem alten Monoautoradio Bayern 3, immerhin auf UKW. Zu Hause in

Leipzig hatte ich den auch manchmal reingekriegt – mit jeder Menge Rauschen. Wie komisch das plötzlich klang: zu Hause. Als aus den Boxen »Road to Nowhere« von den Talking Heads kam, sang ich lautstark gegen meine Müdigkeit an. Denn genau da war ich gerade: auf der Straße ins Nirgendwo. Drüben war jetzt hier.

Langsam wurde es Morgen. Laut einem blauen Schild waren es noch fünfundvierzig Kilometer bis Stuttgart, die Landschaft wurde zunehmend hügeliger, an den Hängen sah ich immer wieder dicht gedrängte Wohnsiedlungen und meinte auch Weinberge zu erkennen. Vierspurige Straßen führten mich von der Autobahn ins Zentrum. Ampeln und Leuchtreklamen erhellten die morgendliche Stadt. So viele Häuser, so viele Autos, so viele Hinweisschilder. Eine knallgelbe Straßenbahn auf einem separaten Gleisbett kam neben mir aus der Erde geschossen. Ich fuhr auf einer Brücke über einen breiten Fluss auf der Suche nach dem Hauptbahnhof. Hin und wieder tauchte das Symbol einer U-Bahnstation am Straßenrand auf. Cool – so was kannte ich nur aus Ost-Berlin. Dann sah ich endlich das Schild mit einer überdachten Lokomotive. Aus einem Tunnel kam ich auf eine sechsspurige Piste, wie eine Autobahn mitten in der Stadt. Neben und vor mir nur West-Autos, keine Trabbis oder Ladas. Endlich passierte ich ein großes Gebäude, das einem Bahnhof ähnelte. Nichts war hier wie in Leipzig. Ich war in einem anderen Land, in einer anderen Welt, auf einem anderen Planeten – das stand fest. Müde steuerte ich auf den Parkplatz. Meine Augen schmerzten von den ganzen Farben, die ich bisher nur im Halbdunkel gesehen hatte. Wie würde die Stadt erst bei Tageslicht aussehen?

Ich suchte die nächste Telefonzelle, um Andi anzurufen. Danach setzte ich mich wieder in den Warti und schlief sofort ein.

Von einem lautstarken Klopfen aufs Autodach wurde ich geweckt. Erschrocken fuhr ich hoch. Andi grinste. »Mensch, Friedemann, alter Kunde!« Nachdem ich ausgestiegen war, legte er mir eine Hand auf die Schulter. »Willkommen im Westen!«

Irgendwas war anders an ihm. Ach ja, Andi trug einen Fassonschnitt. »Wo ist denn dein Strubbelkopf hin?«, fragte ich ihn.

»Tja, ich bin jetzt in der Autobranche, und da muss man auf ein gepflegtes Äußeres achten. Die Kunden kaufen doch einem Punk kein Auto ab.« Ich schaute zu seinem Wagen rüber, der neben dem Warti parkte. Andi fuhr zwar noch nicht den angekündigten Mercedes, aber der kleine dunkelblaue Ford Fiesta älteren Baujahres sah auch schon ganz gut aus. »Ist nur vorübergehend, bis mein Mercedes eingetroffen ist«, erklärte Andi. »Ja, auch im Westen muss man manchmal auf sein Wunschauto warten. Nur nicht so lange wie drüben in der Zone. Los, komm erst mal zu uns nach Hause. Fahr mir einfach hinterher.«

Andi bewohnte mit Katrin eine kleine Zweiraumwohnung in Stuttgart-Süd. Am Klingelbrett las ich exotische Nachnamen. »Ö... Ötz...demir? Wie spricht man denn das aus?«, fragte ich Andi.

»Keine Ahnung, das sind Türken. Überhaupt wohnen hier viele Ausländer, die arbeiten alle bei Daimler. Komm jetzt.«

Wir stiegen die Treppe hoch in den ersten Stock. Es roch nach Kaffee und Putzmittel, fast wie im Intershop. Andi schloss die Wohnungstür auf, und wir traten ein. In der kleinen weiß gestrichenen Küche standen ein Herd, eine Spüle und ein Tisch mit drei Stühlen. Auf einem saß Katrin und rauchte ihre Frühstückszigarette. »Hi Blume. Willkommen in der Freiheit«, grüßte sie verschlafen. »Kaffee?«

Ich nickte. Ist das wirklich alles wahr? Ich nahm ein Marmeladenglas in die Hand und betrachtete das Etikett. Wie bunt das war. Nur »beste, ausgesuchte Zutaten« wurden darauf versprochen. Der auf dem Tisch platzierte Toaster klickte, und zwei Weißbrotscheiben hüpften heraus. »Schön habt ihr es hier«, sagte ich, mich umblickend. »Und wie sieht es mit Arbeit aus?«

»Ich bin bei meinem Bruder mit im Autohaus, und Katrin hat einen Job als Verkäuferin in einem Supermarkt. Du siehst, Friedemann: Es läuft! Eigener Wagen, eigene Wohnung, eigenes West-Geld – alles wahr geworden.« Andi grinste zufrieden, während er in sein Toastbrot biss.

Da saßen wir nun zusammen, immerhin schon zu dritt. The Innocent Disco war fast wieder komplett. Fehlte nur noch Anke. Natürlich hatte ich in den letzten Stunden auf der Autobahn darüber nachgedacht, dass ich nun im selben Land wie sie war. Aber ich rechnete mir keine Chancen aus, sie irgendwo zufällig zu treffen. Hier wohnten schließlich ein paar Millionen Menschen. Außerdem war ich fertig mit ihr. Das Thema war abgeschlossen. Endgültig. Vergangenheit. Vorbei.

»Habt ihr mal was von Anke gehört?«, fragte ich ganz

nebenbei. »Sie ist eine Woche nach euch mit ihren Eltern rüber.«

»Ja, stimmt. Meine Mutter hatte mir davon am Telefon erzählt«, antwortete Katrin. »Aber gehört hab ich noch nichts von ihr. Keine Ahnung, wo sie steckt.«

Andi blickte zu mir rüber. Er schien mein Problem zu erahnen und gab mir einen Knuff. »Schwamm drüber, Friedemann. Jetzt geht ein neues Leben los.«

Ich nickte ihm müde zu und trank von meinem Kaffee, den mir Katrin eingegossen hatte. »Der ist gut«, sagte ich nach dem ersten Schluck. »Ist das etwa die ›Krönung‹?« Ich hatte vor Jahren in einer Werbung im West-Fernsehen gesehen, wie zwei Frauen mit gepflegter Dauerwelle in einem sonnigen Garten saßen und über das Verwöhnaroma eines Kaffees philosophierten.

»Ja, fast, Friedemann. Der ist von Aldi. Du musst wissen, der ganze Kram aus der Werbung, das sind alles nur überteuerte Markenprodukte. Diese Kunden wollen uns als Kunden voll verarschen. Bei Aldi kriegst du das gleiche Zeug zum halben Preis. Nur in einer anderen Verpackung. Da spart man eine Menge Kohle. Frag Katrin.« Ich nickte beeindruckt. »Tja, Friedemann, Fuchs sein heißt nicht nur Schwanz haben. Aber keine Angst, das erklär ich dir noch alles. Hier im Westen muss man sich kümmern.« Andi grinste und schaute auf die Uhr. »Oh Mann, ich muss los.« Er stand auf und gab Katrin einen flüchtigen Kuss. »Macht's gut. Bis nachher.«

»Du musst am Samstag zur Arbeit?«, fragte ich ihn.

»Ja, unser Autohaus hat heute bis vierzehn Uhr auf. Da kommen die meisten Leute vorbei. Du weißt schon: Verkaufsgespräche, Kundenberatung, Probefahrten und so weiter. Bis nachher.« Er schloss die Wohnungstür, und man hörte seine eiligen Schritte im Treppenhaus.

Wenn man sich nicht ganz ausstreckte, konnte man auf dem Sofa einigermaßen liegen. Das Wohnzimmer von Andi und Katrin hatte keine Vorhänge, und die Sonne schien ein wenig herein. Ich starrte eine Weile die weiße Zimmerdecke an, bis mir die Augen zufielen. Unten im Hof hörte man Kinder Fußball spielen, dem Geräusch nach offenbar gegen eine leere Mülltonne. Irgendjemand rief etwas in einer fremden Sprache. Jemand anderes antwortete. Ob das Türkisch war? Von der Straße hörte man Autos. Nicht das Knattern von Trabbis und Wartburgs, sondern das elegante Summen von Viertaktmotoren. Auch die LKWs klangen komplett anders. Jede Ost-Kiste hatte einen unverwechselbaren Sound, die konnte man mit geschlossenen Augen unterscheiden. Hier wusste ich überhaupt nicht, welcher Wagen gerade unten vorbeifuhr. Langsam schlief ich ein.

Am Nachmittag kam Andi wieder. Ich wurde wach vom Geklapper in der Küche. Zunächst rief ich meine Eltern an und sagte, dass alles glattgegangen war.

»Wo kann man denn heute Abend schön weggehen? Gibt es hier irgendwo eine coole Disco? Habt ihr schon ein paar nette Leute kennengelernt?«, fragte ich anschließend Andi.

»Tja, Friedemann, ist alles sauteuer. Da bezahlst du schon 'nen Fünfer, nur um reinzukommen. Überlege mal, fünf D-Mark nur für Eintritt. Und dann die Preise für die Mixgetränke. Das ist alles Abzocke, verstehste? Katrin und ich hatten für heute einen gemütlichen Heimabend mit Videos und ein paar Bierchen geplant – ganz entspannt. Fernseher und Videorecorder haben wir ja. Gab's sehr günstig bei Neckermann auf Teilzahlung.« Andi deutete mit einer Handbewegung auf seine technischen Errungenschaften, die auf dem Wohnzimmerfußboden standen. Vorhin hatte ich die doch glatt übersehen.

»Ja, warum nicht ein paar gute Filme. Cool.«

»Videos haben wir aufm Rückweg geholt, zweimal ›Star Trek‹. So Weltraumaction. Wird dir gefallen.« Andi verschwand in der Küche, um die mitgebrachten Biere im Kühlschrank zu verstauen. »Zum Film gibt's italienisches Essen«, rief er mir zu und schob drei Tiefkühlpizzas in den Backofen.

Star Trek war der Hammer. Dem Namen nach kannte ich das schon, aber gesehen hatte ich noch keinen. Dort konnten sich die Typen von der »Enterprise« von einem Ort zum anderen beamen lassen. Einfach hinstellen, auf einen »Kommunikator« an der Brust drücken, den Zielort nennen, und schon war man wieder im Raumschiff oder auf irgendeinem Planeten.

Nachts konnte ich lange nicht einschlafen. Das lag nicht nur an der unbequemen Couch und an der vielen Cola, die ich getrunken hatte. Ich stand unter Strom. Wie würde es jetzt weitergehen? Ob ich hier gleich einen Job bekäme? Und wie sähe es mit 'ner Wohnung aus? Bei Andi und Katrin konnte ich ja nicht ewig aufm Sofa übernachten. Obwohl, wir könnten ja auf WG machen.

Während ich so dalag, blätterte ich in einem Neckermann-Katalog, den ich auf dem Fußboden gefunden hatte. Offenbar war er die Lieblingslektüre von Katrin, so abgegriffen, wie der aussah. Sie hatte vorhin, als der Film lief, pausenlos darin rumgeblättert und Andi immer wieder Sachen gezeigt, die sie sich bestellen wollte. Auf vielen Seiten waren Preise mit rotem Filzstift eingekreist, und es lagen mit Bestellnummern beschriebene Zettel drin, als Lesezeichen. Wollte sich Katrin ernsthaft eine blaue Jeanslatzhose kaufen? Immerhin sah der ausgewählte Bikini ganz nett aus. Ein grauer Anzug für 159 Mark sollte wohl für Andi sein. Er erinnerte mich an das Teil, das er zur Jugendweihe angehabt hatte. Ob er das fürs Autohaus brauchte?

Alles, was man sich vorstellen konnte, gab es in diesem Katalog. Die ganze bunte Warenwelt auf gut eintausend Seiten. Da brauchte man gar nicht mehr aus dem Haus gehen zum Einkaufen. Am meisten verblüffte mich, dass die ein Steilwandzelt von Pouch im Angebot hatten, das war doch eine Ost-Firma. Walkmen gab es schon ab fünfundzwanzig Mark, das war ja echt billig. So was wollte ich immer schon mal haben.

Ich blätterte durch die Seiten und entdeckte ständig Dinge, die ich mir auch kaufen wollte, bis ich darüber einschlief und von Bestellzetteln und riesigen Neckermann-Paketen träumte.

Meine Uhr zeigte gerade mal acht Uhr. Ich wälzte mich auf der Couch, aber schlafen konnte ich nicht mehr. Da draußen war überall Westen, und ich wollte ihn mir endlich anschauen. Nicht nur im Versandhauskatalog, sondern in echt. Leise stand ich auf und schlich in die Küche. Aus dem Schlafzimmer hörte man Andi schnarchen. Das kannte ich vom Zelten am Balaton. Der würde bestimmt noch zwei, drei Stunden weiterpennen. Ich fand auf dem Fensterbrett einen Stadtplan von Stuttgart, zog mich schnell an und hinterließ auf dem Küchentisch eine Nachricht, dass ich mittags wieder da wäre. Das war auch in Leipzig die Zeit gewesen, zu der man Andi sonntags frühestens ansprechen konnte. Leise schloss ich die Wohnungstür.

Draußen dämmerte es langsam. Kaum ein Auto fuhr. Ich bog in eine kleine Straße ein, von der mir der Stadtplan gesagt hatte, dass sie auf kürzestem Weg in die City führte. Die Häuser waren meist ältere, zweistöckige Klinkerbauten und erinnerten mich kurz an die Dresdner Neustadt, wo ich vor Jahren mit Andi mal seine Großmutter besucht hatte. Aber hier gab es keine abgeblätterten Fassaden und keine kaputten Dachrinnen. Hier war alles repariert und instand gehalten worden. Auch die Fußwege waren ganz anders gepflastert, und auf den vielen kleinen Steinen klebten unzählige plattgetretene Kaugummis. Am Straßenrand parkte ein Westauto neben dem anderen. Rote, grüne, blaue, schwarze, gelbe – nicht dieses Grau, wie bei den meisten Trabbis. Ladengeschäfte mit Schaufenstern gab es hier fast keine, aber ich hatte auch so genug zu sehen.

Ein älterer Mann mit Hund überholte mich. Auf der anderen Straßenseite sah ich eine Frau den Fußweg kehren. Der Rest der Stadt schien noch zu schlafen. Von den Querstraßen aus blickte man auf bewaldete Berge – das totale Kontrastprogramm zur Leipziger Tieflandsbucht, die so aussah, als hätte vor Urzeiten ein Riese mit einer Dampfwalze alles eingeebnet. Vom Turm einer alten verschnörkelten Kirche schlug es gerade neun Uhr in die morgendliche Stille. Ein Jogger lief keuchend an mir vorbei und verschwand in einer Seitenstraße, gleich hinter einem Edeka-Markt.

Ich bog in die Tübinger Straße, lief unter einer großen Betonautobrücke durch, wie ich sie aus Leipzigs Nachbarstadt Halle kannte, und erreichte kurz darauf die Königsstraße. Vor mir eröffnete sich ein Blick auf zahllose Geschäfte und Kaufhäuser. Genial!

Die Fußgängerzone war noch fast menschenleer, kahle Laubbäume standen in der Mitte. Ich blieb vor dem Hertie-Kaufhaus stehen. Schaufensterpuppen mit unbeweglichen Gesichtern starrten an mir vorbei ins Leere. Sie trugen die »Neue farbenfrohe Winterkollektion«, wie mir ein großer Schriftzug an der Wand hinter ihnen verkündete. Der Nachbarladen war voller Fernseher. Ein Pärchen schaute sich auf etwa einem Dutzend Bildschirmen die Aufnahmen von der Berliner Mauer an, auf der hunderte Menschen standen und mit Hämmern kleine Betonbrocken abschlugen. Daneben wurden CD-Player angepriesen. »Eine völlig neue Klangdimension« versprach ein glänzend weißes Schild mit dicken Buchstaben. Entfernt hörte ich Musik – oder so was in der Art. Neben einer Sitzbank standen einige glatzköpfige junge Männer in langen weißen Umhängen. Während einer den wenigen Passanten irgendeine Art Praline anbot, spielten die anderen kahlgeschorenen Typen mit seltsamen Instrumenten eine monotone Melodie und sangen irgendetwas, das ich nicht verstand. Waren das etwa westdeutsche Skinheads? Davon hatte ich schon mal gelesen. Ich lehnte das merkwürdige Gebäck mit einer Handbewegung ab und ging hastig weiter. Wer weiß, was die da reinmischten.

Irgendwann stand ich vor der verglasten Tür eines Plattenladens. Dort bekam man bestimmt alle LPs, die es überhaupt gab. Absolut alle – so groß, wie der schien. Durch die Glastür konnte man Regale voller Vinyl und auch diese neuen CDs sehen. Ich klebte daran wie eine Fliege an der Windschutzscheibe und versuchte, das Angebot genauer zu ergründen. Ob Morrissey bei »Pop International« stand oder bei »Independent«? Hier würde ich gleich morgen mein ganzes Geld hintragen und mir all die Platten kaufen, die ich bislang nur als verrauschte Überspielung auf Kassette besaß. Na ja, für alle reichte das Geld nicht sofort, aber eine würde doch drin sein. Ich grübelte, was ich mir als erstes holen könnte und schlenderte langsam weiter.

Schließlich schien ich am Ende der Einkaufsstraße angekommen zu sein. Gegenüber stand der klobige Bahnhof. Rechts von mir in einem Haus entdeckte ich das einzige Geschäft, das hier sonntags um diese Zeit aufzuhaben schien: Die Touristinformation. Davor befand sich ein Metallständer mit bunten Prospekten. Ein kleines Hinweisschild verkündete: »Gratis für unsere Besucher!« Ich nahm wahllos von jedem der Hochglanzhefte eins heraus und ging in den Laden. In einer Glasvitrine waren Souvenirs ausgestellt. Kugelschreiber, Löffel und Feuerzeuge mit dem Stuttgarter Stadtwappen drauf, Postkarten und Bildbände. An einem Schalter standen einige nach Echt Kölnisch Wasser riechende Rentnerinnen und fragten die junge Angestellte nach einer Stadtrundfahrt. Ob ich auch so was machen sollte? So könnte ich mir meine neue Heimat von geschultem Fachpersonal erklären lassen. Ich schaute auf meine Uhr. Noch nicht mal um zehn. Andi würde locker noch zwei Stunden schlafen.

Die Renterinnen hatten inzwischen den Laden verlassen. Ich ging zum Schalter und fragte nach.

»Jetzt gleich, zehn Uhr, beginnt eine Rundfahrt. Mit Kulturmeile, Schlossplatz und auf die Halbhöhen mit Panoramablick. Dauert etwa zwei Stunden und kostet sechzehnfünfundneunzig.«

Ich zögerte. Damit würde ich fast mein ganzes West-Geld ausgeben. Und nichts wäre mit morgen Platten einkaufen.

Die Verkäuferin bemerkte meine Unsicherheit. »Sind Sie noch Schüler oder Student? Dann würde es billiger werden.«

»Na ja, wenn man's genau nimmt, bin ich gerade gar nix. Ich bin gestern von drüben gekommen, aus der DDR.«

»Ach so! Dann heißt Sie die Stadt Stuttgart besonders herzlich willkommen. Für Touristen aus dem Osten ist die Rundfahrt dieses Wochenende kostenlos.« Die junge Frau strahlte mich routiniert an, und ich strahlte spontan zurück, obwohl sie gar nicht mein Typ war, aber das fand ich ja mal ein nettes Willkommensgeschenk. Ich bedankte mich überschwänglich und ging mit meiner Fahrkarte um die Ecke zum Parkplatz. An der Bustür stand ein Mann mittleren Alters. Er nahm mein Ticket und schaute kurz drauf. »Ah, Sie kommen von drüben?«

»Ja, drüben von der Touristinformation«, antwortete ich.

»Nein, ich meine, Sie kommen ausm Osten. Das Gratisticket.« Er wedelte mit meiner Karte.

»Ach so. Ja.«

»Na dann, willkommen in der Freiheit. Sie sind der erste Ost-Tourist, der die Stadtrundfahrt mitmacht. Die anderen scheinen wohl den weiten Weg zu scheuen. Wahrscheinlich halten die Trabbis so eine lange Strecke nicht durch.« Er lachte kurz auf. Ich wusste nicht, was ich darauf antworten sollte und nickte nur. Sollte ich ihm der Ehrlichkeit halber sagen, dass ich gar kein Tourist war, sondern vorhatte, hier zu bleiben? Mit einer Handbewegung deutete er an, dass ich jetzt einsteigen konnte.

Der Bus war schon gut gefüllt, aber ich bekam noch eine Doppelsitzreihe für mich allein. Ich schien der einzige zu sein, der die vierzig noch nicht erreicht hatte. Ach, was sag ich, die fünfzig oder wenn man genau hinsah, die sechzig.

»Meine sehr verehrten Damen und Herren, liebe Gäste der Landeshauptstadt Stuttgart«, tönte der Reiseführer freundlich in das Mikrophon. »Ganz besonders freue ich mich, dass heute ein junger Landsmann aus dem Osten die Möglichkeit nutzen kann, als Tourist an unserer Rundreise teilzunehmen. Ihnen einen ganz besonders guten Tag in der Freiheit.«

Ich schaute etwas verschämt zu Boden, und einige klatschten sogar. Schon überlegte ich, wieder auszusteigen, doch da fuhr der Bus an und kroch im Schneckentempo an alten, repräsentativen Gebäuden vorbei, an Museen, am Stuttgarter Schloss, an der neuen Kultur- und Kongress-halle, dem Messegelände am Killesberg und ich saugte den Anblick der Stadt in mir auf. Hier wirkte nichts kaputt und improvisiert wie in Leipzig. Hier schien alles perfekt.

Nach der Rundfahrt klopfte mir ein älterer Herr auf die Schulter. »Wo sind Sie denn her, junger Mann?«, fragte er mich in feinstem Schwäbisch.

»Aus Leipzig«, antwortete ich.

»Da habt ihr es den Kommunisten aber gezeigt«, sagte er, drückte mir einen Fünfzig-D-Mark-Schein in die Hand und ging weiter.

Diese Stadt war genau mein Ding!

5. Dirty Boots

»Guten Tag, Herr Blumenstrauß. Ich muss gestehen, wenn der Arbeitsvermittler gestern am Telefon nicht Ihren Namen genannt hätte, wären Sie heute nicht in meinem Büro. Aber so war ich neugierig. Sie müssen ja die Gärtnerei im Blut haben.« Gärtnermeister Merk kam mir entgegen und zeigte auf einen freien Stuhl vor dem Schreibtisch in seinem Büro. Er war um die fünfzig, mit Schnurrbart und leichtem schwäbischen Dialekt. Seinen sauberen Klamotten entnahm ich, dass er nicht mehr selbst im Gewächshaus arbeiten musste. »Setzen Sie sich doch.« Auf dem riesigen Schreibtisch wartete gestapelter Papierkram auf Bearbeitung. »Und Sie kommen also aus dem Osten? Von wo denn genau?« Das Bewerbungsgespräch begann offenbar mit einer belanglosen Plauderei. Auch gut.

»Aus Leipzig. Ich bin am 10. November rüber, also hierher.«

»Ach, aus Leipzig. Da war ich mal in den 60er Jahren als junger Mann zur Messe. Und nun haben Sie die Chance genutzt, sind vor den Kommunisten geflohen und suchen Arbeit?«

»Äh, ja, genau.«

»Was haben Sie denn so gelernt, als Gärtner im Osten?«

»Na ja, alles Mögliche: Baumverschnitt, Obstbaum-
veredelung, Kompostierung und vor allem Blumenaufzucht
im Gewächshaus.« Andi hatte mir gestern Abend noch gesagt, dass ich in jedem Falle dick auftragen solle, aber nicht
so, dass es gleich auffiel. Herr Merk schaute mich interessiert an und nickte stumm, während ich meine Qualifikationen runterspulte. Ich reichte ihm meinen Facharbeiter-
brief rüber, auf dem die Abschlussnote »Gut« stand. Zuerst
hatte ich überlegt, das Teil nicht mitzubringen, wegen des
riesigen DDR-Emblems, aber andererseits musste ich ja
irgendwas Amtliches vorlegen, damit er wusste, dass ich
Ahnung von der Materie hatte. Er schaute sich alles bedächtig an.

»Haben Sie einen Führerschein?«

»Ja, für PKW, LKW und auch für Gabelstapler.«

Herr Merk nickte wieder stumm, während er in meinen
Papieren blätterte. »Alles klar, Herr Blumenstrauß. Also zunächst was zu meiner Firma. Meine Gärtnerei ist ein Fami-
lienbetrieb in der dritten Generation hier in Esslingen«, er
wies mit der Hand auf gerahmte alte Schwarzweißfotos
an der Wand, auf denen offenbar seine Vorfahren zu sehen
waren, »und hat sich in den letzten zwanzig Jahren vor
allem auf Gartenbau spezialisiert – Gestaltung, Pflanzung,
Pflege und so weiter. Nicht das stümperhafte Rumgeschnip-
pel einiger übereifriger Hausmeister an Bäumen und Sträuchern, sondern qualifizierte Facharbeit mit Sachverstand.
Darüber hinaus gibt es hier auf dem Firmengelände einige
Gewächshäuser, in denen wir unsere Setzlinge selber ziehen, bevor wir sie im Frühjahr auspflanzen. Aktuell sind
wir bis Ende November vor allem mit der Laubbeseitigung

bei unseren Kunden beschäftigt, mit der Winterfestmachung ihrer Gärten aber auch mit dem Anpflanzen von Laubbäumen und Sträuchern und so weiter und so fort. Was eben so anfällt. Das kennen Sie ja sicher.«

Bemüht wissend, nickte ich. Jetzt durfte ich nicht schlappmachen, denn ich brauchte diesen Job. Meine Wunsch-Shopping-Liste war mittlerweile dicker als Katrins Neckermann-Katalog. Die täglichen zehn Kilometer Anfahrt von Stuttgart bis hierher würde ich in Kauf nehmen.

»Haben Sie drüben im Osten solche Arbeiten auch schon erledigt? Bäume werden Sie doch gehabt haben. Oder hatte der Russe die als Reparation auch mit abtransportiert?« Er lachte kurz und laut über seinen Witz.

»Nein, die Bäume hat man uns gelassen.« Ich versuchte ebenfalls zu lachen.

»Können Sie sich denn vorstellen, solche Aufgaben schnell und sauber auszuführen? Sie müssen wissen, bei uns fällt nicht um sechzehn Uhr die Schaufel aus der Hand, sondern erst wenn die Arbeit gemacht ist. Wir sind hier ja nicht in so einer, so einer …« er suchte nach einem Wort, aber ich hatte keine Ahnung, was er meinte, »… einer Kolchose, einer LPG oder so was. Bei uns wird bei Bedarf auch am Wochenende gearbeitet. Die Arbeitszeit bestimmen immer die Kunden und die Pflanzen.«

»Ja, natürlich, kein Problem«, sagte ich.

Herr Merk hatte sich eine Zigarette angezündet und schaute auf mein Facharbeiterzeugnis. »Was haben Sie ihnen denn in diesem Unterrichtsfach beigebracht, wenn ich mal fragen darf: ›Staatsbürgerkunde‹ und hier ›Marxismus/Leninismus‹? Was hatte denn dieser Lenin mit Blumen zu tun?«

»Überhaupt nichts. Deswegen ist ja die DDR auch am Untergehen. Am Verwelken sozusagen.« Ich lächelte, da Gärtnermeister Merk sich offenbar über dieses von allen Ost-Lehrlingen gehasste Unterrichtsfach lustig machte. Jetzt kam es darauf an, ihm zu zeigen, dass ich auf seiner Seite war.

Er schaute noch eine Weile über meine Zeugnisse. »Ab wann könnten Sie denn überhaupt anfangen?«

»Ab sofort. Wie es Ihnen recht ist.«

Er nickte wieder und schaute dabei aus dem Fenster. Offenbar dachte er nach. Oder schaute einem Flugzeug hinterher. »Also, Herr Blumenstrauß. Ich versuche es mal mit Ihnen. Zunächst hier in der Gärtnerei und wenn Sie sich geschickt anstellen, auch beim Gartenbau. Einen Monat Probezeit, um zu sehen, was Sie so können und dann schauen wir weiter. Schließlich sollten wir unseren Landsleuten von drüben eine Chance geben. Wir gehören ja jetzt irgendwie wieder zusammen, wir Deutsche. Sagt zumindest unser Bundeskanzler.« Er reichte mir die Bewerbungsunterlagen über den Schreibtisch. »Sind Sie mit Ihren Eltern gekommen?«

»Nein, alleine.«

Er nickte mir anerkennend zu. Vielleicht entwickelte er auch gerade väterliche Gefühle für einen Ost-Jugendlichen, der in die große weite Welt ausgezogen war, sein Glück zu suchen. Dann schaute er wieder etwas ernster. »Aber: Hier bei uns in der Bundesrepublik wird nicht gekleckert wie in der Ost-Zone, sondern geklotzt. Für den Job bekommen Sie keine Aluchips oder wertlose Rubel, sondern Geld von dem man sich was kaufen kann. Und das Allerwichtigste:

Was ich sage, wird gemacht. Hier gibt es nur ›Ja bitte‹ und kein ›Ja aber‹. Wir sind schließlich nicht auf einer Montagsdemo in Leipzig. Alles klar?« Herr Merk lächelte wieder. Nach väterlichen Gefühlen klang das irgendwie doch nicht. »So, kommen Sie, ich will Ihnen noch kurz die Gärtnerei zeigen.« Herr Merk erhob sich und führte mich nach draußen.

Der weiß gestrichene Gebäudekomplex war wie ein Dreiseithof angeordnet. Rechts in dem kleinen einstöckigen Gebäude befand sich zur Straße hin das Büro. An der Hauswand rankte sich wilder Wein hoch, der schon fast alle Blätter verloren hatte. In der Mitte war eine Scheune mit einer offenen Durchfahrt auf das zur Gärtnerei gehörende hintere Gelände, wo sich die Gewächshäuser befanden. Auf einem leicht ansteigenden Hügel sah man eine große Streuobstwiese, die im Frühling bestimmt in voller Blüte stehen würde. Links auf dem Hof schloss sich ein zweistöckiger Bau an, unten mit Garagen und oben offenbar nicht genutzten Büros oder Wohnungen.

»Wir sind hier am Esslinger Stadtrand fünf Gärtnereien auf der Südseite vom Neckar. Alles Familienbetriebe«, erklärte Herr Merk und machte eine ausladende Handbewegung über die Ebene. Hinter uns erhoben sich bewaldete Berge, ebenso auf der anderen Seite des Flusses, wo sich die Esslinger Altstadt befand. Über uns flog ein Flugzeug zum nahe gelegenen Stuttgarter Flughafen. Trotz des spätherbstlichen Nieselwetters bekam ich fast so was wie Urlaubsstimmung.

Gärtnermeister Merks Schnurlostelefon klingelte. »Gut, Herr Blumenstrauß, die Gewächshausbesichtigung machen wir morgen. Seien Sie bitte um sieben Uhr da. Alles klar? Auf Wiedersehen.« Er wandte sich ab und ging zurück zum Büro.

»Bis morgen und vielen Dank!«, rief ich ihm hinterher und lief zum Warti.

Ich hatte einen Job! Immer und immer wieder sagte ich mir das, während ich zurück nach Stuttgart fuhr. Erst ein paar Tage war ich im Westen, und bald würde sich auf meinem frisch eröffneten Girokonto die harte D-Mark stapeln. Die Warenwelt des Kapitalismus stand mir offen! Alles, was ich zum Leben brauchte, würde ich mir kaufen können. Und ich brauchte viel. Schließlich musste ich vierzig Jahre DDR … ich meine achtzehn Jahre DDR nachholen. Jetzt gehörte ich hier dazu und war kein Loser-Zoni mehr. Mit meinem zukünftigen Geld musste ich gut haushalten. Ich brauchte als Erstes eine ordentliche Stereoanlage, einen Farbfernseher, Videorekorder, Satellitenanlage zum MTV-Gucken, eine Spiegelreflexkamera, ein Mountainbike, Klamotten, Schuhe – am besten Doc Martens. Und dann wollte ich endlich meine Lieblingsschallplatten von The Smiths oder besser gleich CDs. Natürlich brauchte ich auch eine eigene Wohnung mit neuen Möbeln und Küchengeräten, vor allem einen guten Backofen für diesen genialen Tiefkühlfraß. Und wie wäre es mit einer schicken Gitarre, einem ordentlichen Verstärker und diesen Bodeneffektgeräten von Boss? Aber das Allerwichtigste war: Ein Westauto. Nicht nur einen Ford Fiesta, am besten ein Wohnmobil, so einen VW-Bus wie damals am Balaton. Ja, das alles brauchte ich jetzt ganz dringend, um in mein neues Leben als Bundesbürger zu starten. Jetzt sofort! Wo war das nächste Kaufhaus? Wo war der Neckermann-Katalog? Gab es da nicht auch Sachen auf Teilzahlung?

In meinem Kopf schwirrten die Preise durcheinander, alles drehte sich. Das musste der Konsum-Koller sein, ich war das alles nicht gewöhnt.

Ich fuhr den Warti rechts ran, leierte die Seitenscheibe runter und atmete tief durch. Langsam kam ich wieder zu mir.

Bier! Ich brauchte ein Beruhigungsbier und anschließend noch ein Feierbier, um meinen neuen Job zu begießen. Hier im Westen durfte man doch auch noch mit 0,5 Promille fahren. Hatte mir Andi erzählt. Das nenn ich Freiheit.

Zwanzig Meter vor mir sah ich in einem Haus an der Straße einen Imbiss: »Ali und die 40 Döner«. Was zu essen könnte ich jetzt auch verdrücken. Ich stieg aus und lief rüber.

»Salam, mein Freund.« Der Mann hinter dem Tresen begrüßte mich überschwänglich, fast so, als ob wir uns kennen würden. Er hatte kurze, tiefschwarze Haare.

»Guten Tag«, grüßte ich zurück. Hinter ihm an der Wand stand auf einem großen Schild das Speisenangebot. Ich las mich durch Wörter, die ich noch nie gehört hatte. Falafel, Döner Kebab, Börek – was sollte das nur sein? Immerhin roch es hier drin nach Essen. Da konnte ich ja nicht komplett falsch sein.

Der Mann hinterm Tresen schaute mich erwartungsvoll an. »Bitte schön?«

»Äh, einen Moment noch.« Etwas hilflos blickte ich mich um und entdeckte einen Kühlschrank mit Glastür gleich neben mir. Dort stapelten sich Coca Cola, Fanta und Bier in Dosen. »Ich nehme erst mal ein Bier«, sagte ich zu ihm und nahm mir eins raus. Er nickte freundlich, und ich setzte mich an einen kleinen Tisch, gleich neben dem Tresen. Im Hintergrund hörte man arabische Musik. Sie erinnerte mich an Abenteuerfilme aus meiner Kindheit, an Märkte voller Teppiche, Gewänder und trockener Hitze, an eine Welt, die ich nur aus dem Fernsehen kannte. Ich schaute wieder auf die riesige Speisekarte an der Wand und suchte nach irgendetwas, von dem ich mir annähernd vorstellen konnte, was ich da essen würde.

»Bist du Elvis?«, fragte mich plötzlich der Verkäufer. Er grinste mich an, wahrscheinlich kannte er von all den Stars, die Amerika in den letzten vierzig Jahren hervorgebracht hatte, nur ihn. Ich und Elvis! Kam Elvis etwa ausm Osten?

Ich schüttelte den Kopf. »Fragst du wegen der Frisur?«

»Ja.«

»Nein, die hab ich wegen Morrissey, dem Sänger von den Smiths. Also Ex-Sänger.«

»Den kenne ich nicht. Und der hat die Frisur von Elvis?«

»Keine Ahnung. Aber kann schon sein.« Ich öffnete meine Bierdose und trank einen kräftigen Schluck.

Der Verkäufer wischte mit einem Lappen den Tresen. »Elvis ist toll. Der kann so schön tanzen. Ich habe alle seine Filme gesehen«, erzählte er. »Willst du auch was essen, mein Freund?«

»Ja, schon. Aber ich kenne all diese Sachen nicht, die da oben stehen. Ich bin noch nicht so lange hier.« Wie blöd das klang. Wie ein kleines Kind, das sich irgendwo verlaufen hatte und einen Polizisten nach dem Weg fragte.

»Du kommst von drüben, hier … äh … DDR, Honecker, Mauer, Schießbefehl?«

»Ja, genau, von dort. Ich bin erst ein paar Tage hier.«

»Na dann, nochmals Salam alaikum, mein Freund.« Er verbeugte sich leicht. »Ich mach dir einen Teller mit arabischen Spezialitäten. Keine Angst, das kann man alles essen. Du bist eingeladen.«

Ich nickte ihm erleichtert zu. Salam alaikum – das hatten die in den Abenteuerfilmen auch immer gesagt.

»Das ist ein deutsches Norm-Gewächshaus nach DIN 11536. Zweischiffig, also zweimal neun Meter breit und vierzig Meter lang.« Herr Merk breitete seine Arme aus, als ob Winnetou seinem Blutsbruder Old Shatterhand erklärte, wie weit die Jagdgründe der Apachen reichten. »Hier werden Sie die erste Zeit arbeiten.« Wir standen in einem künstlich beleuchteten Gewächshaus bei angenehmen achtzehn Grad Celsius. Draußen war es noch dunkel. »Kommen Sie.«

Mein neuer Gärtnermeister schritt in schnellen Schritten voran, vorbei an endlos langen Tischen voller Jungpflanzen, und ich eilte mit leichter Restmüdigkeit hinterher. Gestern hatte ich mit Andi und Katrin noch bis nachts um drei MTV geschaut und auf meinen neuen Job angestoßen. Jetzt spürte ich die fehlenden Stunden Schlaf. Dafür war ich in Bezug auf internationale Musikvideos auf dem aktuellen Stand.

Vor einem Pflanztisch blieb er stehen. Dort hantierte bereits ein Mann. »Das ist der Herr Minor. Mit ihm werden Sie in den nächsten Tagen zusammenarbeiten. Er wird Sie hier in alles einführen.«

Herr Minor blickte von seiner Arbeit auf und reichte mir seine schmutzige Hand zur Begrüßung. Er schien so um die Mitte dreißig zu sein und hatte einen schmalen Schnurrbart. »Hallo. Freut mich.«

Das schnurlose Telefon von Herrn Merk klingelte. »Herr Minor, übernehmen Sie, bitte? Ich muss dann mal. Alles klar soweit? Bis später.« Er nahm das Telefonat entgegen und ging mit straffen Schritten Richtung Ausgang.

»Hast du schon Arbeitskleidung bekommen?«, fragte mich Herr Minor, und ich schüttelte den Kopf. »Übrigens, ich heiße Miro.«

»Friedemann.«

Er gab mir mit der Hand ein Zeichen, ihm zu folgen, und wir gingen aus dem Gewächshaus über den Hof zu den Nebengebäuden. In einer beheizten Garage, die als Pausenraum fungierte, standen Metallspinde, und Miro wühlte in einem Schrank verschiedene noch in Folie verpackte Kleidungsstücke hervor. »Was hast du denn für eine Größe?« Ich hatte keine Ahnung und probierte verschiedene Sachen an. Schließlich stand ich in dunkelgrüner Latzhose und Jacke da. Auf beiden Klamotten prangte ein leuchtend gelber Aufnäher: »Gärtnerei und Gartenbau Merk. Ihr freundlicher Gärtner.« Meine ersten West-Klamotten und für die Straße völlig untauglich. Na ja.

Wir gingen wieder rüber ins Gewächshaus. »In der ersten Jahreshälfte haben wir hier meist alles voller Chrysanthemen, aber die sind schon alle raus«, erklärte mir Miro.

»Womit fangen wir dann an?«, fragte ich ihn.

»Wir müssen ganz dringend noch hinten den Rest der Eriken vermessen und sortieren, denn die werden morgen abgeholt. Bis vor ein paar Jahren war das hier ein super-großes Geschäft, doch jetzt kommen die Pflanzen aus irgend-einem Billigland.«

»Eriken vermessen?«, platzte es aus mir heraus. »Wirk-lich?«

»Hast du wohl noch nie gemacht? Kein Problem, ich er-klär dir, wie das geht«, entgegnete Miro.

»Nicht nötig. Darin bin ich mittlerweile Vollprofi.« Miro schaute mich kurz verwundert an, und dann machten wir uns an die Arbeit.

Während dem Frühstück saßen wir allein im Pausen-raum. »Wo sind denn eigentlich die anderen Kollegen?«, fragte ich Miro.

»Die sind alle im Außendienst, Gartenbau. Die müssen die Gärten der großen Villen winterfest machen. Da gibt es immer viel zu tun. Hier wohnen viele reiche Leute.« Miro machte diese Handbewegung, bei der man den Daumen am Zeigefinger reibt, als zählte man Geldscheine und goss sich aus seiner Thermoskanne Kaffee nach. »Du kommst nicht von hier?«

»Nein, ich bin von drüben, also aus der DDR. Und du?« Mir war sein osteuropäischer Akzent aufgefallen.

»Ungarn, bin aber seit fünf Jahren in Deutschland.« Miro trank von seinem Kaffee. »Ihr in der DDR habt euch alles viel zu lange gefallen lassen. In Ungarn war es nicht ganz so schlimm. Beim Volksaufstand 1956 in Budapest wurde an jedem zweiten Laternenmast ein Mitglied der un-garischen Geheimpolizei aufgehängt. Die hatten danach einfach mehr Respekt vor uns als die Stasi vor euch. Darum durften wir auch schon in den Westen reisen.« Für Miro war ich offenbar so was wie ein Landsmann, etwa wie ein Franzose und ein Engländer in China. Ein kleines Europa, bestehend aus zwei Gärtnern in einem Pausenraum in Esslingen. Wo blieben nur die Kamerateams für Interviews?

6. Happiness Is Easy

Ich saß nach Feierabend bei Andi in der Küche und aß aufgebackene Tiefkühlpizza. Den ganzen Tag hatte ich in der Gärtnerei saubergemacht. »Winterputz«, nannte das Herr Merk.

Durch das Küchenfenster schaute ich raus in den dunklen Himmel, obwohl es noch nicht mal siebzehn Uhr war. Leise summte der Feierabendverkehr unten auf der Straße. Im Radio berichteten sie gerade von einem Zehn-Punkte-Programm, das Bundeskanzler Helmut Kohl heute im Bundestag vorgestellt hatte und in dem es um eine mögliche baldige Wiedervereinigung der beiden deutschen Staaten ging. Ein Reporter befragte hierzu den SED-Generalsekretär Egon Krenz, der hingegen lieber eine Konföderation wollte. Ob der drüben überhaupt noch was zu sagen hatte? Egon Krenz im West-Radio. Klang das vielleicht komisch.

Katrin und Andi waren im Wohnzimmer. Ich hörte sie durch die angelehnte Tür diskutieren. Erst leise, dann zunehmend enthemmter, aber immer noch um Diskretion bemüht. Zumindest halbherzig. Der Honeymoon war wohl schon vorbei?

Nein, es ging um was anderes. Katrin sagte so was wie »… ›für vorübergehend‹ ist es aber schon ein paar Tage zuviel.« Andi entgegnete: »Ja schon, aber ...« – »Dann klär das.« Der Fernseher ging an, und Musik ertönte.

Seit gut zwei Wochen wohnte ich jetzt bei ihnen. Natürlich nur »vorübergehend«. Für eine Dreier-WG war die Wohnung leider nicht geeignet. Mein Plan sah vor, in der Nähe eine kleine Wohnung für mich zu finden, denn ich kannte in Stuttgart außer den beiden niemanden, und wir waren ja Kumpels. Seit Tagen telefonierte ich mir wegen einer Bude die Finger wund. Doch egal auf welche Annonce ich mich meldete, ich war schon zu spät. Offenbar kauften die Wohnungssuchenden die Wochenendausgaben mit den Anzeigen noch nachts in der Druckerei.

Andi kam aus dem Wohnzimmer in die Küche und holte sich eine Coladose aus dem Kühlschrank. »Na, Friedemann, alles klar bei der Arbeit?«

»Danke, kann nicht klagen.«

Er setzte sich zu mir an den Tisch und blätterte in einigen Werbeprospekten. Nach einer Weile blickte Andi auf. »Ach so, Friedemann ...« Andi beugte sich leicht zu mir rüber und senkte seine Stimme. »Na ja, wie soll ich sagen. Es ist wegen Katrin. Ihre Mutter kommt uns besuchen, und wir brauchen das Sofa im Wohnzimmer für sie. Verstehst du?« Andi rutschte auf seinem Stuhl hin und her. »Also ich meine ... ich will dich hier auf keinen Fall rausschmeißen, aber ... verstehst du?«

»Ja klar«, entgegnete ich nach kurzem Zögern. »Ich will ja nicht, dass du wegen mir noch Ärger mit deiner Liebsten bekommst.« Ich stand auf und holte mir aus dem Kühlschrank ebenfalls eine Cola. »Und was für ein Zufall: Gerade heute habe ich eine Zusage für eine Wohnung bekommen. Drüben in Esslingen, gleich in dem Wohngebiet bei der Gärtnerei, in einem von den Neubauten. Wollt ich euch gerade erzählen.« Ich klopfte an meine Jackentasche und ließ die Schlüssel vom Warti und Andis Wohnung klimpern. »Ich pack nur noch meine Sachen zusammen und dann bin ich weg.«

»Das ist ja super, Friedemann! Esslingen? Schade, so weit weg. Aber wir haben ja Autos, um uns zu besuchen.« Andi wirkte erleichtert. »Aber mach keine Hektik. Also wegen mir musst du jetzt nicht gleich Hals über Kopf hier raus. Wir wollen dich ja nicht vor die Tür setzen. Wir sind doch Kumpels«, sagte er.

»Nee du, das passt ganz gut heute, weil ich morgen zeitig bei der Arbeit sein muss.«

Andi nickte mir zu. »Ach so, verstehe. Na dann.«

Ich ging rüber ins Wohnzimmer, rollte meinen Schlafsack zusammen und nahm die Reisetasche, in der sich meine Klamotten befanden. Katrin schaute kurz zu mir und dann wieder auf den Fernseher. Madonna tanzte gerade für sie und sang irgendwas von »Express yourself«. Katrins Fuß wippte sanft im Takt. Andi kam und setzte sich zu ihr aufs Sofa. Madonna tanzte inzwischen auf einer großen Treppe in einem schwarzen Anzug und griff sich kurz in den Schritt wie Michael Jackson.

»Also, ich werd dann mal. Macht's gut und vielen Dank für alles.« Katrin schaute mich an und nickte kurz. Ich legte den Wohnungsschlüssel auf den Tisch. »Viel Spaß mit eurem nächsten Besuch.« Ich warf noch einen flüchtigen Blick auf den Fernseher, wo man gerade Madonnas nackten Rücken sah.

»Ruf an, Friedemann, dann können wir uns fürs Wochenende verabreden«, rief mir Andi noch hinterher, als ich aus
der Küche Ankes Rekorder holte. Keiner der beiden hatte
mitbekommen, dass es ihrer gewesen war. Ich grüßte flüchtig und eilte die Treppen runter.

Das nächste freie Bett, in dem ich umsonst hätte übernachten können, befand sich knapp 500 Kilometer entfernt
in Leipzig bei meinen Eltern. In einem anderen Land, in
dem mich vielleicht schon die Feldjäger suchten. Keine
wirkliche Alternative. Geld für ein Hotel oder eine Pension
hatte ich nicht. Den kleinen Vorschuss von Herrn Merk
auf mein erstes Gehalt brauchte ich für Fressalien. Der
Rest würde erst Anfang Dezember auf mein Konto kommen.

Mit dem Warti fuhr ich zurück zur Gärtnerei. Mit etwas
Glück war Herr Merk schon nach Hause gefahren und alle
anderen Kollegen sowieso. Ich könnte auf dem Parkplatz im
Auto übernachten. Oder auch im Gewächshaus, das war
nicht abgeschlossen. Dort würde ich meine Luftmatratze
aufpumpen und die Nacht zwischen den Stecklingen verbringen dürfen. Da war es in jedem Fall wärmer als im
Warti. Und wenn ich mir zeitig genug den Wecker stellte,
wäre ich wieder draußen, bevor die Kollegen kämen, und
keiner würde was merken. Morgen nach Feierabend müsste
ich mich dann endlich um eine Wohnung oder wenigstens
ein Zimmer kümmern.

Ich lenkte den Warti auf den Kundenparkplatz der Gärtnerei und stellte den Motor ab. Hinter den Bürofenstern
waren es dunkel. In der Ferne hörte ich einen Hund bellen.
Der Bewegungsmelder schaltete sich an, und zwei kleine

Scheinwerfer beleuchteten den Hof. Aber niemand war in der Nähe, der mich sehen konnte. Ich lief schnell mit meinem Gepäck zum Gewächshaus. Das Hoflicht ging wieder aus.

Langsam tastete ich mich durch die Dunkelheit. Zwischen zwei Pflanztischen baute ich mein Lager direkt in die Mitte des Gewächshauses und kroch in meinen Schlafsack. Die Luft war feucht und roch nach Erde. Niemand auf der Welt hatte so ein großes, so ein begrüntes Schlafzimmer wie ich heute Nacht. Aber es war niemand hier, der mich beneiden konnte und vielleicht mit mir getauscht hätte. Dabei war Andis Sofa auch nicht bequemer.

Und überhaupt, Andi: Früher in Grünau wäre uns das nicht passiert. Einmal musste seine Mutter eine Woche auf Alkoholentzug in eine Klinik. Sein Bruder war da schon im Westen. Ich hatte meine Eltern überreden können, dass Andi für die Zeit mit in meinem Zimmer wohnen durfte. Das war fast so schön wie Ferienlager gewesen. Wir hörten bis tief in die Nacht Musik und quatschten über die Mädels aus unserer Clique. Damals träumten wir auch schon von einer gemeinsamen Band.

Ich schaute nach oben durch das gläserne Dach in die Nacht und sah so viele Sterne, wie noch nie in meinem Leben. Wenn ich später mal ein reicher und berühmter Popstar bin, lass ich mir genau so ein Schlafzimmer bauen. Vielleicht nicht ganz so groß, aber mit einem komplett verglasten Dach. Wenn es doch schon soweit wäre. Wenn …

Ich musste irgendwann eingeschlafen sein, denn der Wecker klingelte mich aus meinen Träumen, und ich schlich wieder zum Warti. Draußen war es noch dunkel. Auf der

Rücksitzbank lag ein Raider-Schokoriegel, der mit einem Rest Cola ein ganz passables Frühstück abgab.

Ich musste bis achtzehn Uhr arbeiten. Keine Chance, sich auf Wohnraumsuche zu begeben. Wo sollte ich überhaupt anfangen? Keine Ahnung. Ich beschloss, heute wieder in der Gärtnerei zu pennen, denn das war am billigsten und morgen war ja auch noch ein Tag. Nach Feierabend fuhr ich erst mal fürs Abendbrot zu Ali und danach zurück in die Gärtnerei.

Als ich auf dem Parkplatz ankam, sah ich, dass diesmal im Büro noch Licht brannte. Mist! Aber das konnte sich nur noch um Minuten handeln. In der Zwischenzeit kramte ich meinen Walkman raus, den ich mir letzte Woche vom Begrüßungsgeld bei Neckermann gekauft hatte, und fütterte ihn mit meiner Talk-Talk-Kassette. Hatte ich schon seit Ewigkeiten nicht mehr gehört. Mit meinem Schlafsack deckte ich mich zu.

Plötzlich klopfte es gegen die Seitenscheibe, und Herr Merk schaute erstaunt ins Auto. »Herr Blumenstrauß, Sie wollen doch nicht etwa im Auto übernachten? Bei den Temperaturen holen Sie sich mindestens eine dicke Erkältung. Was werden denn Ihre Eltern vom Leben in der Bundesrepublik denken?«

Ich schaute betreten nach unten. »Die ersten Tage habe ich bei einem Freund in Stuttgart übernachtet, aber da ist es zu eng geworden«, versuchte ich zu erklären.

Herr Merk stand einen Augenblick stumm da, strich sich über seinen Schnurrbart und überlegte. »Kommen Sie, ich glaube, ich hab das was für Sie.« Wir liefen zum Seitengebäude mit den Garagen und stiegen eine Holztreppe hoch in den ersten Stock. »Hier haben bis vor zwei Jahren meine Schwiegereltern gewohnt, aber die sind mittlerweile verstorben. Vielleicht wäre das ja was für Sie zur Miete?« Er schaltete das Licht in dem kleinen Flur ein, von dem vier weitere Türen abgingen.

»Überlegen Sie mal, was Sie an Benzin und Zeit sparen, wenn Sie nicht täglich zwischen Stuttgart und der Gärtnerei pendeln müssten. Immer dieser ewige Stau.« Herr Merk schritt mit mir durch die Räume, als wäre er eigentlich Immobilienmakler. Küche und Bad gingen zum Hof hinaus, die anderen beiden Zimmer mit Blick auf die Streuobstwiese. Eine steile Treppe führte scheinbar auf einen Dachboden. »Der gehört mit dazu«, sagte Herr Merk und zeigte nach oben. »Hier haben Sie alles, was Sie brauchen: Heizung, gefliestes Bad, Einbauküche, Telefonanschluss. In Ihrem Alter konnte ich von so einer Wohnung nur träumen. Das werden noch nicht mal Ihre Eltern im Osten haben, oder?« Er strich über die Raufasertapete, die in verschiedenen Braun- und Grüntönen angestrichen war. »Da malern Sie noch mal durch, und dann ist das hier ein echtes Schmuckstück.« Die Zimmer waren klein und niedrig und erinnerten mich ein bisschen an unsere Wohnung in Grünau.

»Und rechnen Sie mal aus, was Sie an Benzinkosten sparen, Herr Blumenstrauß«, wiederholte sich Herr Merk. »Das Geld können Sie gleich in ein neues Auto investieren. Sie wollen sich doch bestimmt bald ein ordentliches kaufen, oder?«

Wir standen mittlerweile in der kleinen Küche, und ich schaute in den großen, leeren Kühlschrank. »Mit extra großem Tiefkühlfach«, rief Herr Merk mir zu. Da würden eine Menge Pizzas reingehen. Er hantierte an einer Gas-Therme über der Spüle, und ein gluckerndes Geräusch in den Heizkörpern kündigte baldige Wärme an. Im Flur zeigte er mir eine Art Sicherungskasten. »Das wäre das Einzige, worum ich Sie bitten würde, Herr Blumenstrauß. Das ist das Kontrollgerät für die Heizanlage der Gewächshäuser. Bislang hatten das meine Schwiegereltern übernommen. Ich selbst wohne mit meiner Familie etwa vierzehn Kilometer entfernt drüben in Baltmannsweiler, und habe Angst, im Falle einer Havarie zu spät zu kommen. Wenn sich die Heizung im Winter bei Minusgraden unbemerkt abschaltet, kann ich ein paar tausend Jungpflanzen wegwerfen.« Ich schaute stumm und nickte. »Wenn Sie den Bereitschaftsdienst für die Heizungsanlage übernehmen, komme ich Ihnen mit der Miete auch noch ein wenig entgegen. Sagen wir sechshundert D-Mark inklusive Nebenkosten? Gleich einziehen und ab Januar bezahlen. Da haben Sie noch einen Monat Zeit zum Malern.«

Sechshundert D-Mark – das war eine Menge Geld. Aber Andi und Katrin bezahlten noch mehr. »Was ist mit den Möbeln und was hier sonst noch rumsteht?«, fragte ich. Mein Blick klebte im halbleeren Wohnzimmer an einer silbernen Hifi-Anlage mit Kassettendeck und Plattenspieler, die ich gerade entdeckt hatte. Das Teil musste mindestens zehn Jahre alt sein. Die Fronten der Bausteine bestanden aus poliertem Aluminium.

»Was Sie gebrauchen können, benutzen Sie, den Rest stellen Sie einfach auf den Dachboden. Ist in der Miete inklusive. Na, wie sieht es aus, Herr Blumenstrauß?«

Ich überschlug meine Alternativen, aber mir fielen nicht mal welche ein. »Da kann ich ja wohl kaum Nein sagen«, antwortete ich, und Herr Merk schaute zufrieden.

»Alles klar!« Er drückte mir den Schlüssel in die Hand und verabschiedete sich.

Etwas verunsichert stand ich allein in der Wohnung, nachdem ich Schlafsack und Reisetasche aus dem Auto geholt hatte. Das ging jetzt gerade alles ein bisschen schnell. Aber immer noch besser als im Gewächshaus zu übernachten. Die Stille im Zimmer war trotzdem unheimlich. Nicht mal Autos hörte man von draußen. In der Ferne schlug auch noch eine Kirchturmglocke.

Ich zog das Tape von Talk Talk aus meinem Walkman und schob es in das Kassettendeck der Hifi-Anlage. Sogleich wurde die Stille durch »Happiness Is Easy« unterbrochen und alles um mich in eine warme, melancholische Melodie getaucht. Der Sound der Anlage war überraschend gut. Das Klavier im Song schien neben mir im Raum zu stehen. Ich drehte die Lautstärke auf, denn weit und breit wohnte hier niemand außer mir. Vom Fenster im Wohnzimmer erahnte man in der Dunkelheit die Streuobstwiese und weiter hinten sah ich die erleuchteten Fenster dreier Zwölfgeschosser am Ende einer kleinen Neubausiedlung aus den sechziger und siebziger Jahren, Esslingen-Pliensauvorstadt. Wenn die umliegenden Berge nicht wären, konnte man fast denken, ich schaute auf Grünau. Ich lehnte mich an den Heizkörper und spürte die Wärme in meinen Beinen. Die Kassette von Talk Talk hatte ich mir voriges Jahr kurz vor Weihnachten von Martin überspielt. Genau der passende Soundtrack für kalte, dunkle Tage am

Ende eines Jahres. Was wohl er und Dave jetzt machten? Gerade setzte der Kinderchor im Refrain des Songs ein, und für einen kurzen Moment bekam ich fast so was wie Heimweh.

Außer der Hifi-Anlage standen im Wohnzimmer noch ein leeres Bücherregal und eine dieser Stehlampen an deren Schirmen Fransen baumelten. Helle Stellen an der Wand verrieten, wo früher mal ein Sofa gestanden und wo Bilder gehangen hatten. Im angrenzenden Schlafzimmer lag eine Matratze auf dem Boden. Ein großer leerer Kleiderschrank nahm die ganze Wandbreite ein. Alte Hörzu-Fernseh-zeitungen quollen aus einer Pappkiste.

Ich zerrte die Matratze rüber ins Wohnzimmer und platzierte sie so, dass ich genau in der Mitte zwischen den beiden Lautsprecher-Boxen liegen konnte. Danach knipste ich die Lampe aus und schlüpfte in meinen Schlafsack. Nur die blaue-rote Beleuchtung der Anlage spendete etwas Licht. »Living In Another World« erfüllte den Raum, und im Halbschlaf glaubte ich, dass sich die Zimmerdecke öffnete und der Sternenhimmel mich in die Nacht zog.

Pliensauvorstadt war ein noch bekloppterer Name für einen Vorort, als Grünau für diese Betonwüste, in der ich aufgewachsen war, dafür schien hier aber alles sehr überschaubar.

Es war Samstag, noch nicht mal zehn Uhr und ich ging spazieren. An die Stille in meiner neuen Wohnung musste ich mich erst gewöhnen. Kein Andi schnarchte aus dem Nachbarzimmer, keine Katrin schaute MTV. Das Ticken meines kleinen Weckers kam mir vor wie das einer Bombe.

Vielleicht hatte ich mir gestern Abend auch nur zu viele Biere in Alis Imbiss eingeflößt.

Die Sonne schien auf die laublosen Weinberghänge am anderen Ufer des Neckars. Riesige Krähenschwärme machten sich lautstark über die umliegenden Felder und Bäume her, auf der Suche nach Essbarem. Diese Odyssee hatte ich vorhin in meinem neuen Kühlschrank schnell hinter mich gebracht – da waren nur zwei Dosen River-Cola und eine Familienpackung Mars-Riegel zu finden gewesen.

Ich lief auf der einzigen größeren Straße – in Richtung des angrenzenden Wohngebietes. Unser Haus in Stuttgart sah fast genauso aus. An einer kleinen Tankstelle putzte ein Mittfünfziger seinen roten Opel Kadett auf Hochglanz. Die Straße ging ein wenig bergauf und gleich darauf stand ich vor den drei Blocks, welche am Ortsrand herausragten wie überdimensionierte Kirchtürme. Wirklich, sie hatten etwas von Grünau, nur sahen sie nicht so schäbig aus.

Ein paar Kiddies spielten auf der Straße Fußball. Ihre Fahrräder lagen verstreut auf dem Bordstein. Wenn das die einzige Jugendclique im Viertel war, würde ich hier niemanden kennenlernen und versuchen müssen, meine Kontakte in Stuttgart auszubauen. Na ja. Mein Kontakt zu Andi war ja gerade etwas spärlicher, und Miro schien mir nicht der Typ, der wusste, wo hier in der Gegend die coolen Indie-Bands spielten. Aber ich war ja erst ein paar Wochen hier. Ich hatte einen Job und eine Wohnung, der Rest würde sich schon ergeben. Und mit Andi würde es sich bestimmt bald wieder einrenken. Ich konnte mir kaum vorstellen, dass er es wirklich so lange mit Katrin aushielt. Irgendwann hat der schon wieder mal Bock auf ein Bier in einer Kneipe oder eine gute Disco. Ich kannte ihn doch.

Zwei Typen auf Fahrrädern fuhren an mir vorbei, sahen mich, stoppten und radelten zurück. Sie schienen nicht älter als fünfzehn oder so, trugen hellbraune Winterblousons und hatten extrem langweilige Frisuren. Die Brille des einen war einem SVK-Gestell aus dem Osten nicht unähnlich.

»Wo kommst denn du her?«, fragte mich der andere und bremste knapp vor meinen Schuhen ab.

»Von da.« Ich zeigte ins Nirgendwo hinter mir und ging weiter.

»Eh, warte mal. Was bist denn du für einer, wir haben dich hier noch nie gesehen.« Die beiden fuhren im Schritttempo neben mir her. Ich hatte nicht den Eindruck, dass sie was mit meinen Lieblingsbands anfangen konnten und wollte mich darum nicht länger als unbedingt notwendig mit ihnen abgeben.

»Ich bin auf der Suche nach einem coolen Plattenladen«, antwortete ich gleichgültig.

»Einen was? So was gibt's hier nicht in Esslingen. Da läufst du in die falsche Richtung. Vielleicht drüben im Neckar-Center.«

»Ich meine einen coolen Plattenladen«, erwiderte ich noch gleichgültiger.

»Ach so. Da musst du nach Stuttgart«, antwortete die Brille.

»Wieso bist du eigentlich so komisch angezogen?«, fragte mich der andere.

Ich blieb stehen und schaute kurz an mir herunter.

Schwarze Schnürschuhe, schwarze Anzughose und einen schwarzen Wintermantel von Andis Großvater. Am Kragen prangte ein selbstgebastelter Anstecker, auf dem »The Smiths« stand. Dazu ein grauer Schal und eben meine Frisur. »Also, ich sehe aus wie immer.« Wollten die Kiddies mich anmachen, oder bewunderten sie mich wegen meines coolen Outfits? Mir fiel etwas ein, was ich schon mal in Leipzig mit Andi gemacht hatte. »Wisst ihr, ich spiele Gitarre in einer Band, die bald jede Woche in der BRAVO ein Poster haben wird. Aber bis dahin brauche ich noch dringend etwas Ruhe. Wäre das machbar?« Na ja, in Leipzig hatten wir nicht BRAVO, sondern Neues Leben gesagt, aber die Wirkung war ähnlich wie jetzt.

»'ne Band in der BRAVO? Cool, Mann. Wie heißt ihr denn?« Die beiden bekamen große Augen.

»Sorry, das ist noch geheim. Die Plattenfirma hat gesagt, dass ich nicht darüber sprechen darf. Aber im Januar solltet ihr schon mal euer Taschengeld sparen für das Heft.« Sie glotzten mich an, als wenn Michael Jackson vor ihnen stehen würde. »Na dann, Jungs, einen schönen Tag euch noch. Ich muss dann mal. Meine Limousine wartet.«

Ich ließ die beiden stehen und lief langsam zurück.

7. This Weel's on Fire

»Willst du wirklich zu Weihnachten nicht nach Hause kommen? Dich werden schon nicht die Feldjäger abholen«, sagte meine Mutter leicht pikiert am Telefon.

Es war der 23. Dezember, und ich hatte schon vor vierzehn Tagen angekündigt, dass das nicht ginge, weil ich Bereitschaftsdienst für die Heizanlage der Gärtnerei hätte. Außerdem klapperte irgendwas unterm Warti, und es wurde von Tag zu Tag lauter. Na ja, und wegen der Feldjäger hatte ich auch Schiss. Schließlich gab es die NVA drüben noch.

»Nein Mutti, außerdem liegt hier schon Schnee. Auf den Bahnhöfen ist auch das totale Chaos. Alles voller Ostdeutscher. Das lohnt doch gar nicht für die paar Stunden«, antwortete ich geduldig. »Außerdem habt ihr dann mehr Platz für Tante Barbara und ihren Mann.« Zu Weihnachten kamen jedes Jahr gefühlte einhundert Familienmitglieder nach Grünau in unsere winzige Wohnung, und mir gefiel der Gedanke, diesmal dem Schauspiel aus erzwungener Weihnachtsstimmung und organisiertem Durcheinander zu entkommen. »Ich treffe mich morgen Abend mit Andi und Katrin, und wir feiern zusammen. Nächstes Jahr komme ich wieder zu euch. Versprochen. Habt ihr schon mein Paket bekommen?«, lenkte ich vom Thema ab.

»Ja, vielen Dank, mein Junge. Das wär doch aber nicht nötig gewesen. Du brauchst bestimmt selbst das Geld.«

»Keine Sorge, Mutti, das passt schon. Ich habe doch einen Job. Grüß Vati und den Rest der Familie. Frohe Weihnachten!«

Bei Katrin und Andi stand ein kleiner, geschmückter Plastiktannenbaum im Wohnzimmer. Andi hielt mir zwei Videokassetten entgegen, »Ghostbusters« und »Zurück in die Zukunft«. »Womit fangen wir an?«, fragte er, und ich zeigte auf ersteren.

»Ich würde lieber den anderen zuerst gucken«, sagte Katrin, die gerade mit drei Tiefkühlpizzas ins Wohnzimmer kam.

Andi schaute mich an: »Ist doch egal, oder?«, und schob Zurück in die Zukunft in den Videoplayer.

Ich setzte mich auf einen Stuhl, den ich mir aus der Küche geholt hatte und öffnete mein Bier. Andi und Katrin nahmen auf der Couch platz.

»Fröhliche Weihnachten, mein Schatz«, flötete Andi Katrin ins Ohr und gab ihr ein Küsschen auf die Wange, die sie ihm erwartungsvoll hingehalten hatte. »Hast du schon die Kette gesehen, die ich Katrin geschenkt habe?«, fragte er mich, während der Vorspann des Filmes losging. Ich warf einen flüchtigen Blick auf Katrins Hals mit dem goldenen Ding drumherum und nickte stumm, da ich den Mund voller Pizza hatte. »War nicht billig«, erklärte Andi.

»Du sagst doch immer, dass man hier in der Autobranche gut verdient«, warf Katrin ein und gab Andi ein Bussi auf die Wange. Und dann zu mir gewandt: »Vielleicht solltest du auch mal versuchen, dort unterzukommen. Da verdienste bestimmt mehr als mit deinen Blumen.«

Andi schaute zu mir rüber und nickte und kaute.

Was hatte Katrin nur mit ihm gemacht? Gab es für so was hier Medikamente? Seit Jahren schenkte er nicht mal seiner Mutter was zu Weihnachten. Ich wurde das Gefühl nicht los, dass Andi zu Thomas Anders mutierte und Katrin seine Nora war. Oder gleich Yoko Ono. Yoko Katrin Ono – das Ende aller Musikerfreundschaften. Vielleicht hätte ich doch zu meinen Eltern fahren sollen.

Das neue Jahr war schon einige Wochen alt. Ich hatte zwei Monatsgehälter auf dem Konto, zumindest das, was davon übriggeblieben war, und wollte die Sache mit einem neuen Auto endlich in Angriff nehmen. Der Warti erinnerte mich ständig an Grünau, und alle erkannten mich darin als Ostdeutschen. Aber ich war keiner mehr, das stand sogar in meinem Pass.

Das Autohaus von Andis Bruder lag in einem Gewerbegebiet in Stuttgart-Wangen, genauer gesagt, in der Ulmer Straße. Seine Visitenkarte klemmte am Aschenbecher des Wartis. Auf der anderen Seite des Neckars befand sich das große Daimler-Benz-Werk in Untertürkheim. Ich kam an einigen Fabriken vorbei und auch am Werkswagenverkauf der Daimler AG. Mann, standen da viele große Schlitten rum. Hier wurde das große Geld verdient, das war klar.

Die Straße führte stadtauswärts, und irgendwann stand ich vor Jens' Autohaus. Ich blickte durch einen Metallzaun auf etwa zwei Dutzend Gebrauchtwagen, ältere Mercedes, VW, Opel und andere. Hinter der Frontscheibe eines VW

Golf hing ein großes orangefarbenes Schild: »Auto der Woche!« Auf der Frontscheibe eines Toyotas stand mit weißer Farbe »Klima«. Über allen Fahrzeugen schwebten in etwa drei Metern Höhe glitzernde, bunte Wimpelketten. Hinten auf dem Gelände machte ich einen schmutzigweißen Bürocontainer aus, auf dem ein riesiger Schriftzug den letzten Zweifel wegwischte, ob ich hier richtig war: »Gebrauchtwagen Wuttke GbR«. Ich drehte mich noch mal zu den Autohäusern und Fabriken um, an denen ich gerade vorbeigekommen war, diesen großen Palästen aus Stahl, Glas und Beton – Manifeste westdeutscher Wirtschaftskraft – und trat durch das offene Tor auf das Gelände.

Ein Schäferhund kam bellend auf mich zugerannt. Ich blieb verunsichert stehen, doch da wurde er schon mit einem scharfen »Susi! Hierher!« zurückgepfiffen. Jens war aus dem Bürocontainer herausgetreten, blickte Susi streng an und zeigte mit dem Zeigefinger neben sich auf den Boden. Der hatte seinen Hund wirklich nach seiner Ex-Freundin benannt? Susi trottete zu ihm zurück.

»Hallo, Blume, alles klar? Na, auf der Suche nach einem Top-Auto? Da bist du hier genau richtig.«

»Na ja, ich wollte mich mal umsehen.«

Jens schaute mich erwartungsvoll an, während der Hund sich in den Container verzog. »Hier, wie wär's mit einem Golf GT? 75 PS, eins-sechser Maschine, aus erster Hand, mit Radio und Kassettenteil. Scheckheftgepflegt, TÜV und ASU neu.« Er zeigte auf einen gelben Zweitürer mit verchromten Stoßstangen, der mich ein wenig an ein Postauto erinnerte. Jens holte kurz Luft und setzte seine Verkaufsberatung unaufgefordert fort. »Baujahr 1978. Der hat einem Rentnerpaar gehört, die haben ihn quasi nie gefahren. Der hat noch keine 100.000 Kilometer runter, das ist quasi nix für einen Golf. Echte deutsche Wertarbeit. Ein Top-Schnäppchen, sag ich dir.«

Ich blickte mich suchend auf dem Gelände um. »Sag mal, ist Andi auch da?«

Jens drehte sich Richtung Bürocontainer. Daneben parkte ein Kombi, den gerade jemand von innen staubsaugte. »Eh, Kleener! Besuch für dich«, rief er über den Platz. Der Staubsauger verstummte, und aus dem Wagen kam Andi geklettert. Ich ging ihm entgegen.

»Was machst du denn hier?«, fragte er mich.

»Na, was wohl: Brot und Brötchen kaufen. Nee, im Ernst, ich wollte mal schauen, wo du arbeitest und was ihr so für Autos im Angebot habt. Ich kann ja nicht ewig mit der Ost-Möhre rumfahren.«

Andi klopfte sich den Staub von seinem Blaumann. »Ja Blume, wenn man Kohle machen will, darf man sich für nichts zu schade sein. Da muss man eben auch mal selbst Hand anlegen an die Kisten, damit der Verkauf vorangeht. Wertsteigerung und so weiter.« Er zündete sich eine Zigarette an. »Was macht der Job in der Gärtnerei?«

»Ganz okay, soweit. Ist schon etwas mehr Arbeit als in der Zone, aber ich will mich mal noch nicht beschweren.«

Jens kam zu uns rüber. »Sag mal, Blume, ist das etwa mein alter Wartburg, der da draußen parkt?«

»Genau. Hatte mir Andi damals am Balaton überlassen.«

»In Zahlung kann ich den aber nicht nehmen. So was will hier niemand kaufen. Sei froh, wenn du die Verschrottungskosten sparen kannst.« Er musste grinsen. »Mensch, mein alter Wartburg ...«, sagte er halb zu sich selbst. »Da werden Erinnerungen wach. Ich könnte mir den oben aufs Büro draufstellen lassen, so als Blickfänger. Auf Blickfänger stehen die Kunden. Man muss sich hier was einfallen lassen, wenn man was verkaufen will.« Er nickte zufrieden vor sich hin. »Na, willste mit dem Golf mal 'ne Probefahrt machen?«

»Ich suche eigentlich so 'nen VW-Bus mit Campingausstattung.«

Jens überlegte kurz. »Kann ich dir besorgen. Was willst du denn ausgeben?«

»Weiß noch nicht. Eher nicht so viel, ich hab ja noch nichts groß gespart.«

»Das macht nix. Da biete ich dir eine Top-Ratenzahlung an. Toll, nicht? Oder haste 'nen guten Dispo?« Jens drehte sich zu Andi um und sagte: »Los Kleener, der Wagen muss heute noch fertigwerden. Und auch der Kadett hinten. Marsch, Marsch!« Er klatschte in die Hände.

»Wir telefonieren.« Andi warf seine Zigarette auf den Boden und ging zurück zu seinem Staubsauger.

»Ich muss dann auch mal wieder. Ruf mich an, wenn du einen Bus für mich hast.« Ich schrieb Jens meine Telefonnummer auf.

»Mach ich, Blume. Keine Sorge, das klappt schon. Für Bekannte gibt es einen Sonderpreis. Versprochen.«

Auf dem Rückweg nach Hause hielt ich noch kurz an der Tankstelle neben der Gärtnerei. Ich war gerade mit dem Luftdruck meiner Reifen beschäftigt, als zwei Fahrräder neben mir hielten. Oh nein, nicht die wieder.

»Ist das etwa deine Limousine?«, frage eine Stimme.

Oh doch: Es waren die beiden Teenies, die ich neulich auf meinem Spaziergang getroffen hatte.

Ich drehte mich halb zu ihnen um. »Das ist ein sauteurer Oldtimer. Der ist mindestens so selten, wie ein Porsche 901 aus den frühen Sechzigern. Versteht ihr? Der muss nur mal generalüberholt werden.«

»Wir haben dich gar nicht in der BRAVO gesehen«, sagte die Brille und ich überlegte, ob seine Stimme enttäuscht oder herausfordernd klang.

Ich hatte noch einen Reifen zu kontrollieren und wollte nach Hause und nicht mit diesen Kindern hier meinen Tag verquatschen. »Eure Eltern erlauben euch schon, so eine Zeitschrift zu lesen? Seid ihr dafür nicht zu jung? Lest doch lieber die Micky Maus.«

Jetzt sah man Brille an, dass er herausfordernd gefragt hatte: »Ich glaube, du bist einer von den Russlanddeutschen, die jetzt zu uns kommen. Schon so wie du rumläufst. Hat mein Vater gesagt.«

»Na, dann passt auf, dass ich keine Kalaschnikow auf dem Rücksitz habe und schlechte Laune bekomme. Da sind schon ganz schlimme Unfälle passiert«, sagte ich ruhig, stieg in meinen Warti und fuhr davon.

Etwa drei Wochen waren seit meinem Besuch bei »Gebrauchtwagen Wuttke GbR« vergangen, als eines Nachmittags Jens anrief und sagte, er hätte was für mich. Ich ließ alles stehen und liegen und fuhr rüber.

Susi kläffte mich gewohnheitsgemäß an, und Jens pfiff sie zurück. Doch mir war beides egal, denn ich hatte nur Augen für ihn: den roten Campingbus.

So schnell können hier Wünsche in Erfüllung gehen? Da stand er: mein Traum, meine Begierde – der Inbegriff des paradiesischen Westens. Ich glaubte Geigen spielen zu hören, als ich mit Jens um den Wagen schritt, aber vielleicht benutzte irgendwo auch jemand eine Flex.

Jens spulte unterdessen die technischen Daten runter: »Also, Blume, das ist er. VW T3, Westfalia-Ausbau mit Aufstelldach, Erstzulassung März 1980, eins-sechser Diesel-Maschine mit 50 PS. 130.000 gefahrene Kilometer.« Er öffnete die Schiebetür und ein engelsgleiches Licht blendete mich geradezu, als ich die Inneneinrichtung sah. Möbel mit milchkaffeefarbener Holzdekorfolie, die mich fast ein bisschen an die Schrankwand meiner Eltern erinnerte. Hier war ich zu Hause.

»Zur Inneneinrichtung.« Er machte eine Handbewegung, die mich zum Sitzen auf der Rückbank aufforderte. Ich nahm sprachlos Platz und bestaunte die vielen kleinen Türchen und Staufächer in den Einbauschränken. »Hier ist der zweiflammige Gasherd mit kleiner Spüle, dort der Kühlschrank«, erklärte Jens. Dann öffnete er das Aufstelldach, und im Nu verwandelte sich der Bus in eine geräumige kleine Ferienwohnung aus der ich nie, nie wieder ausziehen wollte. »Na, Blume, willste mal 'ne Probefahrt machen?«

Ich konnte nur stumm nicken, und er drückte mir die Schlüssel in die Hand.

Der Sitz war gefedert wie ein Fernsehsessel und hatte links und rechts sogar verstellbare Armlehnen. Das Lenkrad war größer als das beim Warti und auch viel griffiger. Und erst die Aussicht! Man schaute auf alle anderen Autos hinunter oder gleich über sie hinweg. Der Dieselmotor tuckerte gleichmäßig und klang wie Musik in meinen Ohren. Ich schaltete das Radio an, und eine sanfte Moderatorenstimme wünschte mir und allen Hörern einen wunderschönen Tag. In Stereo.

»Was soll denn dieses Juwel hier kosten?«, waren die ersten Worte, die ich Jens gegenüber herausbrachte, nachdem ich eine kleine Runde mit dem Bus gedreht hatte. Immer noch hörte ich Streichmusik.

»Wenn ich den vorne in den Verkauf stellen würde, käme da ein Schild mit ›12.000 DM‹ ran.« Die Geigen verstummten schlagartig. »Und da hast du noch Glück, denn wenn die Urlaubssaison wieder losgeht, steigen die Wohnmobile wieder im Preis.« Ich glaube, ich schaute ihn an wie ein Kind, dem man den Teddy wegnehmen wollte. »Aber …«, Jens machte eine bedeutungsvolle Pause, »… wir kennen uns ja. Das heißt, wenn du mir zehntausend bar auf den Tisch blätterst, ist er deiner.« Ich blickte ihn immer noch mit versteinerter Miene an. »Oder fragen wir mal anders: Wieviel hast du denn aktuell zur Verfügung.«

»Na ja, ich habe knapp dreitausend D-Mark aufm Konto.«

Jens lachte kurz auf. »Tja, Blume, dafür gäbe es nur den Golf da drüben, Baujahr 1978. Ist auch ein super Auto. Und auch ein Volkswagen.« Er schaute mich an, als wäre ich sein kleiner Bruder. »Spaß beiseite Blume. Machen wir halt 'ne Ratenzahlung. Das heißt, du zahlst dreitausend an, viertausend wären noch besser, und dann eine monatliche Summe. Wir müssten uns nur über die Laufzeit verständigen. Da kommen dann noch ein paar Zinsen dazu.« Ich stand stumm da und schaute auf den Bus. »Das ist ganz einfach, Blume. Das machen hier alle. Selbst Andi muss monatlich seinen Fiesta abzahlen, bis 1993.« Jens winkte mich in seinen Bürocontainer. Ich folgte stumm, und wir setzten uns. An der Wand hingen Wimpel von Bayern München und den Stuttgarter Kickers.

»Da fällt mir ein: Blume, du bist doch Gärtner. Ich könnte dir noch einen gutbezahlten Nebenjob vermitteln. Da wird sich mal jemand melden.«

Als er danach fragte: »Was ist nun mit dem Bus?«, hatte ich bereits den Kugelschreiber in die Hand genommen.

8. Crushed

»Ist das dein Bus da draußen?«, fragte mich Ali, während er Coladosen in den Kühlschrank stapelte.

Ich hatte den Mund voller Essen. »Seit vier Wochen«, sagte ich kauend. Durch das große Schaufenster blickte ich auf meinen parkenden Campingbus. Das würde ein Sommer werden! Ich könnte im Mittelmeer baden oder im Atlantik und auf den Zeltplätzen viele schöne Mädels kennenlernen. Jetzt musste ich mir nur noch das Spritgeld erarbeiten.

»Respekt, Mann!«, rief Ali. »Bei dir geht es voran. Als was arbeitest du eigentlich?«

»Gärtner«, kam undeutlich aus meinem halbvollen Mund.

»Gärtner? Verdient man damit was?« Ali schaute zweifelnd.

»Geht so«, antwortete ich. »Und bei dir hier?«

»Für meine Familie und mich reicht es.« Ali hatte eine Palette Bierdosen aufgerissen und stellte sie ebenfalls in den Kühlschrank. »Deinen Bus musst du immer schön pflegen, das ist ein Schmuckstück. Mein Vater arbeitet bei Daimler drüben in Unterürkheim. Als meine Eltern vor zwanzig Jahren nach Deutschland kamen, dachte mein Vater, Untertürkheim würde wegen der vielen Gastarbeiter so heißen.« Ali musste lachen und ging wieder hinter seinen Tresen. »Du musst dein Auto immer putzen, sonst sehen dich die Leute schief an. Kollege, wenn du hier dazugehören willst, muss dein Auto immer tipptopp sauber sein.«

In diesem Moment kam ein Typ rein, den ich klamottenmäßig als Hip-Hopper einstufte, und zwar im XXL-Format. Alles an ihm wirkte zwei Nummern zu groß: Die Klamotten, die goldene Kette um seinen Hals, die Hände, der Oberkörper.

Er schaute sich im Raum um und das nicht gerade freundlich. »Bist du Blume?«, sprach er mich plötzlich an. Oh Scheiße, was wird das jetzt?

Ich versuchte, so unbeteiligt wie möglich zu schauen. Woher kannte der meinen Spitznamen? »Worum geht's denn?«, fragte ich erst mal betont harmlos zurück.

»Jens wird dir von mir erzählt haben. Du bist doch der Gärtner.«

»Ach ja, genau.« Ich erinnerte mich. Es wollte sich ein Typ bei mir melden, hatte Jens doch beim Bus-Kauf gesagt.

»Hast du einen Moment Zeit?« Der Typ wartete nicht meine Antwort ab und setzte sich mir gegenüber an den Tisch. Er beugte sich verschwörerisch vor und begann mit gedämpfter Stimme zu sprechen: »Also, Blume, nenn mich Double Trouble. Es geht um deine Skills. Könntest du mal einen Blick auf den Shit werfen?« Er legte eine Aldi-Tüte auf den Tisch, öffnete sie und zeigte mir den Inhalt, ohne ihn herauszunehmen.

»Ah, Cannabis sativa, oder so ähnlich«, sagte ich nach einem ersten Hineinsehen und kam mir mit meinem Gärtnerlatein mächtig gut vor. Vor mir saß offenbar einer der einheimischen Nachwuchsdrogendealer. Ich schaute in der Tüte auf einige gelbe Blätter und Stängel junger Hanfpflanzen, griff mir eine Handvoll heraus und begutachtete sie. »So richtig gesund sehen die aber nicht aus«, sagte ich und zeigte auf Blattläuse und verschimmelte Erdreste an der Wurzel.

Double Trouble machte eine Handbewegung – ich sollte die Pflanzen wieder zurücktun. »Genau das ist das Problem. Was müsste man denn machen, damit die wieder wachsen?«

»Tja …« Ich bewegte meinen Kopf bedächtig hin und her, während ich mir die Reste meines Döners in den Mund stopfte. Hier bahnte sich offenbar ein Joint Venture an. Mein Wissen für sein Geschäft. Da ließe sich Geld machen. Geld, das ich gut gebrauchen könnte, wegen der Raten für meinen Bus. Jetzt kam es darauf an, all das bisher im Kapitalismus erlernte, anzuwenden. Zunächst hieß es, grenzenlose Kompetenz auszustrahlen, das hatte ich schon bei Herrn Merk und Jens beobachtet.

Ich setzte an zum Expertenvortrag: »Erst mal zum Problem der Wurzel. Die Pflanzen sind eindeutig zuviel gegossen worden, da fangen die an zu schimmeln. Sieht aus wie im Topf aufgezogen. Da passiert das schneller als im Freien. Zu wenig gießen ist natürlich auch nicht gut, es kommt auf die richtige Menge an. Und die Blattläuse …«, ich hielt inne und überlegte. Jetzt hatte ich genug Infos spendiert, »… Da müsste ich noch mal nachlesen.«

Double Trouble nickte und schob mir einen zusammengefalteten Zwanzig-DM-Schein rüber. »Lies noch mal nach. Wie kann ich dich erreichen?«

Ich nahm den Schein. »Sonntag bin ich wieder hier, so gegen dreizehn Uhr?«

»Super, bis dann. Keep it real.« Double Trouble erhob sich, nickt mir zu und schlenderte lässig aus dem Laden. Ich holte mir noch eine Cola aus dem Kühlschrank.

Ali schaute mich verdutzt an: »Alles okay, mein Freund? Der Kollege sah gefährlich aus.«

»Alles in Ordnung, Ali, der ist harmlos«, antwortete ich. »Ist wie bei Hunden. Die großen tun dir nix.«

Mein ganzes Wissen über illegale Geschäfte hatte ich bislang aus den TV-Serien »Großstadtrevier«, »Simon & Simon« und »Miami Vice«. Für den Anfang war das schon mal eine gute Datenbank. Doch die Coups dort gingen regelmäßig schief – Kriminelle waren nicht gerade die Sympathieträger im Vorabendprogramm. Ich lief durch meine kleine Wohnung und starrte aus dem Fenster auf die Gärtnerei. Wo hatte der Typ überhaupt die Hanfpflanzen angebaut? In der eigenen Wohnung? Wenn der mit der Ernte Geld verdienen wollte, würden ein paar Blumentöpfe kaum ausreichen. Vielleicht in einem eigenen Garten? Aber da würden die schnell auffallen. Außerdem wären dann die Wurzeln nicht so verschimmelt gewesen. Möglicherweise in einer Garage oder auf einem Dachboden mit Kunstlicht. Genau! Auf so einem Dachboden, wie ich ihn zu meiner Wohnung besaß.

Als ich Sonntag wieder in Alis Dönerbude war, dauerte es nicht lange und der Hip-Hop-Typ tauchte auf, diesmal ohne Aldi-Tüte. »Hey, Blume. Was geht?« Er gab mir lässig die Hand und setzte sich an meinen Tisch. Wie das klang – ein Riesenhüne sagte »Blume«.

Ich kam gleich zur Sache: »Also, ich habe mich noch mal schlaugemacht und glaube, die Pflanzen, die du mir gezeigt hast, kriegst du nicht mehr hin. Die sind im Eimer. Du müsstest komplett neu säen oder neu anpflanzen und vor allem die Erde austauschen, denn die Schimmelsporen sitzen da jetzt überall drin. Als nächstes bräuchtest du einen neuen Plan für die Be- und Entwässerung und eine gute Durchlüftung der Erde. Und die Lichtzufuhr. Verstehst du? Licht ist ganz wichtig.«

Double Trouble rückte nachdenklich sein Basecap zurecht. So gefährlich wie beim letzten Mal fand ich ihn heute gar nicht mehr. »Okay, das klingt alles recht aufwändig.« Er überlegte kurz und fuhr fort: »Sag mal, Homie, siehst du eine Möglichkeit, solche Pflanzen irgendwo professionell anzubauen? Und ich kaufe dir die komplette Ernte ab.« Es klang eher wie eine Anweisung, nicht wie eine Frage. »Alles läuft natürlich sehr diskret ab, okay? Denk da mal drüber nach. Ich geb 'n Bier aus, Homie.« Er ging rüber zum Kühlschrank, holte zwei Büchsen raus und stellte sie auf unseren Tisch. »Prost, Blume.«

»Prost, Mann«.

»Double Trouble. Nenn mich Double Trouble, Homie.« Was meinte er nur immer mit »Homie«? Wollte er eigentlich »Honni« sagen, weil ich ausm Osten kam und hatte sich mit einem Buchstaben vertan? Oder sah ich in meinen Klamotten und meiner Frisur irgendwie schwul aus, und er hielt mich für einen Homo? Ich traute mich nicht, ihn zu fragen. Schließlich ging es hier gerade ums Geschäft.

Sollte ich einwilligen, das Zeug anzubauen? Ich zögerte noch. Immerhin war es eine verbotene Sache. Aber mein

Job wäre ja nur ein bisschen rumzugärtnern. Alles weitere ginge mich nichts an.

Double Trouble schien meine Bedenken zu erahnen: »Weißt du, das Zeug ist nicht gefährlicher als Alkohol oder Nikotin. Hier geht gerade Hip-Hop-mäßig einiges ab, und für gute Vibes braucht man gutes Gras. Na, und die ganzen Studi-Fuzzis wollen auch was zu rauchen. Es ist immer so kompliziert, den Shit aus Holland zu holen, und da dachte ich mir, warum nicht selber was anbauen. Homegrowing, verstehst du? Hier geht es nicht um Koks oder Heroin, sondern nur um eine alte Kulturpflanze. In Holland kannst du das ganz normal in den Coffeeshops kaufen. Hier in Deutschland wird das bestimmt auch bald so sein. Und bis dahin kann man sich ja schon mal einen Platz an der Sonne erarbeiten, verstehst du, Homie? Steuerfreies Geld. Du und ich.«

»Na ja, ich könnte es ja mal versuchen«, gab ich schließlich nach. »Aber das würde ein paar Monate dauern, bis es was zu ernten gibt. Woher bekomme ich das Saatgut?«

»Kein Problem, Homie. Ich hab feinste Skunksamen. Pass aber darauf auf, die waren teuer.« Double Trouble schob mir einen kleinen Umschlag rüber. »Vielleicht kannst du auch das hier gebrauchen. Ich bin bislang nicht dazu gekommen es durchzulesen.« Er legte ein Buch über Hanfanbau auf den Tisch. Ich nickte und steckte alles ein.

Double Trouble stand auf, klopfte mir kumpelhaft auf den Rücken und reichte mir eine Visitenkarte. »Hier meine Telefonnummer.« Sie war von Hand draufgeschrieben worden und erinnerte an die Tags und Graffitis, die man an vielen Häuserwänden in Stuttgart sehen konnte. Ich hatte

Mühe die verschnörkelten Zahlen zu entziffern. »Ruf mich an, wenn du was für mich hast. Also, keep it real, Homie.«

»Ja, tschüss. Ich melde mich.«

Noch in der Nacht las ich das Buch durch, in dem irgendwelche durchgeknallten Hippies ihr jahrelang aufgehäuftes Wissen über den Hanfanbau niedergeschrieben hatten. Und: Es weckte meine Abenteuerlust. So was bekam ich als Facharbeiter doch erst recht hin!

Den folgenden Nachmittag verbrachte ich auf meinem Dachboden. Zunächst überlegte ich, wo die Blumentöpfe platziert werden müssten. Eine etwa fünfzehn Quadratmeter große Bodenkammer schien ideal. Vor allem aber bräuchte ich hier oben einen Wasseranschluss, damit ich nicht ständig mit den schweren Gießkannen die steile Treppe hoch und runter laufen müsste, denn Hanfpflanzen waren sehr durstig. In meiner Küche befand sich ein Anschluss für eine Geschirrspülmaschine, den ich nicht brauchte – perfekt. Als alle vom Gärtnereigelände verschwunden waren, nahm ich unten aus der Garage einen Wasserschlauch mit Ventil, den ich zwischen Küche und Dachboden verlegte. Ich befestigte ihn an der Scheuerleiste im Flur, die Bodentreppe hoch bis in die Mitte des Raumes.

Blumentöpfe gab es hier in Massen, aber meist nur kleine. Ich kramte alte Eimer aus einem Schuppen und versah sie unten mit einem Loch, damit das überschüssige Wasser abfließen konnte. Den Fußboden legte ich mit einer Plane aus. Anschließend holte ich mir die beste Erde aus unserer Kompostecke.

Nach etwa drei Wochen topfte ich um. In einem Schuppen neben den Gewächshäusern entdeckte ich vier nicht benutzte Gro-Lux-Lampen mit stolzen 400 Watt und platzierte sie mittels gespannter Drahtseile aus dem Baumarkt genau über den Pflanzenkübeln. Mit einem hinter dem Fallrohr der Dachrinne verlegten Verlängerungskabel zog ich mir einen Teil des Stromes aus einer Garage, damit nicht alles über meinen Stromzähler lief. Die beiden Bodenfenster im Raum wurden mit Pappe verdunkelt, damit ich die Lichtzufuhr selber kontrollieren konnte. Die ersten Wochen stellte ich mir immer einen Wecker, um die in dem Buch angegebenen Lichtzeiten genau einzuhalten. Später entdeckte ich dafür im Baumarkt Zeitschaltuhren. Trotzdem musste ich täglich gießen und nachschauen, ob sich erkennen lässt, welche Pflanzen männlich sind. Denn männliche Pflanzen versauten einem die weiblichen Blüten und den THC-Gehalt. Gras war also mehr so eine feminine Angelegenheit.

Ich fand das alles ganz schön cool.

9. Shine on

Frühling lag in der Luft. Heute fuhr ich nach Stuttgart in die »Alte Fleischerei« – einen kleinen Club, in dem ein Konzert stattfinden sollte. Bei Ali im Laden hatte ich letzte Woche auf dem Zigarettenautomaten ein paar kopierte Flyer gefunden. Von den Bands kannte ich nicht eine, aber die Ankündigung »100% Independent Music« hatte mich neugierig gemacht. Und Andi wollte auch kommen, hatte er am Telefon jedenfalls gesagt. Die letzten beiden Male, wo ich ihn zum Biertrinken überreden wollte, konnte er nicht, weil er schon Katrin versprochen hatte, mit ihr Videos zu gucken. Seit einem knappen halben Jahr lebte ich hier, doch nicht einen einzigen Abend hatte ich mit Andi verbracht, an dem es so wie früher gewesen war.

In Leipzig hatten wir uns an jedem Wochenende meist schon nachmittags getroffen und entweder Kindertrick-filme im West-Fernsehen geschaut oder waren bei schönem Wetter zum Cliquentreff vor die Rakete gefahren. Freitag-abend versuchten wir manchmal zur überfüllten Disco ins »Haus Auensee« im Norden von Leipzig zu kommen. »Weil da so viele Mädels hingehen«, wie Andi immer antwortete, wenn ich fragte, warum wir uns an die endlos lange Schlange vor dem Eingang stellen sollten. Wir kamen uns dort zwischen den ganzen Stinos immer vor wie Exoten. Nach einer halben Stunde Warten hatten wir meist keinen Bock mehr und fuhren in die Rakete zu den anderen Kumpels. Manchmal nahmen wir ein paar Mädels aus der Schlange mit. »He, wir fahren rüber nach Grünau in einen Schuppen, wo wir den Einlass kennen.« Es war die perfekte Anmache. Jetzt glaubte ich, dass Andi und ich früher nur so viel Zeit miteinander verbrachten, weil keiner von uns eine feste Freundin hatte. Mit Yoko Katrin Ono an seiner Seite war alles anders geworden. In Grünau hatte ich sie für eine coole New-Waverin gehalten, aber dieser Lebensabschnitt war für Katrin offensichtlich Geschichte. Vielleicht verstanden die beiden das unter »Erwachsenwerden«.

Für einundzwanzig Uhr war ich mit Andi vor dem Club verabredet. Er kam mit einer halben Stunde Verspätung, obwohl der Laden kaum einen Kilometer von seiner Wohnung entfernt lag. Katrin hatte er im Schlepptau, und ich wusste sofort, dass der Abend gelaufen war. Ihrem Gesicht konnte ich ansehen, dass sie keinen Bock hatte hier zu sein, aber aus irgendeinem Grund war sie nicht zu Hause vor der Glotze geblieben.

Andi hob die Hand lässig zum Gruß. »Mensch, bin ich müde von der Arbeit. Geld verdienen macht durstig. Wo gibt's das Bier?«

»Ob man in dem Laden überhaupt einen Gin-Tonic kriegt?«, fragte Katrin, während sie das Publikum abschätzig musterte, das mit uns auf dem Fußweg stand. Es war eine bunte Mischung aus Leuten in unserem Alter, aber auch Mittzwanziger, einige mit schwarzen New-Wave-Klamotten, andere eher punkig angezogen oder einfach nur in

Jeans und T-Shirts, bedruckt mit den Namen der Lieblingsbands. Das war dann wohl meine Fraktion, denn ich trug ein weißes Shirt von The Smiths mit dem Cover der »The Queen Is Dead«-Scheibe drauf, das ich mir letzte Woche gekauft hatte. Überall blickte man auf Doc Martens. Ich hatte meine extra geputzt. Man musste dabei immer tierisch aufpassen, damit die schwarze Schuhcreme nicht auf die gelben Nähte an der Sohle kam. Andi trug Cowboy-Stiefel.

Die »Fleischerei« war gut gefüllt, was nicht so schwer war, denn mehr als fünfzig, sechzig Leute passten da eh nicht rein. Reichlich Zigarettenqualm machte Trockeneisnebel überflüssig. Eine alte Ladentheke diente als Tresen hinter dem Flaschenbier und Cola in Plastikbechern verkauft wurden. Eine Tafel, auf der ganz oben »Der Fleischermeister empfiehlt« stand, informierte über die Getränkepreise. Wir lehnten weiter hinten im Dunkeln an einer gefliesten Wand, an der schon die eine oder andere Kachel fehlte. Die Bühne war aus Europaletten und Bierkästen zusammengebaut worden. Auf ihr spielte gerade die erste Band. »Futureweekend«, wie sie sich angekündigt hatten.

Schon ihr Outfit gefiel mir. Alle trugen nicht mehr ganz weiße Turnschuhe und ausgewaschene Jeans. Der Gitarrist hatte ein schwarzes Polohemd und eine alte blaue Adidas-Trainingsjacke an, der Drummer ein T-Shirt von den Wipers und der Bassist ein schwarzes Kapuzensweatshirt. Sie klangen nach Dinosaur Jr. und Sonic Youth. Während ich ihnen beim Spielen zusah, bekam ich Lust, zu Hause mal wieder meine E-Gitarre auszupacken. Aber so ganz alleine vor sich hin klimpern?

»Die Band ist gut«, sagte ich zu Andi, und er nickte kurz.

»Und, warst du mit deinem Bus schon auf großer Fahrt?«, fragte er mich.

»Noch nicht. Ich kriege jetzt noch keinen Urlaub, wird wohl Spätsommer werden. Aber dann …«

»Katrin und ich fahren im Juli vierzehn Tage an den Balaton. Diesmal natürlich ins Hotel. Ist jetzt schön billig für uns.«

»Ich will lieber in den Süden, Italien oder so. Mal sehen. Steht noch nix fest.«

Das Konzert war wirklich gut. Ob ich Andi noch mal wegen The Innocent Disco ansprechen sollte? Meine anfängliche Hoffnung, hier in Stuttgart könnte die Sache mit unserer Band endlich weitergehen, schien sich in Luft aufzulösen. »Vielleicht in einem halben Jahr«, hatte er im Dezember gesagt. »Erst mal Kohle verdienen.« Aber ich glaubte langsam nicht mehr daran und schwieg.

Noch bevor die letzte Band zu Ende gespielt hatte, verabschiedeten sich die beiden. Katrin war müde, und Andi müsse morgen zeitig zur Arbeit, wie er sagte. »Na dann, bis zum nächsten Mal.« Oder so.

Neben mich stellten sich zwei junge Frauen, beide mit langen dunkelblonden Haaren. Die eine sah aus wie ein Covermodel des BRAVO-Girl-Magazins: blaue Jeansjacke, darunter ein gemustertes Kleid und rote Stoffturnschuhe, dezent geschminkt und ein unschuldiger porzelanpuppenhafter Gesichtsausdruck. So hatte ich mir immer die Stino-Mädels im Westen vorgestellt. Mich wunderte, dass sie in so einen Club ging. Eigentlich wäre sie mehr was für einen Zahnarztsohn, der mit dem Cabrio seines Vaters an den Wochenenden durch die Schickimicki-Discos zog. Unsere Blicke trafen sich kurz, dann schaute sie wieder zur Bühne. An ihren Ohren hingen große silberne Kreolen, wie bei Sade, bei deren Musik man so schön knutschen konnte. Wie hatte ich das eigentlich in der Rakete immer mit dem Anbaggern gemacht? Bestimmt fiel es mir gleich wieder ein.

Das Konzert war zu Ende. Ich lehnte mich draußen an die Hauswand und trank von meinem Bier. Ein schon älterer und etwas angetrunkener Punk mit herabhängendem Iro und abgewetzter Lederjacke, auf deren Rückteil groß der schon leicht abgeblätterte Schriftzug der Punkband »The Exploited« stand, sammelte alle herrenlosen Flaschen vor dem Laden ein. Von dem Pfand kaufte er sich vermutlich neues Bier. Sein Hund, eine Promenadenmischung aus Spitz und Schäferhund oder so was, wich ihm nicht von der Seite. Ich hatte mich hier platziert, um vielleicht noch einen Blick auf das BRAVO-Girl-Model zu erhaschen, aber sie war offenbar schon gegangen. Dafür entdeckte ich Double Trouble, der gerade aus der Fleischerei kam.

»Hi Homie, alles klar?«, begrüßte er mich mit einem etwas seltsamen Handschlag, so als würde ich zu seiner Hip-Hop-Gang gehören.

»Das ist doch hier gar nicht deine Musik«, sagte ich zu ihm.

»Aber meine Kundschaft«, raunte er mir zu. »Apropos – gut, dass ich dich treffe: Was machen die Pflanzen?«

»Wachsen und gedeihen. Ich denke, im Juni kann ich die erste Ernte liefern.«

»Das wäre super, Homie. Ruf mich an.« Double Trouble wiederholte den Handschlag von eben, schlenderte lässig zu seinem schwarzen Mercedes und fuhr davon.

Die drei Typen von Futureweekend verstauten gerade ihre Instrumente in einem rostigen Ford Granada Kombi. Der Fußweg leerte sich zunehmend, alle liefen, torkelten oder radelten nach Hause. Ich trank den Rest von meinem Bier und schaute der Band zu, wie sie in ihren Wagen stieg und den Motor startete. Doch der schlief schon. Die Kiste wollte einfach nicht anspringen. Ich brachte meine leere Bierflasche rein und stand zwei Minuten später wieder draußen. Die Bandmitglieder waren inzwischen wieder ausgestiegen und hatten die Motorhaube geöffnet. Hilflos glotzten sie hinein.

»Reicht denn die Gage wenigstens für ein Taxi?«, fragte der Gitarrist den Drummer.

»Für mein Schlagzeug schon, wenn der Rest von uns läuft«, war die trockene Antwort.

Andi hätte den Jungs bestimmt helfen können. Mit Schrottkisten kannte der sich ja aus. Aber er war nicht mehr da. Ich schlenderte zur nächsten Straßenecke, wo mein Bus geparkt war. Als ich am immer noch defekten Ford vorbeifuhr und die ratlosen Gesichter der Bandmitglieder sah, hielt ich an, leierte meine Seitenscheibe runter und rief ihnen zu: »Wo müsstet ihr denn hin?«

»Rüber nach Stuttgart-West.«

»Liegt auf meinem Weg. Soll ich euch mitnehmen?«

Mein Bus kam mit den schweren Gitarrenverstärkern, Schlagzeugkoffern und vier Leuten kaum vom Fleck. »Jetzt wären ein paar zusätzliche PS gut«, sagte ich halb zu mir selbst, während wir langsam losfuhren. In meinem Autoradio lief eine Kassette von Sonic Youth.

»Coole Mucke«, sagte der Gitarrist, der neben mir auf dem Beifahrersitz Platz genommen hatte. »Und echt, tausend Dank fürs Mitnehmen. Übrigens, ich heiße Noel.«

»Ich bin Friedemann. Noel? Schöner Name.«

»Ja, unsere Mutter kommt aus Frankreich. Matti ist mein jüngerer Bruder.« Er machte eine Kopfbewegung nach hinten »Der Drummer.«

»Spielt ihr schon lange zusammen?«

»So seit etwa einem Jahr als Band. Davor haben Matti und ich zu Hause bei unseren Eltern im Keller rumgejammt. Rainer lernten wir später hier in Stuttgart beim Studium kennen.«

»Du kommst nicht von hier?« fragte mich Rainer.

»Ich wohne drüben in Esslingen.«

»Du klingst aber gar nicht schwäbisch.«

»Ach so. Ja, ich komme ursprünglich aus Leipzig. Also ausm Osten, wenn ihr so wollt.«

»Nobody's perfect«, erwiderte Rainer und trank aus seiner Bierflasche.

Wir trugen die Instrumente durch ein Hoftor in den Keller eines kleinen Werkstattgebäudes. Der Proberaum erinnerte mich sofort an unseren in der Rakete. Dieser leicht modrige Geruch der Wände, vermischt mit dem von abgestandenem Bier, muffigen alten Teppichen und Zigarettenqualm schien jedenfalls in allen Proberäumen der Welt der gleiche zu sein. Für einen kurzen Moment sah ich Anke neben mir stehen, wie sie betörend ins Mikro hauchte, während ich auf meiner Gitarre spielte. »Stinos at the disco,

never can be cool, stinos at the disco, you are just a fool.«
Meist hatte man sie gar nicht richtig gehört, weil der Ver-
mona-Gesangsverstärker zu wenig Leistung brachte und
die anderen Instrumente alles übertönten. Andi hatte dazu
auf dem Schlagzeug rumgetrommelt, als ob er in einer
Schmiede arbeiten würde, und Katrin drückte abwechselnd
zwei Tasten auf ihrem Casio-Keyboard, das ihre West-Oma
mal mitgebracht hatte. Das Ding klang viel zu schrill, aber
die DDR-Keyboards hatten einen noch schlechteren Sound.
Doch wenn ich Anke dabei zusah, wie sie ihre Lippen bewegte und sang, wusste ich, dass wir cool waren. Na ja –
dass wir cool gewesen wären, als Band auf einer Bühne.

Nachdem alles ausgeladen und ich schon am Gehen
war, fragte Noel: »Willst du noch auf ein Bier mit rauf-
kommen? Wir wohnen gleich hier im Vorderhaus.« Er
schüttelte vorsichtig seinen Rucksack und Flaschen klirrten.
»Ich habe die restlichen Backstage-Getränke eingepackt.«
Eigentlich war ich schon recht müde, aber wann hatte mich
in den letzten Monaten mal jemand zu sich nach Hause
eingeladen?

Die Wohnung lag im zweiten Stock. Matti schloss die
mit Aufklebern übersäte Tür auf und machte Licht im Flur.
Genau mir gegenüber hing ein großes Sonic-Youth-Poster.

»Willkommen in unserer Musiker-WG!« Noel nahm
seinen Rucksack und ging mit den anderen in die Küche.

Die Wohnung wirkte recht geräumig, vielleicht auch
aufgrund der wenigen Möbel. Ich folgte den Jungs. In der
Küche stand ein alter Schrank neben Spüle und Herd. Das
Regal darüber schien aus Holzkisten zusammengebaut. An
den Wänden hingen Plakate von Bands, die ich nicht kannte

und eins mit der Aufschrift »Hafenstraße bleibt!«. Wir setzten uns an einen großen Tisch. Jeder der Stühle hatte ein anderes Design, ich erwischte einen mit Polsterung. Noel verteilte Bierflaschen aus seinem Rucksack.

»Auf unser zehntes Konzert!«, rief Matti und wir stießen miteinander an.

Noel reichte mir ein Tape ihrer Band mit kopiertem Cover rüber. »Hier, als Dankeschön fürs Fahren. Wir haben schon knapp hundert unter die Leute gebracht.«

»Vielen Dank. Ich find es cool, dass ihr auf Englisch singt«, sagte ich und schaute auf das Cover. Es war das verwackelte Bild eines fliegenden Vogels. »Bei deutschen Texten muss ich immer an Ost-Bands denken. Da bin ich total DDR-geschädigt. So was wie Karat oder Silly. Deren Musik war immer so zum Kotzen. Die haben nie was über mein Leben gesungen. Kennt ihr ›Panic‹ von The Smiths? Da singt Morrissey ›hang the DJ‹. Das spricht mir aus der Seele, wenn ich an die Discos in unserem Jugendclub in Leipzig denke.«

»Du bist der erste Ostler, den ich treffe, der The Smiths kennt«, sagte Matti.

»Doch, doch, da gab es schon ein paar Leute, sonst wäre ich kaum an die Platten rangekommen. Ich hatte ja niemanden, der mir von drüben, also von hier, mal was hätte schicken können.«

»Ach ja, die Pakete in den Osten … Aber sag mal: Was machst du hier eigentlich?«, fragte Rainer.

»Eigentlich will ich Popstar werden, reich und berühmt und so. Und das ging in der Zone natürlich nicht. Zurzeit arbeite ich erstmal in einer Gärtnerei.«

»Ist ja fast das Gleiche«, prostete mir Matti mit schon leicht glasigen Augen zu. »Du und tausende Blumen, die nach Wasser von dir kreischen.«

»Spielst du in einer Band?«, fragte mich Noel.

»Damals in Leipzig, ja. Ich kann ein bisschen Gitarre, aber ist noch nicht viel dabei rumgekommen. Unsere ganze Band ist Stück für Stück in den Westen abgehauen. Wir wollten damals so auf New Wave machen, The Cure, Joy Division, The Smiths und so was. Ist schon eine Weile her.«

Rainer drehte eine Zigarette. »Ah, unsere Aftershow-Spezialmischung. Reich mal rüber«, rief Noel. »Magst du auch?« Er hielt mir die Selbstgedrehte hin, an der Rainer und er schon gezogen hatte.

Im Osten hatte das Geld immer für fertige Kippen gereicht und man musste nicht die Tabakreste zusammenkratzen für eine letzte Zigarette. »Nee, danke. Außerdem ...«, ich atmete tief ein, »... riecht die so komisch. Was ist denn das für 'n Russenkraut? Das habe ich vorhin beim Konzert auch schon mal gerochen.«

Noel schaute mich verständnislos an.

»Sag bloß, du hast noch nie gekifft.« Er reichte das Teil weiter zu Matti und ließ mich nicht aus den Augen.

»Nee. Bin noch nicht dazu gekommen. Ist das Gras oder Shit?«, fragte ich.

»Dafür, dass du nicht kiffst, weißt du aber gut Bescheid.«

»Ich bin halt Gärtner.«

»Am Ende kommt das ganze Dope, das wir hier in den letzten Jahren verraucht haben, aus dem Osten!« Rainer schaute mich an, als ob sich ihm gegenüber gerade ein KGB-Agent geoutet hätte. Ich grinste ihn an und schwieg.

Draußen dämmerte es bereits. Ich schaute auf meine Uhr. »Oh Mist! Jungs, ich muss los, in vier Stunden beginnt meine Schicht. Hier, ich lass euch meine Telefonnummer da. Falls ihr mal wieder ein Transportproblem habt.«

»Oh, vielen Dank, Friedemann«, sagte Noel und heftete den Zettel mit einem Magneten an den Kühlschrank.

10. There She Goes

Es war mein erster 1. Mai ohne erzwungene Teilnahme an dieser lächerlichen Parade in Leipzig. Heute wollte niemand meine Endnote auf dem Facharbeiterzeugnis von meiner »Teilnahme am gesellschaftlichen Leben«, also vom Jubelmarsch auf die SED-Bonzen abhängig machen, so wie noch vor einem Jahr. Die Lehrer in unserer Berufsschule hatten damals echt ein Rad ab. Jetzt war das alles völlig bedeutungslos und schon verdammt weit weg. Wie aus einem früheren Leben.

Die Sonne schien zeitig in mein Zimmer, es war warm draußen, und darum hatte ich mich nach dem Frühstück entschlossen, eine Tour mit meinem neuen Fahrrad zu machen. Also, neu war das Rad nicht wirklich, ich hatte es vor ein paar Tagen aus einem Berg Sperrmüll am Straßenrand gezogen und mit relativ wenig Aufwand wieder flott gekriegt. Was die hier alles so wegschmissen. Glück für mich. Das Teil hatte sogar sieben Gänge, und die hellgrüne Metalliclackierung war zwar nicht mehr die frischeste, sah aber noch super aus, eben ein echtes West-Rad. Als Gärtnermeister Merk mich gestern nach Feierabend auf dem Hof an meinem Rad rumbasteln sah, empfahl er mir, ich solle unbedingt mal rüber nach Strümpfelbach radeln, dort könnte ich mir was von der schönen Umgebung anschauen, von meiner »neuen Heimat«, wie er sagte. Heimat … Ja klar, musste man sich die mal anschauen, die Natur, alte Burgen und so. Hatte ich mit meinen Eltern doch früher auch gemacht.

Ich rief Andi an und fragte, ob er mitkommen wolle. Er klang noch recht verschlafen und sagte, er hätte kein Fahrrad und würde nur was mit dem Auto unternehmen. Wahrscheinlich auch nichts ohne Katrin. Ich beschloss, allein aufzubrechen, goss noch schnell meine Hanfpflanzen und fuhr los.

Ich durchquerte Esslingen und fand einen ausgeschilderten Radweg quer durch den Wald und über die Berge. Die Sonne war herrlich, und ich kam mir fast vor wie im Urlaub. Aus den Kopfhörern meines Walkmans erklangen die Cocteau Twins – der perfekte Soundtrack.

Nach gut einer Stunde hatte ich Strümpfelbach erreicht. Die Fachwerkhäuser sahen aus, als wären sie erst letztes Jahr neu gebaut worden. Wie auf einer Modelleisenbahnlandschaft, durch die ich spazierte. Jeder Quadratmeter schien gepflegt und dekoriert. Von Esslingen kannte ich das auch, aber hier empfand ich es noch stärker. Das war der Westen in seiner vollendeten Form! Fehlten nur noch coole Platten- und Klamottenläden.

Ich hielt an einem kleinen Kiosk am Ortsrand, dessen Langnese-Fahne ich schon von weitem entdeckt hatte, kaufte mir ein Stieleis und eine Cola und setzte mich auf eine Bank. Meine Eltern hatten mir als Kind immer gesagt, dass man nach einem Eis keine Cola trinken dürfe, weil man davon Bauchschmerzen bekäme. Mir war schon lange klar geworden, dass dies nur einer der vielen Sprüche war, die Eltern so drauf hatten, um Kindern den unstillbaren Drang nach zuckerhaltigen Lebensmitteln zu vermiesen. Heute war ich mein eigener Boss und entschied, dass das problemlos kombinierbar sei.

Von der Bank aus hatte man einen weiten Blick ins Tal und auf die umliegenden Weinberge. Es war diese Idylle, die ich von Postkarten der entfernten West-Cousine meines Vaters kannte. Von ihren Reisen hatte sie uns manchmal welche geschickt. Vielleicht nur, um uns zu zeigen, wo sie überall hinfahren konnte. Wir schickten ihr dafür Postkarten aus dem Erzgebirge oder von der Ostsee.

Ich schaltete meinen Walkman aus und lauschte. Die Stille hier war schon fast beunruhigend. Keine Züge, keine Straßenbahnen, keine Autobahn – nur Vogelgezwitscher und eine Gruppe grauhaariger Omis mit Dauerwellen, die hier genau wie ich spazierten. Grauhaarige Omis ... Mein Gott, wo war ich denn gelandet? Ich sollte irgendwo in einem versifften Proberaum stehen und coole Songs schreiben oder auf einem Flohmarkt nach seltenen Schallplatten suchen oder mit Mädels rumschäkern auf der Suche nach der nächsten großen Liebe. Aber hier? Jetzt war ich im Paradies der Generation Fünfzig plus. Hier lernte ich heute bestimmt niemanden kennen. Ich öffnete meine Cola und überlegte, wie ich den Tag noch retten könnte. Vorhin hatte ich ein Schild für ein Weinmuseum gesehen ...

Eine dunkelhaarige Frau schob ihr Fahrrad den Weg zum Kiosk hoch. Kannte ich die nicht? Klar, das war Frau Albrecht, bei der ich letztens im Garten gearbeitet hatte. Albrechts hatten ein Haus auf einem Hügel unweit Stuttgarts, der mit Einfamilienhäusern und dazugehörigen großzügigen Grundstücken überzogen war. Normale Fließbandarbeiter bei Daimler lebten hier eher nicht. Herr Albrecht war Rechtsanwalt in einer großen Kanzlei in der Stuttgarter Innenstadt. Gesehen hatte ich ihn noch nie, aber er schien sehr gut zu verdienen, wenn die Größe der Villa, des Zweitwagens und des Gartens mit Pool als Parameter gelten konnten. Seit März war ich einmal im Monat bei denen gewesen. So wirklich nötig hatten sie eigentlich keinen Gärtner. Frau Albrecht arbeitete scheinbar nicht und pflegte selbst mehrere Blumenbeete. Ich kam eigentlich nur zum Rasenmähen und für Verschnittarbeiten. Sie war bestimmt zehn bis fünfzehn Jahre älter als ich, aber ihre lebendigen Augen und ihr freundliches, geradezu jugendliches Lächeln hatten mich sofort beeindruckt. Ein wenig erinnerte mich Frau Albrecht an eine neue Lehrerin, die wir in der achten Klasse bekommen hatten. Die kam ganz frisch vom Studium und war so Anfang, Mitte zwanzig. Sie unterrichtete Biologie, und alle Jungs waren schwer in sie verliebt gewesen. Nach den Unterrichtsstunden drängten wir uns um den Lehrertisch und fragten sie, ob es noch Hausaufgaben gäbe. Der Grund hierfür war nicht unser brennender Durst nach Wissen, sondern das pubertäre Verlangen, ihr hemmungslos in den Ausschnitt zu glotzen, während sie sich über das Klassenbuch beugte und irgendwas eintrug.

Frau Albrecht lehnte ihr Fahrrad an einen Baum neben dem Kiosk. Sie trug Jeans und eine kurzärmelige rote Bluse. Das stand ihr gut, sie hatte auch die Figur dafür. Mit ihren schwarzen lockigen, nackenlangen Haaren ähnelte sie ein bisschen Sigourney Weaver, die ich neulich in »Alien« auf

Video gesehen hatte, nur dass Frau Albrecht nicht so einen ernsten Blick draufhatte.

Sie schaute in meine Richtung, schien mich zu entdecken und kam zu mir rüber. »Hallo! Was für ein Zufall, da ist ja mein Gärtner, der Herr Blumenstrauß.« Sie blieb vor der Bank stehen und lächelte mich an. Mir war aufgefallen, dass sie »mein« und nicht »unser« Gärtner gesagt hatte.

»Hallo, Frau Albrecht. Nutzen Sie auch das schöne Wetter?« Frau Albrecht … Wie das klang. Aber ich konnte sie ja kaum einfach duzen. Obwohl ihre Begrüßung mich dazu fast verleitete.

»Ja, zumindest hab ich es versucht«, entgegnete sie. »Mir ist die Kette gerissen, vorhin als ich den Berg hochgefahren bin.« Für so eine Panne hatte sie noch erstaunlich gute Laune.

»Wenn Sie möchten, kann ich mir die Sache mal anschauen. Ich hab etwas Werkzeug im Rucksack. Vielleicht kriegt man das wieder hin.« Ich stand auf, und wir gingen nebeneinander zu ihrem Rad. Sie hatte ein schweres Parfüm aufgelegt – eigentlich komisch für eine Radtour, aber das gefiel mir. Das hatte Stil. Ich fuhr ja auch nicht im Trainingsanzug.

Ein Kettenglied war kaputt. Das Problem kannte ich von meinem alten Rad, und ich erinnerte mich, was zu tun war. Während ich an ihrem Rad hantierte, hockte sie neben mir im Gras und schaute zu. »Kann ich irgendwie helfen?«, fragte sie mich zwischendurch, doch ich schüttelte nur den Kopf. »Nee, das geht schon«, sagte ich. Sie sollte nur einfach weiter so duften! Ich könnte mir auch mal ein Parfüm kaufen. Also eins für Männer natürlich.

Keine zehn Minuten später war die Sache repariert, was Frau Albrecht sichtlich imponierte. »Sie haben aber geschickte Hände.«

»Ja früher, also drüben …, ich meine im Osten, wo ich herkomme, da war es besser, solche Sachen selber reparieren zu können, weil die Werkstätten nicht auf kurzfristige Arbeiten eingestellt waren. Wir waren quasi ein Volk von mehr oder weniger talentierten Hobbybastlern.« Ich schaute sie an und rieb mir meine schmutzigen Hände notdürftig an einem Taschentuch sauber.

»Ach, richtig, Sie kommen von drüben. Wie kann ich mich denn bei Ihnen revanchieren?« Ich zuckte nur mit den Schultern. Was sollte ich auf die Schnelle antworten? Hatte ich jetzt wirklich einen Wunsch frei? Frau Albrecht schaute kurz auf ihre Uhr. »Ach, es ist ja noch gar nicht so spät.« Sie überlegte kurz. »Haben Sie schon mal einen unserer einheimischen Weine probiert? Hier gibt es ein Weingut mit einer Besenwirtschaft, gleich um die Ecke. Die haben einen wirklich ausgezeichneten Spätburgunder. Kommen Sie, ich lade Sie auf ein Glas ein, als Dankeschön, okay?«

»Ja, warum nicht?« Warum nicht noch ein Glas Wein auf Eis und Cola? Heute war doch 1. Mai.

Wir nahmen Platz an einem Tisch in einem kleinen Garten unter großen Sonnenschirmen, und sie bestellte uns zwei Gläser Rotwein. »Und, wie gefällt es Ihnen eigentlich hier bei uns in der Bundesrepublik?«, fragte sie mich, nachdem wir angestoßen hatten.

»Gut«, antwortete ich. Was sollte ich ihr auch groß erzählen von meinen Bandträumen oder von meinem Stress mit Andi?

Frau Albrecht nahm einen Schluck aus ihrem Weinglas und blickte mich etwas länger an. Sie hatte wirklich schöne Augen. »Ich glaube, wir, also die Leute hier, können sich gar nicht so recht vorstellen, wie es bei Ihnen drüben in Ostdeutschland gewesen ist. Also das alltägliche Leben«, sagte sie.

»Na ja, eigentlich war für mich alles ganz normal, so komisch das auch klingen mag. Ich kannte ja nichts anderes. Man hatte sich irgendwie arrangiert. Lange sah es auch so aus, als ob sich nix ändern würde. Und dann ging plötzlich alles ganz schnell. Erst jetzt im Nachhinein werden einem viele Dinge bewusst, die man damals hingenommen hat, die völlig hirnlos waren, wie zum Beispiel diese 1. Mai-Paraden – die waren Pflichtprogramm. Erst jetzt merke ich, wie unnormal die normale DDR war. Im Vergleich zu hier jedenfalls.«

»Und darum haben Sie die DDR verlassen?« Frau Albrecht hatte sich eine Zigarette angezündet und blies den Rauch in die Luft. Sie hielt mir ihre Schachtel hin, und ich nahm mir auch eine. Als sie mir Feuer gab, spürte ich für einen winzigen Augenblick ihre Hand an meiner. Worüber redeten wir gerade? Ach ja.

»So was wie Fahnenflucht«, sagte ich betont lässig. »Außerdem war ein Freund von mir schon im Sommer über Ungarn abgehauen. Deswegen bin ich auch genau hierher gezogen, also in die Nähe von Stuttgart. Aber wir sehen uns nicht mehr sehr oft. Er hat viel zu tun.«

»Ist Ihr Freund etwa auch Rechtsanwalt wie mein Mann?« Frau Albrecht lächelte kurz und beugte sich zu mir rüber. »Den sehe ich auch kaum, weil er so viel zu tun hat. Jetzt hat er noch eine Kanzlei in München aufgemacht. Deswegen radle ich heute hier allein durch die Weinberge und vertrinke sein Geld mit meinem Gärtner.« Ich wusste nicht, was ich darauf sagen sollte. »Noch ein Glas?«, fragte sie mich nach einer kurzen Pause, und ich nickte. »Übrigens, ich heiße Elisabeth«, sagte sie zu mir, und wir stießen mit unseren neuen Gläsern an. Elisabeth – das klang schon viel besser.

»Sehr angenehm. Ich heiße Friedemann.«

»Friedemann? Das ist aber ein schöner Name. Friedemann Blumenstrauß.«

Mit Frau Albrecht, ich meine, mit Elisabeth radelte ich am Nachmittag zurück bis Esslingen. Ich erzählte ihr noch ein wenig vom Leben in der Zone, und sie lachte dabei so schön, dass ich glaubte, mit einem gleichaltrigen Mädchen unterwegs zu sein. Na ja, so alt schien Elisabeth nun auch wieder nicht. An einer Straßenkreuzung vor der Gärtnerei verabschiedeten wir uns. »Hier wohnst du?«, fragte sie mich.

»Ja, vorübergehend. Bis ich was in Stuttgart gefunden habe. Andererseits ist es hier fast wie Urlaub – zumindest an den Wochenenden.«

Sie gab mir die Hand. »Vielen Dank für den schönen Nachmittag. Vielleicht klappt es ja mal wieder auf ein Glas Wein.«

»Ganz meinerseits. Ich hatte schon befürchtet, mit den Rentnern dort Bingo spielen zu müssen.«

11. Feed Me With Your Kiss

Über Hanfpflanzen hatte ich gelesen, dass sie erst zu blühen anfangen, wenn der Sommer zu Ende geht, doch meine auf dem Dachboden waren inzwischen groß genug, und ich wollte endlich Resultate sehen. Ich stellte die künstliche Beleuchtung auf zwölf Stunden ein, und wenige Tage später konnte ich die männlichen von den weiblichen Pflanzen unterscheiden. Von den vierzig Pflanzen blieben mir noch knapp dreißig weibliche. Sie sahen herrlich aus – riesige Teile, die darauf warteten, in Geld verwandelt zu werden. Die männlichen wanderten kleingehäckselt auf den Kompost.

Zwei Wochen vor der eigentlichen Ernte hatte ich mit dem Gießen und Düngen aufgehört. Ich wusste aus dem Hippie-Buch von Double Trouble, dass dies die Harzproduktion ankurbeln würde, und Harz war wichtig für den Endkunden. Hatte ich auch gelesen. Während unten in meinem Wohnzimmer The Cure das Haus beschallten, trennte ich oben auf dem Dachboden die Blüten vom Stengel und legte sie zunächst in eine Papiertüte. Ein paar Tage später zogen sie in ausgediente Übertöpfe um, die ich mit Klarsichtfolie verschloss. Täglich kontrollierte ich den Trocknungsprozess, damit es nicht zu Schimmelbildung kam und bis sich alles Chlorophyll in den Pflanzen abgebaut hatte.

Es war purer Zufall, dass ich kurz nach Pfingsten wieder bei den Albrechts arbeiten musste. Sie hatten Kirschlorbeer bestellt, als neuen Heckensichtschutz für den Vorgarten und Herr Merk teilte Miro und mich dafür ein.

Elisabeth stand in der Haustür und lächelte. »Guten Tag, Frau … ach nee, wir duzen uns ja. Entschuldigung, ist noch zu früh«, sagte ich zu ihr. Miro schaute mich kurz verwundert an, aber ich ignorierte seinen Blick.

»Kein Problem«, erwiderte sie gut gelaunt. »Vielleicht sollte ich euch erst mal einen Espresso machen?«

»Espresso? Ist das so was wie Kaffee?«, fragte ich zurück, was Elisabeth sichtlich irritierte.

»Ja, italienischer.« Sie drehte sich um und ging ins Haus.

Ich ertappte mich dabei, wie ich auf ihren Po starrte. Miro knuffte mich in die Seite. »Du duzt Frau Albrecht?«, fragte er leise und schaute dabei verschwörerisch.

»Nicht, was du denkst, Miro. Also echt … Nein, ich hatte ihr nur mal das Fahrrad repariert.« Er schaute mich immer noch ungläubig an.

Wir luden gerade den Transporter aus, als Elisabeth uns aus dem Haus zurief: »Der Espresso ist fertig!«

»Geh du mal rein, ich hab hier noch zu tun«, sagte Miro und grinste mich an.

Die Haustür stand offen. Ich zog meine schmutzigen Arbeitsschuhe am Eingang aus und trat in ein weitläufiges Wohnzimmer mit einer großen Glasfront Richtung Garten. Die war mir schon das letzte Mal beim Rasenmähen aufgefallen. Von hier aus sah man auch den Pool. Der weiß gestrichene Raum war sehr sparsam eingerichtet, keine Anbauwand in Eiche-Antik wie bei meinen Eltern. Sechs verchromte Stahlrohrstühle standen um einen großen, rechteckigen Holztisch. Und dann kam der Hammer. Über einem schlichten, schwarzen Sideboard sah ich ein großes gerahmtes Poster, und mein Unterkiefer klappte vor Staunen herunter. Da hing das Joy-Division-Cover von der »Unknown Pleasures«-LP in der Größe einer Wohnungstür! Eine tiefschwarze Fläche, auf der mit weißer Farbe Schallwellen grafisch dargestellt waren, die wie ein Gebirge aussahen. »Wahnsinn!«, entfuhr es mir.

Elisabeth schaute aus der Küche. »Alles in Ordnung?«

»Ja, ja. Es ist wegen dem Poster!« Ich kannte das Bild bislang nur aus einem kleinen Zeitschriftartikel, den Dave mal in Grünau mit zum Cliquentreff gebracht hatte. In den Stuttgarter Plattenläden war mir die Originalscheibe bislang noch nicht unter die Finger gekommen, stand aber ganz oben auf meiner internen Suchliste. Kurz vor unserem Balatonurlaub hatte ich mir die »Unknown Pleasures« von Anke überspielt, na ja, es war mehr die Überspielung einer Aufnahme einer Überspielung der Platte, aber die Kassette war irgendwo verschwunden.

»Das gehört Jürgen, meinem Mann. Aus der Zeit, als er noch studierte.« Elisabeth stellte sich neben mich, reichte mir meinen Espresso, und wir betrachteten das Poster wie ein Gemälde in einer Kunstausstellung. »Auf einem Konzert von Joy Division in Köln haben wir uns übrigens kennengelernt«, erzählte sie. »Das muss 1980 gewesen sein. Mein Gott, ist das lange her.«

»Du warst mal auf einem Joy-Division-Konzert? Wirklich?« Ich sah sie mit großen Augen an. Elisabeth zuckte nur beiläufig mit den Schultern. »Die Platten von denen müssten im Hifi-Board sein. Magst du sie dir mal ausleihen, zum Überspielen?« Sie ging zu einem weißen Regal, setzte sich davor auf den Fußboden und durchstöberte die riesige Plattensammlung. »Hier, die ›Unknown Pleasures‹ und die ›Closer‹. Ich schreibe dir meine Telefonnummer auf, da kannst du dich melden, wenn du sie wiederbringen willst.«

»Ja, wenn das okay ist? Danke.«

»Jürgen hat die Platten nur noch als sentimentale Erinnerungsstücke an seine Jugendzeit. Außerdem ist er die Woche über immer in seiner Kanzlei in München. Der kommt gar nicht mehr zum Musikhören.« Elisabeth stand neben mir, und ihr Parfüm umtanzte schon wieder meine Sinne. »Sag mal, bist du nicht noch wegen etwas anderem hier?« Ihre Frage riss mich aus meinen Gedanken. »Na, die Hecke draußen. Oder willst du deinen Kollegen alles alleine machen lassen?« Sie grinste mich an.

»Ja, klar. Geht sofort los.« Ich schnappte mir Miros Espresso und ging nach draußen.

Als ich abends nach Hause kam, blinkte das rote Lämpchen des Anrufbeantworters. Matti hatte draufgesprochen.

»Hallo, Friedemann. Wir wollten uns noch mal bei dir bedanken, weil du uns nach dem Konzert nach Hause gefahren hast. Bei uns ist nächsten Samstag eine kleine Party. Wenn du Lust hast, komm doch abends vorbei. Tschösen.« Piep.

Cool, eine Einladung. In Grünau liefen die meisten Partys nach dem gleichen Strickmuster ab. Man traf sich bei jemandem dessen Eltern verreist waren, schleppte reichlich Alkohol herbei, trank den zügig aus und checkte währenddessen die Mädels ab, mit denen man dann versuchte »abzuschieben«. Das hieß, man knutschte und fummelte mit- und aneinander rum, bis die Wirkung des Alkohols nachließ und man weitertrank. Also eher die animalische Tour. Dazu wurde laute Musik gehört und viel geraucht.

An der Hauswand bei den Jungs lehnten dutzende Fahrräder, und ich hörte schon im Treppenhaus laute Musik. Offenbar feierte das ganze Haus mit. Oder wurde dazu gezwungen. Noel und Matti empfingen mich an der offenen Wohnungstür. Einige andere Gäste glaubte ich schon beim Konzert in der Fleischerei gesehen zu haben. Ich erkannte sie an den Band-T-Shirts wieder. Weil der Kühlschrank voll war, stellte ich meine mitgebrachten Biere auf dem Balkon ab. Dort traf ich Rainer.

»Ah, der Ostler. Sorry, ich hab mir deinen Namen nicht gemerkt.«

»Friedemann. Sag mal, Rainer, wo du gerade hier bist, ich habe da was, da bräuchte ich mal deine Meinung.«

»Geht's um Bassgitarren?«

»Nein, um was Diskreteres.« Ich holte aus meiner Jackentasche eine kleine Plastiktüte mit meiner ersten Cannabisernte. Monatelang hatte ich meine Zucht gehegt und gepflegt, und hier würde ich heute Abend bestimmt ein kompetentes Testpublikum dafür finden.

Rainer bekam große Augen und schaute sich um, aber niemand sah uns. »Mensch, das ist Gras im Wert von fünfzig Mark oder so. Du musst ja Kohle haben.«

Ich schaute überrascht. Das war ja nur ein kleiner Teil meiner Ernte. »Na ja, nicht wirklich«, antwortete ich. »Mich interessiert nur, ob das Zeug was taugt.«

»Das lässt sich leicht herausfinden. Komm mit.«

Wir gingen in Rainers Zimmer. Er nahm aus seiner Schreibtischschublade ein Blättchen Zigarettenpapier und verteilte in die Mitte Tabak. Von meiner Ernte bröselte er einige Blütenteile darauf. Anschließend riss er aus einer Zigarettenschachtel ein Stück von der Verpackung ab und bastelte daraus einen Filter. Er bemerkte meinen gespannten Blick. »Hast du das wirklich noch nie gemacht? Das ist ganz easy. Wie mit Lego spielen«, sagte er. In Windeseile drehten seine Finger einen Joint, als wäre er darin geübter, als im Zähneputzen. »Das Wichtigste ist, dass du das Teil konisch zusammenrollst, also nicht wie bei einer normalen Zigarette. Wegen der Luftzufuhr.« Das Ding sah aus wie eine Mini-Zuckertüte, und er zündete sie am breiteren Ende an. »Magst du den ersten Zug haben?« Er reichte mir den Joint.

»Ganz normal rauchen wie eine Kippe?« Rainer nickte. Ich nahm einen tiefen Zug und musste gleich husten. Es schmeckte ungewohnt kräftig, irgendwie harzig und aromatisch. Jedenfalls ganz anders als normale Zigaretten.

Ich gab Rainer den Joint, und er zog ebenfalls. »Das Zeug ist wirklich gut«, sagte er, nachdem er langsam ausgeatmet hatte. »Deinen Dealer muss ich kennenlernen.« Qualmwölkchen umgaben seinen Kopf.

»Lässt sich einrichten«, erwiderte ich gelassen.

Noel kam ins Zimmer. »Hier probier mal«, rief Rainer ihm zu. »Der Ostler hat was Feines zum Rauchen mitgebracht. Sorry, ich hab deinen Namen schon wieder vergessen.« Wir setzten uns aufs Sofa und zogen abwechselnd am Joint. Dazu hörten wir die »Go«-Platte von Sonic Youth. Die Gitarren kreischten zwischen dem Qualm und wirbelten in meinem Kopf alles durcheinander.

Nach einer Weile wurde ich hungrig und verabschiedete mich in die Küche. Hier standen die Leute in Grüppchen und schwatzten miteinander oder scharten sich um das Büffet. Nudelsalat, Brötchen, Buletten – alles testete ich an. Gerade war ich mit einem Nutella-Glas zugange, als ich plötzlich das schöne BRAVO-Girl-Model vom Konzert entdeckte. So ein Zufall. Ihre Makellosigkeit war einfach unverwechselbar. Am Ende war Stuttgart genauso ein Dorf wie Grünau. Sie bemerkte meinen Blick, und wir lächelten uns kurz an, bevor sie sich wieder ihrer Freundin zuwandte. Ich ließ sie nicht aus den Augen. Mit einer geübten Handbewegung kontrollierte ich meine Frisur. Alles saß perfekt.

Kurze Zeit später stand sie mit Noel zusammen im Flur, und ich gesellte mich unauffällig dazu. »Ach übrigens, das ist Friedemann. Früher Leipzig, jetzt hier«, stellte Noel mich ihr vor.

»Hallo. Ich bin Claudia. Du kommst aus Leipzig?« Ich nickte. Noel wurde von seinem Bruder weggezogen, und so standen wir plötzlich allein da. »Das muss ja sehr aufregend gewesen sein bei den Montagsdemos. Hattest du da nicht Angst, erschossen zu werden?« Claudia schaute mich interessiert an, und ich fühlte mich, als käme ich vom Mars. Also irgendwie besonders.

»Weißt du, ich hatte mir gedacht, wenn ich jetzt nicht gegen dieses Unrechtsregime auf die Straße gehe, dann werde ich es mir später von meinen Kindern vorwerfen lassen müssen.« Ich löffelte währenddessen das Nutella-Glas aus wie einen Jogurtbecher.

»Und du bist trotzdem hierher gekommen?« Claudia strich sich die Haare aus dem Gesicht.

»Die Zone war einfach zu klein für mich. Ich brauchte neue Herausforderungen.« Das Nutella-Glas war alle, aber noch nicht mein Redebedürfnis. »Ich arbeite zurzeit in einer Gärtnerei, wo ich auch wohne. Das ist schön, weil ich abends durch das ganze Gelände streifen kann. Ich brauche einfach den Kontakt zur Natur. Nur ich, Obstbäume und viele bunte Blumen.« Das war für den Anfang definitiv zu viel Text, aber ich hatte auch schon drei Bier intus. Und einen halben Joint. Und dieses Nutella-Glas.

»Du bist wohl ein Blumenkind?« Claudia lächelte mich an, und ich kam in Schwung. »Genau. Blumenstrauß, Friedemann Blumenstrauß, angenehm!«, sagte ich gespielt beiläufig. Mit diesem Spruch hatte ich in der Rakete schon einigen Mädels imponiert und die weitere Entwicklung der Abende in Richtung rumknutschen günstig beeinflusst. Na ja, es waren insgesamt zwei gewesen, aber immerhin. Andi konnte jedenfalls so niemanden zum Lachen bringen.

»Blumenstrauß? Du machst Scherze, oder?« Claudia sah mich mit skeptischem Blick an.

»Soll ich dir meinen Ausweis zeigen?« Sie lachte. Ihre Klamotten verbreiteten einen wunderbaren Weichspülerduft, trotz der vielen Raucher im Raum. Kannte ich sie nicht aus irgendeinem Werbespot im Fernsehen?

»Um was wetten wir? Um einen Kuss?«, fragte ich. Sie zögerte einen Moment und schaute mich mit einer Mischung aus Belustigung und Ratlosigkeit an. Ich wartete nicht ihre Antwort ab und angelte aus meiner Jeansjacke den grünen Pass mit dem bundesdeutschen Adler drauf und hielt ihn ihr unter die Nase. Ihr erstauntes Gesicht sah toll aus. Ich war in meinem Element. Blume was back!

»Friedemann Blumenstrauß, was für ein verrückter Name. Was hast du denn für Eltern?« Claudia schüttelte lachend den Kopf.

»Meine Mutter ist eine Geranie und mein Vater ein Apfelbaum«, antwortete ich.

Plötzlich tippte Noel mich auf die Schulter. »Friedemann, hast du mal eben kurz Zeit?«

»Ja klar, was gibt's?« Er zog mich in eine Ecke des Flurs, wo keiner stand. »Hast du noch was von dem Gras übrig? Da gibt es ein paar Leute, die dir was abkaufen würden.«

»Abkaufen? Klar, warum nicht.« In Rainers Zimmer saßen drei junge Typen in bunten T-Shirts auf dem Sofa und schauten mich gespannt an. Der Geruch unseres Joints hing noch in der Luft. Ich holte die Plastiktüte mit meiner Ernte aus der Jackentasche. »Hier Jungs, ich habe nur noch dieses Tütchen. Wollt ihr es euch vielleicht teilen?« Ein Typ mit Brille roch kurz am Inhalt und nickte anerkennend. Jeder von ihnen hielt mir ungefragt einen Zwanzig-D-Mark-Schein hin. Das waren drei neue Schallplatten für mich. Ich sammelte wortlos das Geld ein und konnte mir das Grinsen kaum verkneifen. »Jederzeit wieder«, sagte ich noch.

Ich ging zurück in den Flur, doch Claudia schien verschwunden. Ob sie doch keinen Bock auf mich hatte? In meinem Kopf drehte es sich leicht. Wenn ich heute doch noch ein paar vernünftige Sätze wechseln wollte, sollte ich erstmal eine Alkoholpause machen. Ich nahm mir in der Küche ein großes Glas, füllte es mit Cola und setzte mich auf einen freien Stuhl neben Matti. Wir prosteten uns zu.

»Sag mal, Friedemann, ist das auf die Dauer nicht ganz schön anstrengend, so jeden Tag zu arbeiten? Ich würde das nicht aushalten.«

»Na ja, irgendwoher muss ja die Kohle kommen für Miete und Essen und Musik und so weiter. Oder wie macht ihr das hier?«

»Noel, Rainer und ich studieren. Und dann jobben wir halt immer mal in 'ner Kneipe oder so.«

»Aber da kommt doch nicht viel Geld zusammen, oder?«

»Die Frage ist halt, ob man unbedingt einen Daimler haben muss, so wie alle anderen Bekloppten hier in der Gegend. Der Schwaben-way-of-Life ist ›schaffe, spare, Häusle baue‹. Das ist kein Klischee, sondern wirklich eine Lebenseinstellung. Schon die Bezeichnung ›schaffen‹ statt ›arbeiten‹ ist total krank. ›Schaffen‹ wie ›erschaffen‹. Ein Künstler ›erschafft‹ etwas, Gott hat angeblich die Welt in sechs Tagen ›erschaffen‹, aber Arbeit ist nun mal Arbeit. Doch hier wird dieser Quatsch in geradezu religiöse Sphären gehoben. Diese Arbeitswut sollte unbedingt mal tiefenpsychologisch untersucht werden. Das sind doch alles Verdrängungshandlungen.« Matti hielt kurz inne und trank von seinem Bier. Hatte er etwa auch gekifft?

»Du hast ja recht.« Ich nickte und erinnerte mich daran, dass nächste Woche die Rate für den Bus bei Jens wieder fällig war. »Ausschlafen und nicht so viel schuften wäre schon schön, aber wie könnte ich mir dann meine Lieblingsplatten finanzieren?«, fragte ich ihn.

»Klauen«, antwortete er, und sein Gesichtsausdruck verriet mir, dass er das völlig ernst meinte. Matti öffnete sich ein neues Bier und stieß mit mir an. »Machst du viele Touren mit deinem Bus?«

»Nee, geht erst noch los. Aber mein Traum war schon immer so ein Wohnmobil. Da steigt man einfach ein und fährt bis Italien oder Spanien und hat immer sein eigenes Bett dabei. Das nenn ich Reisefreiheit.«

»Aber sind diese Busse nicht arschteuer?«, fragte Matti. »Dafür musst du arbeiten gehen, viel arbeiten. Und dann hast du keine Zeit zum Verreisen. Deine Reisefreiheit musst du dir erkaufen. Die gibt es nicht umsonst.«

»Immerhin hält mich jetzt keine Mauer mehr auf«, entgegnete ich.

»Glaube mir, Geld ist eine viel größere Mauer«, prostete Matti mir zu.

»Du siehst immer alles so pessimistisch. Das sollte auch mal tiefendingsmäßig untersucht werden«, sagte ich mit einem Grinsen und wechselte das Thema. »Was feiert ihr heute überhaupt?«

»Das ist eigentlich eine Auszugsparty. Wir lösen die WG auf. Rainer geht nach Köln. Noel und ich wollen ab dem Sommer in Berlin an der Freien Universität weiterstudieren. Hier in Stuttgart ist es auf die Dauer einfach nicht auszuhalten. Keine Spannung, nur arbeitsgeile Spießer. Und die etwas fitteren Leute wollen über kurz oder lang eben in andere Großstädte ziehen. Hier ist alles festgefahren.«

»Ja, schade. Wann ist es denn soweit?«, fragte ich.

»In einer Woche geht's los.«

Als Rainer und Claudia fummelnd in die Küche wankten, fuhr ich nach Hause.

Es war später Nachmittag, und ich lag auf meinem Bett. In meiner Hand hielt ich den Zettel mit der Telefonnummer von Elisabeth. Die ausgeborgten Joy-Division-Schallplatten waren schon längst überspielt, und ich überlegte, wann ein guter Zeitpunkt wäre, sie ihr zurückzugeben. Eigentlich wollte ich sie zum nächsten Rasenmähen mitnehmen, doch gestern war ein anderer Kollege dafür eingeteilt worden. Dann fiel mir ein, dass sie gesagt hatte, ihr Mann sei die Woche über nicht da. Bei dem Gedanken breiteten sich angenehme Fantasien in meinem Kopf aus, aber … Am Ende war sie einfach nur nett, und ich dachte gleich, sie will mich anmachen. »Auf alten Schiffen lernt man's Segeln«, hatte Andi mal vor Jahren gesagt und meinte damit Susi, die Ex-Freundin seines Bruders. Kurz nachdem Jens ausgereist war, hatte sie Andi seiner Jungfräulichkeit beraubt, um sich zu trösten. Er zehrte lange davon und gab in der Clique ungeniert damit an.

Mit einem Ruck stand ich auf, ging zum Telefon und wählte Elisabeths Nummer.

»Hallo, Friedemann. Schön, von dir zu hören.« Die Leichtigkeit in ihrer Stimme war verunsichernd.

Ich versuchte ebenfalls so locker wie möglich zu klingen. »Zufällig habe ich nachher in deiner Gegend zu tun und könnte dir die Schallplatten vorbeibringen, wenn es recht ist.« Ich bekam feuchte Hände.

»Ja, gerne, komm vorbei. Ich bin da«, antwortete sie. Ich sprang auf, duschte und stylte meine Frisur.

Die Schallplatten hatte ich in einer Aldi-Tüte dabei. Bevor ich klingelte, spuckte ich meinen Kaugummi in den Vorgarten. Elisabeth öffnete die Haustür und schien mir noch schöner als bei unserem letzten Treffen. Sie trug ein schwarzes Sommerkleid mit einem Ausschnitt, der ihr Dekolleté besonders gut zur Geltung brachte, und ich wünschte mir, dass sie das nur für mich rausgesucht hätte. »Komm rein, Friedemann. Magst du einen Schluck Wein?«

Ich schaute flüchtig auf meine Uhr, obwohl ich überhaupt keinen Termin hatte. »Ja, warum nicht?«

Wir gingen ins Wohnzimmer. Aus der Hifi-Anlage ertönte leise »The Unforgettable Fire« von U2. Elisabeth schenkte mir ein Glas Rotwein ein und nahm in einem schwarzen Ledersessel Platz. Ich setzte mich ihr gegenüber. »Die Geranien blühen ja schon«, sagte ich mit Blick auf einige Pflanzenkübel draußen auf der Terrasse.

»Schön, nicht? Die kommen jedes Jahr wieder. Jedes Jahr ein bisschen schöner.« Sie schmunzelte und prostete mir zu.

Bei den Partys in Grünau saß man für Anbaggertouren meist auf der Couch dicht nebeneinander, damit man nach Erreichen des dafür nötigen Alkoholpegels direkt mit dem Knutschen anfangen konnte. Doch hier und jetzt saß ich gut anderthalb Meter von Elisabeth entfernt in einem niedrigen Sessel ohne Armlehnen, und mir fiel kein plausibler Grund ein, aus dem ich jetzt aufstehen und mich zu ihr setzen könnte. Wieso hatte sie sich nicht auf das Sofa gesetzt? Das wäre ein Signal für mich gewesen. Aber so … Gab es hier überhaupt ein Sofa? Ich schaute mich im Raum um, konnte aber keins entdecken.

»Was machst du eigentlich beruflich?«, fragte ich sie, weil mir nichts Besseres einfiel.

»Ich habe vor Ewigkeiten Kunstgeschichte studiert, an der Uni in Düsseldorf. Jürgen, also mein Mann, ist dann in Stuttgart in eine Anwaltskanzlei eingestiegen, spezialisiert auf Patentrechte und so was. Bietet sich an in einer Stadt mit so vielen ehrgeizigen Menschen und Erfindern.« Das Wort »ehrgeizig« sagte sie betont ironisch. »Deswegen sind wir hierher gezogen. Danach kam die Heirat, das Auto, der Kredit, das Haus und so weiter. Mittlerweile ist er Partner.« Elisabeth nippte an ihrem Rotwein, und ich trank auch einen Schluck, obwohl mir jetzt ein kühles Bier lieber gewesen wäre. »Die letzten Jahre habe ich hier in einer Galerie gearbeitet, aber die ist vor einigen Monaten nach München umgezogen. Momentan bin ich also offiziell Hausfrau und mein Mann kann mich von der Steuer absetzen.« Wieder nippte sie an ihrem Rotweinglas und schaute mich dabei an. »Und du? Was hast du noch mit deinem Leben vor?«

»Gute Frage.« Ich ruckelte auf dem Sessel hin und her, er war nicht sonderlich bequem.

»Willst du in zehn Jahren Gärtnermeister sein und deinen eigenen Weinberg haben?«

»Nee, eher wär ich der neue Bono Vox, mit ein paar Millionen auf dem Konto.« Morrissey würde Elisabeth wohl kaum kennen.

»Nicht Elvis?« Ihr Blick prüfte meine Reaktion auf ihre kleine Stichelei.

»Elvis ist tot«, sagte ich. »Aber meine Zeit kommt noch.«

»Da bin ich mir ganz sicher.« Elisabeth strich sich durch die Haare, als wollte sie mich damit auffordern, ihr beim

Kleidausziehen zu helfen. Nein, das bildete ich mir nur ein. Ich trank den Rotwein zügig aus.

»Nicht so hastig, Friedemann. Das ist ein 1985er Capannelle. Den muss man genießen.« Elisabeth stand auf und schenkte mir nach, während ich bemüht unauffällig die Form ihrer Brüste studierte. »Drehst du bitte mal die Schallplatte um?«, bat sie mich. Ich stand auf und ging ganz nah an ihr vorbei, rüber zur Hifi-Anlage. Als ich zurückkam, saß Elisabeth schon wieder in ihrem Sessel und ich fiel in meinen. Der Rotwein machte mich kaum betrunken, eher müde und träge. Langsam kam ich zu dem Schluss, dass sich das hier wohl nicht so entwickeln würde, wie meine Fantasie mir das noch vor ein paar Stunden in den schillerndsten Farben vorgespielt hatte. Wir hörten der Musik zu, schauten aus dem Panoramafenster auf das Lichtermeer der Stadt und schwiegen.

»Ich muss dann mal langsam wieder los«, sagte ich, nachdem ich mir den Wein reingezwungen hatte. Im Kühlschrank meines Busses standen noch zwei Bierdosen. Die konnte ich jetzt gebrauchen.

Ich erhob mich fast zeitgleich mit ihr. »Na dann.«

An der Haustür entstand eine winzige, aber unüberhörbare Pause. Dann schaute Elisabeth über meine Schulter und fragte mich: »Ist das dein Campingbus?«

»Ja, diesen Wunsch habe ich mir als Erstes erfüllt.«

»Du hast wohl ganz viele?«

»Jede Menge. Und ich will, dass alle in Erfüllung gehen.«

»Welche zum Beispiel noch?«

Ich wusste genau, was ich jetzt darauf antworten wollte, aber es kam einfach nicht aus meinem Mund.

»So einen Bus wollte ich früher auch mal haben.« Sie sagte es, als würde sie ein wenig in Erinnerungen schwelgen. »Zeigst du mir, wie er von innen aussieht?« Na gut, wenn sie mir nicht ihren nackten Körper zeigen wollte, dann zeige ich ihr wenigstens meinen Bus.

Wir gingen rüber, ich öffnete die Schiebetür und die Innenbeleuchtung schaltete sich ein. »Das ist meine kleine Ferienwohnung. Küche, Schränke und hier ist das Schlafsofa«, erklärte ich. »Ich habe im Kühlschrank sogar immer ein paar Bier.«

»Darf ich?«, fragte Elisabeth und stieg ein. Ich folgte ihr, und die Schiebetür schloss sich automatisch. Im Bus wurde es wieder dunkel. Nur das Licht einer entfernten Straßenlampe schien schwach herein. »Oh, ich sehe ja gar nichts mehr. Vielleicht hätte ich das erwähnen sollen – ich bin nachtblind«, sagte Elisabeth, und in der Dunkelheit ertastete sie wie zufällig meinen Arm. Wir setzten uns auf die hintere Bank, und unsere Schultern berührten sich. Keiner sagte etwas. Nach einem kurzen Moment drehte sich Elisabeth zu mir. »Was mich noch interessiert, Friedemann: Wie ist es eigentlich, einen ostdeutschen Mann zu küssen?«

»Schwer zu sagen. Ich habe noch nie einen geküsst.« Mein Puls schlug heftig. Ich glaube, das ganze Auto vibrierte mit. »Aber … ich könnte es dir mal zeigen«, sagte ich leise und streichelte dabei unbeholfen ihre Hand. »Ich hätte dafür alle nötigen Qualifikationen.«

»Und wie willst du das anstellen?« Elisabeth kraulte wie selbstverständlich meinen Nacken, und mir wurde immer heißer. Hoffentlich machte jetzt mein Deo nicht schlapp. Ihre Augen fixierten mich im Halbdunkeln.

»Ich schätze, dazu müsste ich jemanden küssen«, sagte ich. »Würdest … würdest du mir assistieren?«

Mein Mund traf auf ihre Lippen, ich umarmte sie und hatte in den folgenden Minuten – oder waren es Stunden? – den Eindruck, nicht ich würde ihr was zeigen, sondern sie mir. Aber solange dabei herauskam, dass wir knutschten, war mir das schlicht egal. Der Bus schaukelte sanft bei jeder stärkeren Bewegung, und ich überlegte, wie weit das jetzt hier gehen würde.

Nach einiger Zeit löste sie sich aus meiner Umarmung. Wir lächelten uns an. Testosteron und Endorphine hatten noch vollen Speed in meinen Venen, und während wir uns an den Händen hielten, fragte ich sie völlig benommen: »Was mich ja auch noch ganz brennend interessieren würde … Wie ist es eigentlich, mit einer westdeutschen Frau zu schlafen?« Meine Stimme konnte die Erregung kaum verbergen.

»Das ist wunderwunderschön. Aber das zeige ich dir ein andermal.« Sie gab mir einen sanften Kuss auf die Stirn, öffnete die Schiebetür des Busses und stieg aus. »Bis bald, mein schöner Gärtner«, sagte sie leise und ging zum Haus. Auf dem Absatz drehte sie sich noch mal um und winkte mir kurz zu, bevor sie verschwand.

Ich brauchte einige Augenblicke, bis ich mich soweit gefasst hatte, dass ich nach vorn auf den Fahrersitz klettern konnte und losfuhr. Ich kurbelte mein Seitenfenster runter und der kühle Nachtwind blies mir ins Gesicht. Mein Grinsen ging bis zu meinen Ohren.

12. Everyday Is Like Sunday

Ich wollte Elisabeth wiedersehen. Sie war die erste Frau, die ich seit Monaten geküsst hatte. Meine erste Westfrau. Aber wie und wann? Sollte ich warten, bis ich wieder zufällig bei ihr arbeiten musste? Oder vorher anrufen? Und wie lange sollte ich damit warten? Das Wochenende ließ ich verstreichen und auch den Montag. Nicht vor Mittwoch wollte ich mit ihr telefonieren, sonst würde ich doch wie ein fanatischer Teenie wirken.

Am späten Dienstagnachmittag parkte ich nach der Arbeit den Transporter auf dem Firmengelände. Von weitem konnte ich Gärtnermeister Merk sehen, wie er mit jemandem durch das Gewächshaus lief. Als ich näher kam, erkannte ich neben ihm Elisabeth. Bam! Das Adrenalin knallte durch meine Blutgefäße. Sie trug wieder dieses schwarze Kleid und ich rang um Fassung.

»Ah, Herr Blumenstrauß, gut dass Sie kommen.« Herr Merk winkte mich heran.

»Guten Tag«, grüßte mich Elisabeth und gab mir ihre Hand. Sie sah mir dabei so unverschämt lange in die Augen, dass ich schon befürchtete, Herr Merk würde was mitkriegen.

»Frau Albrecht möchte noch einige Pflanzen für ihren

Garten aussuchen«, erklärte er mir. »Wären Sie so nett und würden ihr bei der Auswahl behilflich sein? Ich habe noch einen dringenden Außentermin. Machen Sie dann bitte hier zu? Sie sind der letzte auf dem Gelände. Bis morgen.«

»Ja gerne, Herr Merk. Kein Problem.«

Kurz darauf stand ich mit Elisabeth alleine in dem riesigen Gewächshaus. »Na, Friedemann, wie geht's?«, fragte sie mich, während sie langsam die Pflanztische abschritt und scheinbar überlegte, was sie mitnehmen könnte.

»Alles bestens«, antwortete ich und ging ihr hinterher. »Hier, wie wäre es mit Chrysanthemen? Die blühen bis November, da hat man eine Weile was davon. Die haben wir auch in Buschform, in Gelb, Orange und Weinrot.«

»Weinrot klingt gut«, sagte Elisabeth und blickte zu mir rüber. Wir standen uns an einem der Tische gegenüber. Zwischen uns Topf an Topf winterharte Herbstaster. »Und du wohnst hier in der Gärtnerei?«, fragte sie mich, und ich betete, dass in meinem Gesicht keine Erdreste von der Arbeit klebten.

»Ja. Die erste Nacht habe ich übrigens im Gewächshaus verbracht. Gleich da drüben auf einer Luftmatratze.« Ich zeigte in Richtung Winterheide, und Elisabeth schaute kurz hin. Draußen hörte man, wie der Wagen von Herrn Merk das Grundstück verließ.

»Und wo schläfst du normalerweise?«

»Da vorn, über den Garagen, in einer kleinen Wohnung.« Ich merkte, dass ich schwitzte, und das kam nicht nur von der tropischen Wärme im Gewächshaus.

Elisabeth schlenderte zu mir herüber und stellte sich

ganz nah vor mich. »Wollen wir dann mal?«, fragte sie, und ich konnte nur nicken.

Meine Hand zitterte leicht, als ich meinen Wohnungsschlüssel in das Schloss steckte und ihr Atem mir sanft in den Nacken blies.

Ich rief Double Trouble an und verkündete, dass ich meine erste Ernte eingebracht hatte. Wir verabredeten uns noch für den selben Abend bei Ali. Keine halbe Stunde später war ich da.

Gleich an der Tür saßen vier von Alis Kumpels in Trainingshosen und spielten mit ihren Autoschlüsseln. Sie tranken Tee und unterhielten sich auf Türkisch. Double Trouble wartete an einem der hinteren Tische. Er war nicht allein. Ein blasser, hagerer Typ in viel zu großen American-Football-Klamotten, inklusive Basecap saß neben ihm. Ich begrüßte zunächst Ali, holte mir eine Cola aus dem Kühlschrank und setzte mich zu ihnen.

»Na, alles klar, Homie?«

Ich nickte. »Wollten wir uns nicht alleine treffen?«

»Alles cool, Homie. Das ist nur mein Experte für die Ware.« Double Trouble klopfte seinem Sitznachbarn auf den Rücken und grinste mich an. »Ich bräuchte erst mal eine Kostprobe, und dann reden wir über den Preis.«

»Logo.« Darauf war ich vorbereitet und holte unauffällig einen kleinen Beutel mit einigen Blüten aus meiner Jackentasche. Double Trouble reichte ihn unter dem Tisch an seinen »Experten« weiter. Der wiederum stand auf und ging nach draußen.

Minuten vergingen, und mir fiel nichts ein, was ich mit

Double Trouble ansonsten zu besprechen hätte. Also schwiegen wir uns an. Ich versuchte so teilnahmslos wie möglich auszusehen. Mit wie vielen Hundertern ich wohl nachher nach Hause radeln würde? Ob ich anschließend noch Elisabeth anrufen sollte, um auf den Erfolg mit ihr noch anzustoßen oder zu …?

Ali hatte die arabische Musik aus seinem Kassetten-recorder etwas lauter gemacht und schwatzte weiter mit seinen Kumpels. Nach einiger Zeit kam der Schmale wie-der rein. Er nickte Double Trouble lässig zu, und Double Trouble nickte ebenfalls. »Das Zeug scheint in Ordnung. Hast du den Rest hier?«

»Wenn du die Kohle hier hast.« Wir bezahlten unsere Getränke und gingen raus.

Hinter dem Imbiss parkte Double Troubles Mercedes neben den Mülltonnen. Auf dem weitläufigen Hof war es dunkel. Nur das Milchglasfenster vor Alis Küche ließ etwas vom Neonlicht nach draußen. Der Schmale öffnete den Kofferraum. In ihm befanden sich eine Küchenwaage und zwei Baseballschläger. Im ersten Moment beunruhigte mich dieser Anblick, aber dann versuchte ich mich locker zu machen. Ja klar, bei so vielen in der Gegend stationierten amerikanischen Soldaten werden die West-Kids öfter mal Baseball spielen. Ein bisschen Sport tat außerdem Double Troubles Figur bestimmt gut. Der hielt mir jetzt erwar-tungsvoll seine übergroße Handfläche hin.

Ich holte aus meinem Rucksack die Ware. Eine halbe Ewigkeit begutachtete er den Inhalt. Ich entwickelte schon Horrorvisionen von quietschenden Polizeiautos, die mit Blaulicht gleich um die Ecke geschossen kamen. Ganz schwach hörte man die Musik hinter Alis angekipptem Küchenfenster. Der Schmale stand mit seinen Händen in den Hosentaschen da und schaute gelangweilt. Double Trouble wog die Tüte auf der Waage im Kofferraum und holte ein Bündel Geldscheine aus seiner Jacke. Er zählte zweihundert D-Mark ab und hielt sie mir wortlos hin.

Ich hatte nach meinem Partygeschäft mehr als das Doppelte erwartet und schaute etwas ratlos auf die Kohle. »Ist das nicht ein bisschen wenig?«, fragte ich.

»Denkst du, ich hatte keine Unkosten? Das waren meine Samen, verstehste?« Double Troubles Stimme klang merklich abgekühlt.

»Machst du etwa Stress, Alter?«, nuschelte der Schmale plötzlich von der Seite in mein Ohr. Seine Hände steckten nicht mehr in den Hosentaschen, sondern schoben mich leicht gegen den Wagen. Double Trouble schloss den Kofferraum. Meine Ernte war noch drin.

»Was soll denn das jetzt?«, rief ich empört.

»Bleib ruhig, Homie. Nimm das Geld und hau ab. Wir sind hier doch nicht auf einem orientalischen Basar.«

»Das waren vier Monate harte Arbeit. Da verdiene ich ja tausendmal mehr, wenn ich das selber verticke!«, rief ich Double Trouble zu. Dann stürzte ich auf den Asphalt. Nicht freiwillig. Der Schmale hatte mir von hinten seinen Turnschuh in die Rippen gedrückt. Ich versuchte wieder hochzukommen, aber Double Trouble stand plötzlich auf meiner rechten Hand. Kleine spitze Steinchen und ein Kronkorken bohrten sich langsam in meine Handinnenfläche. Ich unterdrückte mit Mühe den Schmerzensschrei. Einer wird immer beschissen, wie bei Miami Vice. Hätte ich doch wissen müssen, sooft, wie ich die Serie gesehen hatte. Scheiße!

Double Trouble hockte sich neben mich, immer noch mein Geld in der Hand. »Du kleiner Zonen-Homie. Du willst doch nicht etwa auf die Idee kommen, hier in meinem Revier zu wildern. Da werde ich ganz, ganz sauer. Du bist eigentlich ein Russe, oder? Alle Zonis sind doch Russen.«

»Ich glaube der West-Polake gibt es uns diesmal umsonst, oder?«, sagte der Schmale zu Double Trouble und lachte dabei ziemlich bescheuert.

»Jetzt hört doch mal auf mit dem Scheiß!«, rief ich, doch der Schmale trat mir in die Seite und rief: »Schnauze, Russe.«

»Homie, Homie, Homie«, raunte Double Trouble mir zu, »wieso musst du nur gleich so gierig sein? Das hast du nun davon.« Er steckte die Scheine geräuschvoll in seine Jacke zurück und nahm den Fuß von meiner Hand.

Ich rappelte mich auf und wurde sogleich von dem Schmalen in Richtung Mülltonnen geschubst. Mit schnellen Handbewegungen angelte er einen der Baseballschläger aus dem Kofferraum. Sanft schlug er ihn immer wieder auf seine linke Handfläche, was ein dumpfklatschendes Geräusch ergab. So kam er langsam zu mir rüber. Double Trouble folgte ihm. Ich rechnete in Gedanken durch, wie schnell ich wohin rennen müsste, um ihnen zu entkommen. Aber da war nicht viel Platz. Langsam bekam ich ein ganz, ganz mieses Gefühl bei der Sache …

Plötzlich ging neben mir eine Tür auf, ein Halogenstrahler beleuchtete den Platz, und Ali stand mit einem vollen Mülleimer da. Er schaute verwundert auf meine blu-

tende Hand und dann auf meine taufrischen Ex-Geschäfts-
partner. »Kollegen, was geht denn hier ab?«, fragte er erstaunt in die Runde.

»Verzieh dich, das geht dich nix an«, sagte der Schmale
und schwang bedrohlich seinen Baseballschläger.

»Das ist kein Sportplatz hier. Geht woanders spielen«,
antwortete Ali scheinbar unbeeindruckt und rief etwas auf
Türkisch ins Innere seines Ladens. Jemand rief lautstark
etwas zurück.

Dann kamen Alis Kumpels. Einer von ihnen hatte das
riesige Dönermesser in der Hand.

Der Schmale und Double Trouble schauten verdattert.
»Alles cool, Mann.« Sie rannten zu ihrem Auto, stiegen ein
und fuhren hektisch davon. Ali schaute dem Wagen hinterher und schüttelte stumm den Kopf. »Kollege«, sagte er zu
mir, nachdem der Mercedes um die Ecke gebogen war, »das
ist gar kein guter Umgang für dich. Die großen Hunde bei-
ßen manchmal eben auch.« Er schaute wieder auf meine
blutende Hand. »Komm erst mal rein, ich habe einen Ver-
bandskasten in der Küche.«

Während Ali in der kleinen hell erleuchteten Küche
meine Hand versorgte, kam ich langsam wieder zu mir.
Aber meine Knie zitterten immer noch. Um uns standen
seine Kumpels und fragten Ali vermutlich, was das Problem
gewesen war. Alles redete aufgekratzt durcheinander. Ich
verstand kein Wort, aber einige von ihnen tätschelten mir
mitleidig den Kopf.

»Wie viel Verlust?«, fragte Ali, nachdem er den Verband
mit Klebeband fixiert und seine Kumpels aus der Küche ge-
scheucht hatte.

»Ich schätze, mindestens vierhundert Mark«, antwortete ich kleinlaut.

»Oh, das ist ein teures Lehrgeld. Lass in Zukunft die Hände von solchen Typen«, sagte er zu mir. »Mit denen macht man keine Geschäfte, das ist eine Nummer zu groß für dich. Schaust du nicht Miami Vice?«

Ich saß auf Pappkartons voller Weißkohlköpfen und hielt meine schmerzende Hand. Ali brachte mir heißen Tee und setzte sich mir gegenüber auf eine Kiste Gurken. Ich nickte dankend. »Ihr seid wenigstens eine Community«, sagte ich leise zu ihm. »Wenn euch einer dumm kommt, macht ihr dicke Backen und so weiter. Ich kann noch so viel Luft in meinen Mund pumpen, das wird keinen beein- drucken. Du bist hier einer von Vielen, aber als Zoni bin ich nur ein einsamer Gärtner, der einen komischen Dialekt spricht.«

»Komischer Dialekt? Na, da haben wir beide doch was gemeinsam«, erwiderte Ali und grinste. »Du müsstest mal erleben, wie ich mich in Anatolien bei meinen Großeltern fühle. Für die im Dorf bin ich nur der Deutsche, und sie fragen, warum ich nicht mit einem Mercedes gekommen bin. Und dann meckern sie, weil mein Türkisch so schlecht sei. Dabei bin ich dort geboren. Ich und ein Deutscher ... Denkst du, hier würde mich auch nur einer als Deutscher bezeichnen? Daran würde nicht mal der grüne Pass was ändern. Da bräuchte ich schon das Hautbleichmittel von Michael Jackson.«

Am nächsten Tag nach Feierabend rief ich Jens an. Er hatte diesen Scheißtypen angeschleppt.

»Sorry, aber da kann ich auch nix machen«, war seine teilnahmslose Reaktion auf meine Schilderung der gestrigen Ereignisse. »Ich kenne den ja auch nur flüchtig. Da hast du ihn wahrscheinlich auf dem falschen Fuß erwischt. Keine Ahnung, wie ich den erreichen könnte, ich hab ihn lange nicht gesehen. Mach dir nix draus, ist ja noch mal gut gegangen.«

Wütend legte ich auf. So ein schwachsinniges Gelaber. Überhaupt nichts war gut gegangen!

Ich stand am Fenster meines Wohnzimmers und schmiedete Rachepläne. Aber keiner schien durchführbar. Ich hatte keine Ahnung, wo und wie ich Double Trouble dazu bringen sollte, mir mein Geld zu geben. Wut und Frust nagten an mir wie Blattläuse an ungespritzten Sonnenblumen. Ich wählte Elisabeths Nummer, aber da ging lediglich der Anrufbeantworter ran. Immerhin mein Plattenspieler spielte tadellos meinen letzten Vinyl-Einkauf: The Sundays, die ein bisschen nach The Smiths klangen, nur mit weiblicher Stimme.

Das Telefon klingelte. Eigentlich riefen in letzter Zeit nur meine Mutter oder Elisabeth an. Meine Mutter, um zu fragen, wie es mir geht und Elisabeth, um zu sagen, wann es wieder geht.

»Hi, Friedemann, hier ist Matti. Endlich erreiche ich dich«, tönte es etwas rauschend aus dem Hörer.

»Ich hatte viel zu tun«, antwortete ich. »Wie geht's in Berlin?«

»Super. Wir sind in ein besetztes Haus gezogen in Ost-Berlin, in Friedrichshain. Wir sind jetzt sozusagen auch Ossis. Ostdeutsche Schwaben.«

»Hallo, Landsleute. Obwohl … Ich bin ja jetzt ein schwäbischer Ostdeutscher – oder so.«

»Jetzt wächst zusammen, was zusammengehört«, sagte Matti. »Das ist hier eine ganze Straße mit zwölf besetzten Häusern. So viele hat nicht mal die Hafenstraße in Hamburg. Das ist der totale Wahnsinn, wie im Paradies. Hier wird man nicht gegängelt, von wegen Miete pünktlich überweisen. Endlich mal ein Flecken Erde, wo es nicht um Geld geht. Ich hätte nicht gedacht, dass im Osten jetzt so viel möglich ist. Hier wohnen Leute aus allen Teilen des Landes, also Ostler und Westler und auch einige Amis und von sonstwo. Und vor allem Schwaben.«

»Kaum zu glauben. So was gibt es?« Wieso schwärmte ein Westdeutscher für alte verfallene Häuser in der DDR?

»Friedemann, deswegen rufe ich an: Hier ist es gerade total spannend. Hast du nicht Lust uns mal besuchen zu kommen? In Esslingen versauerst du doch nur. Hier würde es dir bestimmt gefallen. Das ist eine völlig neue Welt. Wie ein weißes Blatt Papier und wir können es bemalen.«

»Das klingt toll, aber ich habe jetzt noch keinen Urlaub. Und übers Wochenende ist Berlin zu weit weg. Also mal sehen. Ich hab hier noch einiges zu tun.« Zum Beispiel Double Trouble meine Kohle abnehmen. »Und dann fahr ich bald zum Morrissey-Konzert nach Düsseldorf. Das darf ich auf keinen Fall verpassen.«

»Cool, na gut. Aber schreib dir in jedem Fall mal unsere Adresse auf. Telefon haben wir hier noch nicht, ich rufe aus 'ner Telefonzelle an.« Ich angelte mir Stift und Zettel. »Also, schreib an B. Setzer, zu Händen Matti oder Noel, Mainzer Straße 8, Berlin-Friedrichshain, DDR. Die Postleitzahl weiß ich gerade nicht, kommt aber trotzdem an. Das ›DDR‹ aber nur noch bis zum 2. Oktober. Oder schreib einfach Ost-Berlin. Oder komm halt vorbei. Hier sind noch ein, zwei Zimmer frei bei uns im Haus, da kannst du immer pennen.«

»Das klingt echt gut, Matti.«

»Ja, das ist es. Du, ich muss Schluss machen, meine Münzen sind alle. Mach's gut, Friedemann.«

»Grüß Noel. Ich komm bestimmt mal vorbei. Tschüss.«

Noel und Matti in Ost-Berlin. Keine Verpflichtungen, keine Autokredite, die sie abbezahlen müssten. Sie hatten einfach alles hinter sich gelassen und brachen auf zu neuen Ufern. Ich musste noch gut fünftausend Mark für den Bus blechen. Danach … Ja, vielleicht danach könnte ich auch mal aussteigen, für ein paar Wochen.

Es schien ein heißer Tag zu werden, was für Ende Juli nicht verwunderlich war, und ich sollte um zehn Uhr den etwa siebenhundert Quadratmetern Rasen bei Elisabeth und Jürgen Albrecht eine neue Kurzhaarfrisur verpassen. Rasenmähen war für einen Gärtner nicht gerade eine anspruchsvolle Tätigkeit, aber die Monotonie des Hin-und-Her-Schiebens hatte durchaus auch etwas Entspannendes. Heute fuhr ich allein, ohne Miro. Auf dem Weg dorthin malte ich mir aus, wie Elisabeth mir in ihrer Küche erst mal einen Espresso machen würde … Vergnügt rückte ich meine Sonnenbrille zurecht und drehte das Autoradio lauter.

»Hallo, schöne Frau«, grüßte ich lässig, als Elisabeth mir die Tür öffnete. Ich wollte ihr gerade einen Kuss geben, als sie zurückwich und leise sagte: »Jürgen ist da.« Ich nickte irritiert und ging zum Transporter zurück, um den Rasenmäher auszuladen. Jürgen ist da – was sollte das denn heißen? Musste der nicht gerade die nächste Million verdienen? Irgendwas war hier im Busch, und es waren nicht die vergessenen Zweige des letzten Verschnitts.

Gleichmäßig schob ich den Rasenmäher über die leicht abfallende Wiese mit Blick in den Stuttgarter Talkessel. Seit einiger Zeit traf ich mich mit Elisabeth zweimal die Woche entweder bei mir oder bei ihr. Wir tranken italienischen Rotwein, den sie immer aussuchte, hörten Musik, die ich immer auflegte und schliefen miteinander. Danach fuhr sie nach Hause oder ich, und das war okay so. Ich mochte sie wirklich, aber ich konnte nicht sagen, dass ich verliebt in sie war.

Ich machte den Rasenmäher aus und ging rüber zu den vertrockneten Himbeersträuchern, die ich noch entfernen sollte. Gerade hatte ich mich gebückt, als sich plötzlich ein ziemlich großer Schatten vor mir aufbäumte. Ich drehte mich um.

»Sie sind also der Gärtner.« Elisabeths Mann war geschätzte vierzig, und in seinem schwarzen Maßanzug erinnerte er mich an einen smarten Versicherungsvertreter aus der Fernsehwerbung. Schwer vorstellbar, dass er früher mal zu Joy-Division-Konzerten gegangen war. Sein Tonfall verriet keinerlei Aggression oder Erregung.

Ich stand langsam auf. »Guten Tag«, begrüßte ich ihn artig.

»Kommen Sie bitte mal, ich hab kurz was mit Ihnen zu bereden, es dauert nicht lange«, sagte er geradezu freundlich und zeigte mit einer Hand in Richtung der Sitzgruppe aus geöltem Tropenholz, die am Pool stand. Ich nickte, zog meine Arbeitshandschuhe aus, behielt sie aber in der Hand, ebenso die kleine Heckenschere. »Setzen wir uns«, sagte er und nahm auf der Bank Platz, ich auf einem Stuhl ihm gegenüber. Er beugte sich nach vorn, offenbar um eine etwas vertrauliche Gesprächsatmosphäre herzustellen. »Ich weiß Bescheid über Sie und meine Frau. Elisabeth hat mir alles erzählt.« Herr Albrecht wirkte ganz entspannt und schaute mich an. Dann lehnte er sich zurück und machte es sich bequem.

Ich blickte mich unauffällig um. Von Elisabeth keine Spur. Hatte er sie aus Eifersucht bereits im Haus mit einem Küchenmesser erstochen, hatte der laute Rasenmäher ihre Schreie übertönt, und sollte ich der Nächste sein? Ausgerechnet heute war ich auch noch ohne Miro hier. Niemand, der mich retten konnte vor diesem offensichtlich völlig durchgeknallten Rechtsanwalt. Ich versuchte es erst mal mit der ahnungslosen Tour. »Entschuldigung, ich verstehe nicht. Worum geht es? Sind Sie mit der Blumenauswahl im Beet vor dem Haus nicht zufrieden?«

Er lachte kurz und machte eine Handbewegung, um mir das Wort abzuschneiden. »Mein Lieber Herr … Herr …«

»Blumenstrauß«, ergänzte ich zögerlich.

»Herr Blumenstrauß. Heißen Sie wirklich so? Ich will Sie nicht lange im Unklaren lassen. Sie und meine Frau haben seit einigen Wochen eine Affäre und haben mir damit die Möglichkeit gegeben, mich von Elisabeth scheiden zu lassen, ohne finanzielle Einbußen.« Herr Albrecht sprach über die Angelegenheit, als ginge es um ein Geschäft. »Sie kennen doch sicher diese Eheverträge mit den verschiedenen Klauseln und so weiter und so fort, ich will Sie damit nicht langweilen. Jedenfalls bin ich Ihnen dankbar, ehrlich. Damit regeln sich einige Angelegenheiten zu meiner vollsten Zufriedenheit, und ich wollte Ihnen nur sagen, sollte ich mich irgendwann revanchieren können, dann melden Sie sich. Einen guten Rechtsanwalt braucht man doch immer mal, nicht wahr?«

Ich schaute ihn verständnislos an. Herr Albrecht war aufgestanden, und ich war darauf gefasst, dass er jetzt versuchen würde, mich in den Pool zu stoßen oder etwas in der Art. Aber er lachte nur trocken und ging langsam die Treppe hoch zum Haus. Wie versteinert saß ich auf dem Stuhl und kam mir plötzlich außergewöhnlich bescheuert vor.

Nachdem Herr Albrecht im Haus verschwunden war, stand ich auf und ging wieder zu den Himbeersträuchern, schließlich war ich zum Arbeiten hier, und je eher ich fertigwürde und hier wegkam, desto besser. Ich hörte, wie sein Wagen vom Grundstück fuhr.

Plötzlich stand Elisabeth neben mir. Also lag sie doch nicht umgeben von einer riesigen Blutlache tot in der Küche. Zum Glück. Wir schauten uns an, und keiner wusste so recht, was er sagen sollte.

»Du hast ja einen durchgeknallten Mann«, durchbrach ich das Schweigen.

»Einen arbeitsgeilen, durchgeknallten Mann«, ergänzte Elisabeth und fasste nach meiner Hand. Sie hatte nichts von ihrer Leichtigkeit verloren, schien mir. »Eigentlich ist es so ganz gut«, sagte sie nach einer kurzen Pause. »Mir geht dieses Leben hier sowieso auf den Keks.« Elisabeth schaute über die Wiese und dann wieder in meine Augen. »Meine Großeltern haben mir in Italien ein Haus an der Küste vererbt, dort ziehe ich erst mal hin. Da wollte ich immer schon mal für länger bleiben. Nicht nur ein paar Tage im Jahr.«

Italien. Ganz schön weit weg. Wollte Elisabeth etwa unsere Liaison beenden? »Wann fährst du los?«, fragte ich zögerlich und hatte auf einmal Schiss vor ihrer Antwort.

»Morgen. Ich habe schon gepackt.« Sie hielt immer noch meine Hand. »Hast du schon Urlaubspläne?«

13. True Faith

Das Datum war im Kalender dick angekreuzt. Morrissey, der Sänger meiner Lieblingsband The Smiths, gab in der Düsseldorfer Philipshalle sein einziges Deutschlandkonzert, und ich würde dabei sein. Nichts und niemand konnten mich jetzt noch davon abhalten. Ich machte mich schon vormittags auf den Weg, aber die knapp vierhundert Kilometer wollten an diesem verregneten Augusttag einfach nicht enden. Ich wurde immer aufgeregter. Morrissey hatte mir so oft aus der Seele gesprochen, also eigentlich natürlich gesungen – von Herzschmerz und dem ganzen Kram, und heute sollte ich ihm leibhaftig gegenübertreten. Na ja, wir würden jedenfalls zusammen in einem Raum sein – und dieselbe Luft atmen!

Unvergessen bleibt unsere erste Begegnung: 4. Mai 1984, ein Samstag. Ich war abends zu Andi hochgegangen, weil er sturmfreie Bude hatte und wir West-Fernsehen gucken wollten, bis das Testbild kam. Zu später Stunde kündigte ein hagerer Typ mit perfekt sitzender Frisur im »Rockpalast« eine englische Band namens The Smiths an. Wir hatten keine Ahnung wer das war, aber dann stand dieser Typ auf der Bühne, mit schlampiger Elvis-Tolle und ausgewaschenen Jeans in deren Arschtasche ein Strauß Blumen steckte. Er hatte ein rotgeblümtes Hemd an, das wie eins meiner Oma aussah, und tanzte so ausgelassen, dass es mir die Sprache verschlug. Und erst dieser coole Gitarrensound. Dieser Abend hatte mein Leben verändert. In dieser Nacht, nach diesem Rockpalast, ließ ich alles hinter mir, was mich jemals zuvor interessiert hatte. Jetzt gab es nur noch Musik für mich.

Am frühen Abend kam ich endlich vor der Philipshalle an. Das Gebäude war ein hässlicher 70er-Jahre-Flachbau, wie eine DDR-Kaufhalle im XXL-Format. Überhaupt machte Düsseldorf keinen besonders einladenden Eindruck, aber scheiß drauf, heute ging es nur um Morrissey! Nach dem Konzert wollte ich die Nacht durch nach Leipzig fahren, weil morgen mein Vater Geburtstag hatte, doch über meinen ersten Besuch in der Zone seit einem Dreivierteljahr dachte ich jetzt nicht weiter nach.

Die Halle war voll. Ich lief wie ein Tiger im Raubtierkäfig auf und ab und kaufte mir erstmal ein Bier – 0,4 Liter im Plastikbecher für unverschämte fünf Deutsche Mark zur Beruhigung. Aber erst das zweite entfaltete langsam eine entspannende Wirkung in mir. Dann, nach Ewigkeiten, ging endlich das Saallicht aus. Durch die Menge fuhr ein Kreischen und Johlen, und ich drängelte mich durch die Massen Richtung Bühne. Sprechchöre wurden angestimmt wie im Fußballstadion. Nur wenige Meter vor der Bühne stand ich schließlich, eingekeilt von erwartungsfrohen Gesichtern.

Plötzlich begann die Menge wie verrückt zu kreischen. Die Musiker standen schon da. Und dann kam er. Im golden, glitzernen Seidenhemd, mit perfekt sitzender Frisur und einer wundervoll theatralischen Handbewegung: Morrissey! Ich riss die Arme in die Höhe und schrie so laut ich konnte. Die Menge drückte von hinten, und es wurde so eng, dass ich die Schweißperlen meiner Mitmenschen zählen konnte. Ganz nah stand ich hinter einem wasserstoffblondem Pferdeschwanz, er kitzelte mir fast in der Nase.

Das erste Lied setzte ein, und ich bekam den größten Adrenalinschock meines Lebens. Doch nicht wie alle anderen wegen Morrissey, sondern wegen … Anke.

Vor mir stand: Anke. Nein! Oder? Doch! Das … Das konnte einfach nicht wahr sein! Ich vergaß mitzusingen, ich vergaß Morrissey, ich vergaß die letzten zwölf Monate, in denen ich sie nicht gesehen hatte. Ob sie das wirklich, wirklich war? Mein Blick klebte an ihrem Nacken, und ich überlegte, ob ich sie antippen sollte, damit sie sich umdrehte. War sie alleine hier? Sie schien nicht mit den Leuten neben sich zu reden. Das erste Lied endete gerade, das Publikum tobte und ich stand wie versteinert da und konnte nicht mal klatschen. Auch vom nächsten Song bekam ich nur die Hälfte mit, in meinem Kopf arbeitete es unaufhörlich. Was sollte ich nun tun?

Dann erklang »Everyday Is Like Sunday«, mein absolutes Lieblingslied. Das war der Song, den ich damals pausenlos in Leipzig gehört hatte, nachdem Anke abgehauen war. Es wäre der passendste Moment, um sie anzusprechen. Ich musste es einfach tun – jetzt: »Anke?« Ich sprach den Namen direkt in ihr linkes Ohr.

Erst drehte sich nur der Kopf halb um und dann sogleich der ganze Körper. »Friedemann.«

Ich konnte meinen Namen nur von ihren Lippen ablesen. Ihr Gesicht verriet keine Regung. Ich hatte eigentlich erwartet, dass sie überrascht sei, geschockt, euphorisiert – aber nichts dergleichen. Sie sagte irgendetwas, das ich wegen der lauten Musik nicht verstand. Wir standen fast so eng beieinander wie im Sommer 1989 in der Siófoker Disco. Plötzlich legte sie wortlos ihre Arme um mich. Damit hatte ich nun wirklich nicht gerechnet. Ich umarmte sie ebenfalls, und so standen wir in der Menge. Minutenlang. Ihre blaue Jeansjacke roch nach West-Waschmittel. Na ja, jetzt rochen ja alle Jacken so. Aber es war mir trotzdem aufgefallen. Auf was für einem Film war ich hier bloß drauf? Ich hatte doch gar nicht gekifft, und von dem bisschen Bier konnte wohl kaum so eine Halluzination zustande kommen. So eine gigantisch geile Halluzination. Bitte, hör nicht auf!

Anke gab mir ein Zeichen, dass wir nach hinten gehen sollten, um reden zu können, und ich setzte mich in Bewegung, fast wie ferngesteuert. Alles um mich herum drehte sich, die Musik dröhnte in meinen Ohren, irgendwie schien diese ganze Situation ziemlich surreal. Wo war ich eigentlich gerade? Ich wollte – ich sollte! – wütend auf sie sein, sie anschreien, ihr Vorwürfe machen und sie verachten, dafür, dass sie mich damals so verarscht hatte, aber aus meinem Mund kam: nichts. Wir lehnten an der hinteren Wand der Halle und sahen uns schweigend an. Ich musste plötzlich an Elisabeth denken, wie cool ich ihr gegenüber aufgetreten war, und versuchte, meine Gefühle wieder unter Kontrolle zu kriegen.

»Hallo, Friedemann. Das ist ja ein Zufall«, sagte Anke nach einer ganzen Weile und lächelte ironisch. Ich spielte das Spiel mit.

»Hallo, Anke. Lange nicht gesehen«, sagte ich ganz entspannt. Zumindest versuchte ich das.

»Eigentlich wusste ich, dass ich dich hier treffen würde«, erwiderte Anke, während sie mich anschaute. Ich verstand nicht so recht wie sie das meinte. »Du, Friedemann …«, sie suchte plötzlich ernsthaft nach Worten, das war ihr anzusehen. »Es tut mir leid, wie das damals gelaufen ist, meine Eltern, mein Vater …« Jetzt würde wohl endlich die Erklärung kommen für all diesen Kram, über den ich so endlos lange nachgedacht hatte. Mich wunderte, dass sie von sich aus darauf zu sprechen kam.

Doch jetzt wollte ich der Coole sein. Oder vielleicht einfach nur irgendwie erwachsen. Ich legte meinen Zeigefinger vorsichtig auf ihre Lippen und schüttelte stumm meinen Kopf. »Vielleicht nach dem Konzert, okay?«, sagte ich. Sie nickte stumm. Ich hatte mich wieder im Griff. Für den Augenblick jedenfalls.

Wir schauten wieder zur Bühne. Nah nebeneinander standen wir da, obwohl es hier hinten gar nicht mehr so eng war. Morrissey hatte gerade sein Hemd ausgezogen und warf es in die Menge. Ich musste lachen als ich sah, wie unzählige Arme danach griffen. Ich musste auch lachen bei dem Gedanken, wer hier neben mir stand.

Das Konzert war zu Ende und wir gingen schweigend aus der Halle. Ich grinste immer noch, und Anke schaute mich irritiert an. »Wo wohnst du jetzt eigentlich?« fragte sie mich, als wir draußen auf dem Parkplatz standen.

»In Stuttgart. Also daneben, in Esslingen. Und du?«

»Hier in Düsseldorf. Fährst du jetzt noch zurück, oder übernachtest du hier?«

»Ich kann überall übernachten, wo ich gerade bin. Ich habe mir einen Campingbus gekauft, dort drüben der. So wie das Teil damals am Balaton, erinnerst du dich?« Sie nickte. Es war kühl, aber ich konnte jetzt unmöglich in mein Auto steigen und davonfahren. »Wollen wir noch irgendwo was trinken gehen?«, fragte ich.

»Gerne«, antwortete Anke. »Ich kenne eine nette Kneipe hier in der Nähe«.

Wir gingen zu meinem Bus und fuhren los. Ich musste mich wirklich konzentrieren, auf die Straße zu schauen und nicht zu Anke, die auf meinem Beifahrersitz saß und immer wieder zu mir rüberblickte.

Nach ein paar Minuten parkten wir vor einer Kneipe, aber hinter den Fenstern brannte kein Licht. Sommerferien.

»Schade. Was nun?«, fragte mich Anke. Ich zuckte mit den Schultern und sah sie erwartungsvoll an. Wenn sie mich jetzt nicht mit zu sich nach Hause einlud, würde ich sie auf der Stelle aus dem Wagen schmeißen und nie wieder ihren Namen in den Mund nehmen. »Gibt es noch woanders irgendwas Nettes, das offen hat?«, fragte ich lauernd.

»Schon, aber da müssten wir in die Innenstadt fahren.« Sie hielt kurz inne. »Wir könnten auch bei mir noch einen Kaffee …«

»Gerne. Wo muss ich lang?«, fiel ich ihr ins Wort. Yes!

Anke wohnte in einem Mehrfamilienhaus keine fünf Minuten entfernt. Schließlich standen wir im Flur ihrer kleinen Wohnung direkt unterm Dach. Ein großes Poster von The Cure hing an einer der Türen. Überall standen leere Umzugskartons. Ich zog meine Jacke und meine Docs aus und folgte Anke in die Küche. »Bist du gerade eingezogen oder ziehst du wieder aus?«, fragte ich sie.

»Letzteres. Ich mach uns Kaffee«, erwiderte sie. »Wenn du Lust hast, kannst du nebenan die Anlage einschalten.«

Ich knipste die kleine Lampe auf einer Kommode an. Da stand ich nun allein in ihrem Zimmer, so wie vor fast einem Jahr. Doch hier war alles anders. Nichts erinnerte an die Zeit in Grünau. Hier nahm ich nicht Abschied, hier war ich gerade angekommen. Hier hatte ich heute noch was vor. Hoffentlich.

»Mit Zucker?«, riss mich Ankes Stimme aus meinen Gedanken.

»Ja, zwei Löffel. Und mit Milch, bitte.«

Eine große Fensterfront gab den Blick auf den Rhein und das nächtliche Düsseldorf frei. In der Ferne konnte ich einen riesigen Fernsehturm sehen. Sah fast so aus wie der in Stuttgart. Ich wühlte in ihrem CD-Stapel. Ganz oben lag eine von Chris Isaak. Der versuchte optisch einen auf Elvis zu machen, wie es schien. Oder auf Morrissey. Na ja. Wie konnte Anke nach so viel gutem New Wave ausgerechnet so was hören? Weiter unten entdeckte ich die »Kiss Me, Kiss Me, Kiss Me« von The Cure und legte sie in den Player.

Ich setzte mich auf ihr großes Sofa und schaute aus dem Fenster hinaus in die Nacht. Verrückt. Total verrückt.

Anke kam mit zwei Kaffeepötten in der Hand ins Zimmer und setzte sich neben mich. Mir fiel ihre Bemerkung von vorhin wieder ein. »Wieso dachtest du eigentlich, du würdest mich auf dem Konzert treffen? Also, ich muss gestehen, ich hatte nicht mit dir gerechnet. Zumal The Smiths oder Morrissey doch nie so deine Musik waren. Für dich gab es doch nur, hier … Robert Schmidt.« Ich deutete mit meinem Kaffeepott Richtung Hifi-Anlage.

»Tja, das ist etwas kompliziert. Halt mich bitte nicht für verrückt, aber ich … Ich hatte mir einfach gewünscht, dich mal wieder zu sehen.« Sie stockte abermals. »Was hast du denn so gemacht, in den letzten Monaten?«, fragte sie.

»Also, nachdem du weg warst, hatte ich erst mal einige Zeit auf deinen Anruf gewartet.« Ich sagte es ironisch, um die Stimmung nicht zu vermiesen. »Aber dein Versprechen war aus DDR-Zeiten, und die DDR ist ja so gut wie verschwunden. Darum gilt dieses Versprechen wohl auch nicht mehr, denke ich. Aber mich gibt es immer noch.« Ich weiß nicht, weshalb ich das sagte, denn ich wollte sie nicht in Erklärungsnöte bringen. Möglicherweise wusste sie gar nicht, dass ich damals so wahnsinnig verliebt in sie gewesen war. Woher auch? Ob ich es ihr sagen sollte? Jetzt? Vielleicht später.

Anke schaute etwas verlegen. »Weißt du, die Sache ging damals einfach zu schnell. Mein Vater hatte alles geplant und mich dann einen Tag vorher vor vollendete Tatsachen gestellt. Er hatte ein Jobangebot von einer Klinik hier im Ruhrpott. Ich konnte dir am Telefon nichts sagen, weil die Stasi doch bestimmt alles abgehört hatte. Nicht mal Katrin wusste was vorher, ehrlich.« Während sie sprach, blickte sie mir in die Augen auf eine Art, dass ich um meine lässige Fassade fürchtete. »Wäre ich in Leipzig geblieben, hätte ich mit der Stasi garantiert tierischen Ärger bekommen. Es konnte doch keiner ahnen, dass die Mauer ein paar Monate später auf ist.« Sie hielt inne und trank von ihrem Kaffee. »Wann bist du überhaupt rüber?«

»Gleich am 10. November. Was ist eigentlich aus eurem Haus in der Siedlung geworden?« Ich konnte meinen Blick einfach nicht von ihr lösen.

»Anfang des Jahres sind meine Eltern noch mal nach Leipzig gefahren. Die Stasi musste kurz nach unserer Flucht im Haus gewesen sein, die hatten fleißig ausgeräumt, aber meinen Vater noch nicht aus dem Grundbuch gestrichen. Wahrscheinlich kamen sie bei den Massen nicht hinterher. Jetzt haben meine Eltern das Haus vermietet. Stell dir vor, die Stasi hatte sogar meinen Kassettenrekorder und meine Schallplatten mitgenommen.«

»Nicht zu fassen«, sagte ich und trank einen großen Schluck Kaffee. »Hast du dich mal wieder mit den anderen getroffen, also mit Andi und Katrin?«, fragte ich sie.

»Nein, aber ich habe jetzt die Telefonnummer von ihrer Mutter bekommen. Vielleicht rufe ich sie mal an.«

Wir saßen jeder in einer Ecke des Sofas aber ich bemerkte, dass sich unsere Beine die ganze Zeit ein wenig berührten. Obwohl ich innerlich aufgewühlt war, führte ich die scheinbar belanglose Konversation fort: »Und, studierst du Medizin?«

»Ja, aber ich weiß noch nicht, ob ich es vielleicht hinschmeiße. Ist gerade alles etwas kompliziert. Was machst du denn, immer noch Gärtner?«

»Ja, und es ist auch noch okay. Die Kohle stimmt. Ewig mach ich das aber nicht. Ich kann mir nicht vorstellen, damit alt zu werden.« Während ich sprach, sah ich immer wieder Anke an und fand, dass sie von ihrer Schönheit nichts verloren hatte, auch wenn sie sich nicht mehr so New-Wave-mäßig gab. War ich eigentlich noch in sie verliebt? Oder verliebte ich mich gerade wieder? Oder war ich vielleicht doch einfach nur scharf auf sie? Ich war neunzehn Jahre alt, wie sollte ich das unterscheiden?

»Wieso hast du dir die Haare blond gefärbt?«, fragte ich.

»Mit knallroten Haaren schauen dich die Leute bei der Arbeit hier immer gleich so komisch an. Ich jobbe nebenbei in einer Arztpraxis. Und ich bin ja auch kein Teenager mehr. Wieso fragst du, gefällt es dir nicht?«

»Doch, aber ich hätte dich fast nicht wiedererkannt.« Dieses belanglose Gelaber. Ich war auch nicht besser als sie. Aber ich wollte es versuchen.

Mein rechter Arm lag ausgestreckt auf der Rückenlehne des Sofas und ich griff vorsichtig nach ihrer Hand, die ebenfalls dort lag. Anke ließ es geschehen, und ich fragte etwas unverschämt: »Sag mal, wohnst du eigentlich alleine hier?« Sie nickte, beugte sich langsam zu mir rüber und begann mich zu küssen.

Endorphine, Adrenalin, Testosteron – alles wirbelte durcheinander. Ein Mix in einer Dosis, die jenseits aller Normwerte lag. Ich balancierte, ohne mich von ihr abzuwenden, den Kaffeepott mit meiner rechten Hand auf den Fußboden und zog Anke zu mir rüber. Sie legte sich neben mich auf die viel zu schmale Couch, während wir nicht aufhörten uns zu küssen. Damals am Balaton war alles noch zögerlich und abwartend gewesen, aber jetzt schien jede Unsicherheit verflogen. Mit meinen Händen hielt ich ihr Gesicht und schaute es voller Bewunderung an. Wie konnte ein Mensch nur so wunderschön sein? Ich streichelte über ihr Haar. Nicht denken, Friedemann, einfach treiben lassen, sagte ich zu mir. Aus den Boxen der Anlage kam gerade »All I Want«. »Tonight I'm losing control«, sang Robert Smith, als ich liebestrunken ihre Bluse aufknöpfte. Auf diesen Augenblick hatte ich ewig gewartet.

Wir saßen verschlafen in ihrer Küche und frühstückten. Während ich eine Toastbrotscheibe nach der anderen verdrückte, fiel mein Blick auf ein Foto, das eingerahmt auf dem Fensterbrett stand. Es zeigte Anke in die Kamera grinsend, eng umschlungen mit einem Typen, der genau wie sie blond war und ein T-Shirt von The Mission trug. Ich ahnte, in welchem Verhältnis sie zueinander standen. »Das ist aber nicht Robert Schmidt«, sagte ich zu ihr, und sie schüttelte den Kopf.

»Nee, eher nicht. Noch Kaffee?« Ihre Stimme klang plötzlich etwas schroff.

»Ja, gerne. Also, wer ist das nun?«, hakte ich nach.

»Tja, das ist sozusagen meine Zukunft.« Sie zögerte kurz und fuhr dann fort: »Er möchte gerne, dass wir zusammenziehen und sich mit mir verloben.« Anke erzählte das ziemlich nüchtern und schaute mir dabei in die Augen, offenbar, um sofort meine Reaktion auf diese Nachricht zu prüfen.

»Jetzt schon?«, war meine spontane Antwort. Aber wieso sagte ich das? Ich war doch nicht so naiv, dass ich dachte, nach der letzten Nacht wären wir nun ein Paar. Und ich hatte mir auch kaum vorstellen können, dass sie solo war. Trotzdem wurde mir schlagartig klar, dass ich hier nicht auf dem Traumzauberbaum saß, sondern in der Realität. In der beschissenen Realität. »Wann ist es denn soweit?« fragte ich bemüht resigniert.

»Du denkst also, dass ich Ja gesagt habe?« Anke hatte wohl gehofft, dass sie mich mit dieser Sache aus der Reserve locken konnte, aber nun war sie es, die sich angepisst fühlte.

»Ach, deshalb die Umzugskisten hier?« Jetzt wurde alles klar. »Du ziehst wirklich mit diesem Typen zusammen?«

»Michael. Er heißt Michael.«

»Verstehe ich das hier richtig?«, platzte es aus mir heraus. »Du wolltest noch mal ordentlich vögeln, bevor du mit dem da zusammenziehst und dachtest dir, dass der naive Typ aus Leipzig, der damals bis über beide Ohren in dich verknallt war, der nur wegen dir in die beschissene Zone zurück ist, dafür bestimmt zu haben wäre.« Scheiße, jetzt hatte ich mich verquatscht. Meine Coolness war mir irgendwo auf dem Fußboden der Küche verloren gegangen. Ich suchte nicht weiter danach, stand auf und ging in den Flur.

»Denkst du wirklich, dass alles so einfach ist?«, rief sie mir hinterher.

Ich zog meine Jacke und meine Schuhe an. Die Uhr zeigte fast Elf. Ich hatte meinen Eltern versprochen, heute Abend zur Geburtstagsfeier meines Vaters in Leipzig zu sein und noch gut sieben Stunden Autofahrt vor mir. »Sorry, Anke, ich würde ja gerne noch weiter mit dir deine Lebenskrise ausdiskutieren, aber ich habe noch eine Verabredung in Leipzig.« Ich stand im Türrahmen und schaute sie an. Mein Gott, war sie schön. Dann fügte ich etwas ruhiger hinzu: »Irgendwie haben wir ein verdammt schlechtes Timing.«

Anke erhob sich und kam auf mich zu. Ihr Gesicht verriet, dass ihr meine Reaktion nicht egal war. Sie stand ganz nah vor mir, und ich hatte den unumstößlichen Drang, sie zu umarmen. Nein, ich wollte hier jetzt auf keinen Fall einfach so gehen. »Und nun?«, fragte ich sie. Sie blickte mich an und sah dann zur Seite.

Plötzlich klingelte es. Anke ging zur Sprechanlage. Sie musste dabei ganz nah an mir vorbei, und ich fasste kurz nach ihrer Hand.

»Hallo?«, rief sie in den Hörer. Ich hörte an der Stimme, dass unten ein junger Mann stehen musste. »Jetzt schon? Ja, klar, komm hoch.« Sie drückte den Türöffner und hängte hastig den Hörer wieder ein. »Scheiße, das ist Michael!« Anke eilte ins Wohnzimmer.

Ich folgte ihr und blickte sie fragend an, während sie sich schnell anzog und ihre Haare zusammenband.

»Er wollte eigentlich erst heute Nachmittag kommen, sorry. Du, das habe ich echt nicht gewusst.« Sie griff sich schnell die Bettdecke, die sie irgendwann in der letzten Nacht geholt hatte und brachte sie in ihr Schlafzimmer zurück. Aus dem Treppenhaus hörte man seine näherkommenden Schritte. Dann klopfte es an der Tür.

Anke ging hin und öffnete sie. »Hallo«, sagte sie betont freundlich zu dem Typen, der hereinkam und ihr einen Kuss gab. Erst dann sah er mich. Ich sagte schnell: »Hallo. Ich bin der Friedemann. Ich kenn Anke noch aus Leipzig.«

»Guten Morgen«, sagte er zu mir, aber ich konnte in seinem Gesicht nicht lesen, was er wohl darüber dachte, mich hier zu treffen. Er blieb neben Anke stehen und legte seinen Arm um sie. Er trug eine Motorradlederjacke, um die ihn Dave und Martin bestimmt beneidet hätten. Etwas älter als Anke schien er zu sein, Mitte zwanzig oder so.

Anke lächelte die ganze Zeit, aber mir kam es etwas gequält vor. Sie hatte offenbar noch damit zu tun, die Situation zu erfassen. Mir ging es nicht anders. »Ich habe Friedemann gestern zufällig auf dem Morrissey-Konzert getroffen, und da er heute noch in der Stadt war, gleich zum Frühstück eingeladen, um über alte Zeiten zu schwatzen.« Dabei schmiegte sie sich ein wenig an ihn, und ich spürte, wie ein Gefühl in mir hochkroch, das nur Eifersucht sein konnte. Scheiße!

»Anke und ich wollten auch bald mal nach Leipzig fahren. Wohnst du noch dort?«, fragte er mich.

»Nein, ich wohne jetzt in Stuttgart. Also, bei Stuttgart, genauer gesagt. Dort jedenfalls.« Ich blickte auf meine Uhr, obwohl ich genau wusste, wie spät es war. »Leider muss ich schon los. Ich fahr heute noch zu meinen Eltern rüber in den Osten.«

Der Typ sah mich freundlich an und nickte. »Ja, schade.«

Ich musste dringend aus Ankes Wohnung raus. Diese Realität war nicht zu ertragen! Ich wollte zurück auf den Traumzauberbaum. Und wenn das nicht ging, dann wenigstens in meinen Bus.

Anke löste sich aus der Umarmung ihres Freundes und brachte mich zur Tür. Er rief mir noch ein »Hat mich gefreut. Na dann, gute Fahrt. Tschö!« zu und ging in die Küche. Sie hielt mich an meiner Jacke fest. Ich stand schon halb im Hausflur.

»Du, das tut mir jetzt echt leid«, sagte sie mit gedämpfter Stimme. Ich überlegte kurz, ob ich ihr noch einen Abschiedskuss geben sollte, doch da tauchte Michael schon wieder auf.

»Du, Schatz, packen wir dann noch dein Geschirr zusammen?«

Anke drehte sich zu ihm. »Ja, warte, ich sag hier nur noch schnell Tschüss.«

Wir umarmten uns flüchtig und unsicher, und ich wollte ihr noch was ins Ohr flüstern, aber ich brachte einfach nichts heraus. Nach den ersten Stufen drehte ich mich noch mal um, aber ihre Tür war schon zu.

Ich hastete die Treppen runter und riss die Eingangstür auf. Draußen auf dem Fußweg blieb ich kurz stehen und sah an der Hausfassade hoch, doch ihre Fenster konnte ich nicht ausmachen. Ihre Hausnummer war die 13, genau wie meine damals in Grünau. Ich lief um die Ecke zu meinem Bus. »Dammweg«. Ich las ihren Straßennamen im Vorbeigehen. Aber sie würde ja hier bald nicht mehr wohnen. Schon wieder.

14. A Sort of Homecoming

Ich fuhr durch einen verwaisten Grenzübergang in die DDR. Kein Beamter war mehr zu sehen. Die saßen wahrscheinlich in irgendeiner Baracke und soffen sich gegenseitig unter den Tisch. Wozu auch noch Pässe kontrollieren, wenn in gut einem Monat alle den gleichen hätten. Am Straßenrand ragten Betonpfeiler in gleichmäßigen Abständen aus dem Boden. Der daran befestigte Maschendrahtzaun war offenbar bereits verschrottet worden. Die überdachten Abfertigungsstellen, die Zollkontrolle – das alles hatte seinen Sinn verloren. Nicht mehr lange und auch das Hoheitszeichen an der Betonsteele, welche mir anzeigte, wo die DDR losging, hatte überhaupt keine Bedeutung mehr. Dennoch spürte ich den Moment, ab dem ich wieder in der Zone war. Ein gleichmäßiges leichtes Holpern schüttelte mich sanft.

In meinem Kopf brummte es ebenfalls gleichmäßig. Doch das war kein Tinnitus vom gestrigen Konzert, sondern dieses merkwürdige Gefühl innerer Anspannung. Anspannung von diesem unverhofften Wiedersehen mit Anke und der Faust im Magen, die mir sagen wollte, dass das nicht meine Baustelle war – noch nie gewesen, und dass sie das wohl auch nie sein würde. Doch jetzt musste ich erst mal auf Familienstimmung umschalten. Zeit zum Grübeln blieb mir auch noch in Esslingen.

Die Skyline von Grünau-City empfing mich zum Einbruch der Dunkelheit. In meinem Rückspiegel leuchtete das Abendrot. Vor mir Plattenbauten in verschiedenen Größen und Grautönen so weit das Auge reichte. Dazwischen einige kleine Bäumchen, die versuchten, gegen die übergroßen Betonklötze anzuwachsen. An den alten runtergekommenen Kaufhallen hing großflächig kunterbunte Werbung für westdeutsche Produkte, so als hätte eine faltige Oma in verschlissenen Klamotten knallroten Lippenstift aufgetragen. Apropos – ob es Frau Fensterguck noch gab?

Vor meinem alten Wohnblock bekam ich kaum einen Parkplatz. Überall standen West-Schlitten. Meist ältere gebrauchte und wenige Neuwagen. An jedem Zweiten klebte auf der Heckscheibe ein Aufkleber: »Oh, frische Bohnen!«, in der Tchibo-Schrift. Was sollte das denn? Dazwischen standen immer mal wieder Wracks von ausgeschlachteten Trabbis und Wartburgs. An die Balkone waren Satellitenschüsseln montiert, wie in den ärmeren Vierteln Stuttgarts. Unseren Block zierten zwei Graffitis, »Rotfront verrecke« und »Nazis raus«, und auf ein Wahlwerbeplakat mit dem Konterfei von Helmut Kohl hatte jemand ein Hitlerbärtchen gemalt. In den umliegenden Gebüschen lagen leere Bierdosen. Mein Blick schweifte zum Haus von Frau Fensterguck aber dort waren die Gardinen zugezogen. Mir schien, im vergangenen Jahr hatte nicht nur ich meine Unschuld verloren – in Esslingen, mit Elisabeth –, sondern auch das gute alte Grünau.

Ich lief rüber zum Garten, wo die Geburtstagsparty meines Vaters steigen sollte. Es waren etwa zwanzig Leute da, Verwandte, Gartennachbarn und Arbeitskollegen.

Mein Vater rief laut und übertrieben hochdeutsch in die Runde: »Oh, da kommt unser Sohn aus Stuttgart«, und es folgte ein allgemeines »Ah« und Gejohle. Man merkte, dass sie schon einige Biere niedergemacht hatten. Onkel Frank, der jüngere Bruder meines Vaters, stand wie immer mit Schürze am Grill und prostete mir zu. Meine Mutter kam mir aufgeregt entgegengerannt und umarmte mich.

Ich wurde in der Mitte der Tafel platziert, gleich neben meinen Vater und überreichte ihm mein Geschenk. Ich hatte es schon vor Wochen in Stuttgart gekauft: eine Bohrmaschine mit 650 Watt, Rechts-Links-Lauf und Schnellspannfutter. Meine Mutter hatte mir am Telefon den Tipp gegeben.

»Herzlichen Glückwunsch, alter Mann«, sagte ich.

»Oh, vielen Dank, junger Mann«, sagte mein Vater. Ich nahm mir ein Bier.

»Und, die Laube steht noch, wie ich sehe?« Wir prosteten uns zu.

»Jawohl. Innen hab ich die Decke mit Styropor-Platten verkleidet. Musst du dir gleich mal anschauen. Die gibt es jetzt in den neuen Baumärkten. Sieht nobel aus. Wie in Wandlitz.« Er lachte. Meine Mutter reichte mir einen Teller mit Bratwurst und Kartoffelsalat.

»Ja, du im Westen hast wenigstens Arbeit«, rief Onkel Frank ohne jeden Zusammenhang vom Grill zu mir rüber. »Aber wir nicht mehr lange. Die ganzen alten Betriebe werden bald dichtgemacht. Die Wessi-Bonzen warten nur drauf. Hier kann doch kein Mensch was Vernünftiges für den Weltmarkt produzieren. Ist doch alles im Arsch.«

»Ach, Quatsch. Der Doktor Kohl hat versprochen, dass es keinem nach der Wiedervereinigung schlechter gehen wird als vorher«, entgegnete mein Vater lautstark.

»Da glaubst du dran?« Onkel Frank war an den Tisch herangetreten und zeigte mit der Grillzange auf seinen Bruder. »Du wirst dich schon noch umgucken. Die Betriebe drüben im Westen stellen einfach die Fließbänder ein bisschen schneller«, er drehte mit der anderen Hand an einem imaginären Rädchen, »und schon können die uns hier mit ihrem Kram überschwemmen. Wirste sehe. Überschwemmen! Ist doch alles im Arsch hier.«

»Du redest ja wie einer von den Roten.« Mein Vater wollte aufstehen, aber dafür hatte er wohl schon etwas zuviel getankt. Er fuchtelte nur mit seiner Zigarette rum, musste husten und setzte sich wieder.

»Arbeitslos oder nicht – Hauptsache D-Mark!«, rief meine Mutter in die Runde und wollte den sich anbahnenden Familienstreit offensichtlich mit etwas Optimismus abwenden.

»Der Doktor Kohl, der wird Ostdeutschland wieder gesundmachen.« Mein Vater sagte »Doktor Kohl« und nicht »Helmut Kohl« oder einfach nur »Birne«, wie Noel und Matti. Offenbar beeindruckte ihn der akademische Grad des Bundeskanzlers über alle Maßen.

»Na, mein Junge, jetzt erzähl doch mal: Wie ist das Leben in Stuttgart?« Meine Mutter hatte sich neben mich auf die Bank gesetzt.

»Soweit ganz okay«, antwortete ich kauend.

»Und hast du denn auch schon eine Freundin gefunden?« Oh mein Gott, ich konnte nicht glauben, dass meine Mutter mich das wirklich fragte. Will sie als nächstes wissen, wann die Enkelkinder kommen? Gerade wurden die Schnapsgläser nachgefüllt, und ich kippte den Klaren auf ex rein, um nicht gleich antworten zu müssen.

»Ja, aber nichts Festes. Ich hab es nicht eilig. Das ergibt sich schon irgendwie«, erklärte ich. »Ist noch 'ne Bratwurst da?«, wechselte ich fachmännisch das Thema.

Nach zwei Stunden hatte ich genug und sagte, ich müsse noch mal dringend weg, alte Kumpels besuchen. Von der Gartensparte lief ich rüber zur Rakete. Vielleicht sind ja noch nicht alle in den Westen abgehauen.

Ich musste mich verdammt auf den Weg konzentrieren, denn der Alkohol auf Vaters Geburtstagsparty hatte meinen Gleichgewichtssinn nachhaltig beeinträchtigt.

Vor der Rakete parkten viele Autos. Früher gehörte der Platz einzig Andis Warti und den MZ-Motorrädern der Metaller. Heute sah ich viele Trabbis und Ladas. Wahrscheinlich hatten die Väter ihre alten Ost-Möhren an ihre Kinder vermacht, um in der Garage Platz für den neuen West-Schlitten zu schaffen. Über der Eingangstür leuchtete eine große Warsteiner-Bier-Reklame. Die war auch neu. Immerhin war der Türsteher noch derselbe. Aber mir fiel auf, dass Peter seine Haare abrasiert hatte und einen schwarzen Lederblouson trug. Trotzdem schaute er immer noch so gelangweilt wie früher und kaute Kaugummi. Ich drängelte mich selbstbewusst vorbei an ein paar wartenden Teenies bis an die Kette vor der Tür, die als Absperrung diente. Das Ding war Peters Allerheiligstes. Wer sich daran eigenmächtig vergriff, konnte gleich wieder nach Hause gehen. Nur er war berechtigt, die Kette zu öffnen und reinzulassen, auf wen er Bock hatte. Der hätte bestimmt mal einen guten Grenzer abgegeben. Na ja …

»Hi Peter. Na, wie geht's?«, grüßte ich ihn.

»Du hier? Und Andi?« Er verzog keine Miene.

»Drüben in Stuttgart. Wie läuft die Arbeit?«

»Es muss. Es muss.« Peter öffnete die Kette, und ich durfte passieren.

Drinnen war es genauso laut und verqualmt wie früher. Ich blieb einen Moment stehen. Irgendwie fühlte sich das komisch an, wieder hier zu sein. Äußerlich hatte sich eigentlich nichts verändert. Als ob ich erst letzte Woche mit Andi hier gewesen war. Trotzdem … Durch die vielen Tanzenden kämpfte ich mich an die Bar. Der Steinfußboden klebte schon leicht, was auf einen regen Bierausschank schließen ließ.

Und dort stand auch schon Dave, gestylt im feinsten Depeche-Mode-Outfit. »Mensch Dave, wie geht's?«, grüßte ich ihn freudig.

»Never let me down! Hi Blume, alter Wessi. Was machst du denn hier?« Dave grinste mich an und lud mich gleich auf einen Pfeffi ein. Na gut, ich würde schon noch was vertragen.

»Ich bin nur kurz zu Besuch. Mein Vater hat Geburtstag.« Wir kippten die Pfeffis hinter. »Was macht die Arbeit?«

»Nothing«, antwortete Dave. »Ich hab mich arbeitslos gemeldet und kriege West-Kohle fürs Nichtstun, mehr als ich vorher in Ost hatte. Hab ich endlich mal Zeit für meine Plattensammlung. I just can't get enough – kennst mich ja. Was Besseres konnte mir gar nicht passieren, das ist viel entspannter als im Kommunismus.« Dave zählte alle Depeche-Mode-Maxi-Singles auf, die er sich in den letzten Monaten gekauft hatte.

»Wo ist denn Martin?«, fragte ich.

»Der ist nach Ost-Berlin gezogen vor ein paar Wochen. In ein besetztes Haus in Friedrichshain. Weißt du, es gibt jetzt hier immer mehr Faschos, da kam Martins Outfit überhaupt nicht gut an. Die machen tierisch Stress, wenn man nicht in ihr verschrobenes Weltbild passt. Von people are people und so haben die noch nix gehört.« Dave deutete mit seinem Schnapsglas zu einer Sitzgruppe, auf der sich etwa ein halbes Dutzend Kiddies in olivgrünen Bomberjacken und kurzen Haaren lümmelten und Bier tranken.

»Oh, sehen die aber scheiße aus. Und die haben Martin aufs Maul gehauen? Waren das nicht die Stifte, die vor zwei Jahren noch Hasche auf dem Vorplatz gespielt haben? Das sind jetzt hier die Alphamännchen?« Der Pfeffi putschte mich noch mal richtig auf.

»Guck nicht so hin, Blume. Shake the disease! Die sind voll krass drauf. Mich lassen sie nur in Ruhe, weil ich hier mit den Metallern gut klarkomme.« Dave versuchte mich mit einer neuen Runde Pfeffi vom Gaffen abzulenken. Doch da drängelten sich schon zwei der Pimpfe zwischen uns.

»Was wird denn das jetzt?«, sagte ich halb zu mir selbst.

»Ja, was wohl, Locke? Biste 'ne Zecke oder was?« Einer der beiden baute sich vor mir auf, so nah, dass ich seine paar noch nie rasierten Barthärchen genau zählen konnte.

»Komm, Kleiner, lass es und geh deine Fruchtmilch holen.« Nicht, dass ich in Stänkerlaune war, aber so ging es ja nun wirklich nicht.

»Biste 'ne Zecke oder was?« Sein Wortschatz war offenbar sehr eingeschränkt.

»Was solln das sein, 'ne Zecke?«, fragte ich zurück.

»Na, so einer wie du. Guck dir doch mal deine Haare an. Voll schwul. Du bist 'ne Zecke, 'ne miese, kleine linke Zecke.« Er musste leicht zu mir hochschauen, da er einen halben Kopf kleiner war und tippte mir mit seinem Zeigefinger auf die Stirn. Offenbar wollte er vor seinen Kumpels den Macker raushängen lassen.

»Na, dann ist ja alles klar.« In meinem Bier- und Pfeffi-umnebelten Kopf entwarf ich Hypothesen, was jetzt wohl als nächstes kommen würde. Ein bisschen Haue bekommen oder ein bisschen mehr? Was, wenn seine »Kameraden« sich auch noch einmischen würden?

Der Typ piekste weiter mit seinem Zeigefinger auf meiner Stirn herum und machte es mir schwer, mich zu konzentrieren. Sein Kumpel schaute ihm über die Schulter und grinste doof. Mein Adrenalinpegel ging plötzlich bedenklich in die Höhe und ein unbestimmtes Gefühl von so was wie Angst machte sich in mir breit. Diesmal würde wohl keine Tür aufgehen und kein Ali mit seinen Kumpels auftauchen. Äußerlich versuchte ich, weiter cool zu bleiben. Deeskalation nannten so was die Psychofuzzis. »Bist du bald fertig damit?«, fragte ich. Dave rief von hinten: »People are people! Jungs, jetzt hört doch mal auf und geht Bier trinken.« Der andere schob Dave weg, und ich fühlte mich auf einmal in der völlig überfüllten Rakete sehr, sehr allein. Vor gut zwei Jahren hatte ich mit Andi in der Disco im Haus Auensee eine ähnliche Situation erlebt. Damals boxte Andi so 'nem Nazi-Typen nach seinen dummen Sprüchen über unsere Frisuren ordentlich in den Bauch, und ich hatte einem zweiten ein Bein gestellt, so dass er der Länge nach auf die Fresse gefallen war. Doch auch Andi war heute nicht da. Scotty, bitte hochbeamen! Jetzt! Ich tastete nach meinem Kommunikator an der linken Brust, doch vergeblich.

Ein kurzer Blick zu dem Tisch mit den anderen Faschos machte mir klar, dass sie ungeduldig auf den Ausgang der Auseinandersetzung warteten. Sie riefen irgendwas Unverständliches. Mein Gegenüber drehte sich kurz lässig um und dann wieder zu mir.

Plötzlich stieß er mich vom Barhocker. Ich fiel nach hinten. Meine Hände suchten reflexartig Halt, griffen aber ins Leere. Doch der Pimpf war eine Niete in Physik, speziell wenn es um Hebelgesetze ging. Mein Oberkörper bewegte sich nach hinten, aber meine Beine schnellten nach oben und ihm direkt in die Hundert-Punkte. Ich fing mich am nächsten Barhocker ab, doch der Pimpf klappte mit einem Schmerzensschrei zusammen wie ein Taschenmesser. Schnell kam ich wieder auf die Füße. Von dem Hobby-Hitler sah ich nur noch die Rückenansicht seiner Bomberjacke. Ich trat ihm mit aller Kraft in den Hintern, sodass er zwischen die nebenstehenden Gäste fiel. Genauso hätte es Double Trouble auch verdient!

Dave, etwas abgedrängt in der Menschenmenge, gab mir mit der Hand ein Zeichen in Richtung Ausgang, und ich fokussierte die Tür. Nur noch raus hier! Ich quetschte mich hastig zwischen den tanzenden Leuten durch. Hinter mir hörte ich die Faschos »Zecken!« schreien – zur Musik von Modern Talking. Ich erreichte Dave kurz vorm Ausgang und während Thomas Anders und Dieter Bohlen uns noch »Atlantis is calling, S.O.S. for love« in feinster Falsett-stimme hinterhersangen, drückten wir beide uns durch die Tür ins Freie.

»Erst mal Land gewinnen«, rief mir Dave zu. Wir sprangen über Peters Absperrkette und verschwanden rennend hinter unserer alten Schule. Ein Glas schlug knapp hinter uns auf den Asphalt und zersprang.

»Wir kriegen euch alle!«, riefen die Faschos uns nach. Und »Sieg Heil!« Na, wenn es ihnen half, die Situation zu verarbeiten.

Dave und ich schauten nicht zurück und sprinteten, was unsere Beine und unsere Alkoholpegel hergaben. Zwischen dem ganzen Gebrüll erkannte ich noch Peters sonore Stimme, die »Hände weg von der Kette!« schrie. Als wir sicher waren, dass keiner uns mehr verfolgte, stoppten wir völlig außer Atem in einer dunklen Einfahrt.

»Und das noch vor der Depeche-Mode-Song-Runde. Schöne Scheiße!«, pustete Dave.

»Schön, mal wieder in der alten Heimat zu sein«, keuchte ich. »Schätze, du kannst dir 'ne neue Stammdisco suchen, Dave. Tut mir leid.«

»Ach, das machen die jedes Wochenende. Stories of old. Das kriege ich schon wieder geregelt.« Dave versuchte aufmunternd zu klingen. »So ist Grünau jetzt halt.«

»Also, so schlimm hatte ich mir das nicht vorgestellt. Wie hältst du das nur aus?«

»Man arrangiert sich irgendwie. Das war doch immer unser Club.«

15. Watch Me Bleed

War es richtig gewesen, einfach so von Anke weggegangen zu sein? Ich hatte mir in der Konzerthalle fest vorgenommen, mich nicht noch mal in sie zu verlieben. Ganz, ganz fest. So fest, dass es wehtat. Aber ...

Ich war auf der Rückfahrt von meinem alten zu Hause, Leipzig, nach Esslingen, mein neues zu Hause. Schon nach dem Mittagessen hatte ich mich bei meinen Eltern wieder aus dem Staub gemacht. Und während ich in Leipzig überhaupt nicht groß über das Wie und Warum nachgedacht hatte, sondern noch berauscht war von der Nacht mit Anke, nagten nun immer stärker die Zweifel an mir. Aber gab es überhaupt eine reale Möglichkeit, mich bei Anke noch mal ins Spiel zu bringen, ohne wieder wie ein Volltrottel dazustehen? Sollte ich wirklich in ein fast verheiratetes Paar reinbaggern? Aber Anke schien andererseits auch nicht gerade glücklich mit ihrem sich anbahnenden neuen Lebensabschnitt. Sonst hätte es kaum diese Nacht gegeben. Möglicherweise war das meine Chance gewesen. Sie, das Dornröschen und ich, der Prinz, der sie aus dem verwunschenen Schloss befreite. Wachgeküsst hatte ich sie ja ausgiebig, war dann aber ohne sie weitergezogen. Im Märchen endete das irgendwie anders.

Nein, das Ganze, das war nur ein Treffen in einem Paralleluniversum gewesen. Eine Anomalie von Zeit und Raum. Anke war gestern, das war noch DDR, das war vorbei. Als ich damals am 10. November 1989 über die Grenze in den Westen gefahren war, wollte ich nur noch nach vorn schauen und alles andere hinter mir lassen. Nach vorn schauen. Nach vorn! Scheiße! Ich musste voll auf die Eisen gehen, weil vor mir ein LKW plötzlich auf die linke Spur wechselte ohne zu blinken. Ich hupte was das Zeug hielt. Der Arsch! Ich Arsch. Ich Schwächling. Warum bekam ich sie jetzt nicht mehr aus meinem Kopf?

Irgendwann fing es an zu regnen, und die Scheibenwischer verjagten dicke Tropfen von der Frontscheibe. Anke hatte keine Adresse und keine Telefonnummer von mir. Ob sie Katrin anrufen und danach fragen würde? Ich weiß gar nicht, ob die überhaupt meine Nummer kennt. Sollte ich ernsthaft die nächste Zeit damit verbringen, auf eine Nachricht von ihr zu warten? Nein, ich bin doch nicht bescheuert. Aber dieses stechende Gefühl war nun mal da ... Ich musste die Sache für mich irgendwie zu einem Abschluss bringen. Ich könnte ihr einen Brief schreiben, ihre Adresse würde ich noch zusammenbekommen. Aber wie sollte ich Gefühle in Worten ausdrücken, ohne dass es lächerlich wirkte?

Abends war ich wieder in Esslingen. Draußen tanzten immer noch die Regentropfen, doch ich sah ihnen nicht dabei zu. In meiner Wohnung blieb ich vor der Musikanlage stehen und drückte die Playtaste des Kassettendecks. Das markante Gitarrenriff und die kurz darauf einsetzenden Drums erkannte ich sofort. »Love will tear us apart«, sang Ian Curtis von Joy Division und ich riss den Lautstärkeregler hoch. Was für eine geniale Textzeile! Genau das müsste ich Anke sagen! Ihr, die womöglich gerade Umzugskartons schleppte und dabei, nach der Nacht mit mir, darüber nachdachte, ob es gut sei, sich jetzt schon zu verloben. Und wenn sie es verdammt noch mal wirklich durchziehen würde, wäre ich doch eigentlich der lachende Dritte. Oder der weinende Dritte. Jedenfalls der Dritte.

Ich ging in die Küche, um mir erst mal ein Bier zu holen. Und dann wusste ich, was zu tun war. Ich würde ihr ein Mixtape schicken. Auch wenn sie jetzt vielleicht schon umgezogen war, hatte sie bestimmt einen Nachsendeantrag für die Post. Irgendwie würde sie das Ding erreichen. Ein Mixtape, auf dem jeder einzelne Song das beschrieb, was ich ihr immer schon mal sagen wollte. Das war alles, was ich jetzt tun konnte. Und wenn sie nach dem Hören nicht sofort alles stehen und liegen ließe und zu mir käme, wäre das Thema für mich abgehakt. Endgültig! Jawohl!

Euphorisiert begann ich meine Platten und Kassetten zu durchwühlen. Welcher wäre ein guter Anfangssong? Am besten was aus der Zeit, als wir noch in Leipzig wohnten. Oder von unserem Ungarnurlaub. Oder nur neue Songs, damit sie sah, ich meine hörte, was ich mittlerweile für eine coole Plattensammlung hatte und wie gut ich mich auskannte. Nur nichts zu Schnulziges, denn sie sollte nicht sofort merken, dass ich hier einen Seelenstriptease hinlegte. Es sollte ihr erst beim genauen Hinhören klar werden. Also eher so subtil und dafür umso wirkungsvoller. Ich wollte Selbstbewusstsein ausstrahlen, ich musste sie mit den Songs umschlingen und ihr zeigen, was ich dachte und für sie empfand.

Die halbe Nacht verbrachte ich mit Musik, einem Notiz-block und Playlisten, die ich danach in den Papierkorb warf.

Ich brauchte noch einen Tag und eine Nacht, bis die Reihenfolge perfekt war. Laut und leise, wild und zerbrech-lich und mit dieser Melancholie, die einen gefangen nahm und zum Träumen brachte.

Ich kaufte ein neues Tape, das teuerste, das es gab, und beschriftete den Einleger mit meiner Sonntagsschrift. Das Cover schnitt ich aus dem Foto von The Innocent Disco zurecht, das ich vor einem Jahr aus Ankes Zimmer in Leipzig mitgenommen hatte. So wie diese Kassette hätte be-stimmt auch unsere Band geklungen, wäre sie nicht zwangs-weise aufgelöst worden. »Play it loud!«, schrieb ich auf die beiden Seiten des Tapes. Die Tonköpfe meines Kassetten-decks hatte ich extra mit Wattestäbchen und Ethanol ge-reinigt und die Aussteuerung genau eingestellt, bevor ich die Songs draufspielte. Der Sound war perfekt. Einen Brief legte ich nicht bei. Die Songs sprachen für mich.

Zufrieden beschaute ich mein Werk. Ich schrieb die Adresse und meinen Absender mit Telefonnummer auf einen Luftpolsterumschlag und brachte ihn zur Post.

Nun hieß es warten. Aber wie lange eigentlich? Wie lange würde die Post brauchen? Vielleicht zwei bis drei Tage oder etwas länger, wegen des Nachsendeantrages. Naja, in einer Woche müsste sie das Tape jedenfalls haben.

Scheiße, im Grunde war jetzt alles noch viel schlimmer.

Täglich überprüfte ich, ob der Anrufbeantworter ein-geschaltet war, bevor ich zur Arbeit ging, und der Blick auf das kleine rote Licht auf dem Gehäuse war das Erste, was ich tat, wenn ich abends nach Hause kam. Manchmal schaute ich auch in meiner Mittagspause vorbei, nur um zu sehen, ob jemand angerufen hatte. Machte ich mich mal wieder voll zur Feile? Es bekam zumindest niemand mit. Außer mir.

Vier Tage waren seit dem Abschicken des Tapes vergangen, als am späten Abend das Telefon klingelte. Schnell sprang ich von meinem Bett auf und hastete zum Telefon im Flur. Ob sie es sein könnte? Bitte, bitte, bitte. Lass es Anke sein. Moment, mit wem redete ich hier eigentlich?

»Einen schönen guten Abend«, flötete ich in den Hörer.

»Hallo, Blume.« Es war Jens, Andis Bruder.

»Was gibt's denn?« Scheiße, war ja klar. Was wollte der denn von mir? Meine Raten hatte ich doch bislang immer pünktlich überwiesen.

»Du, es gibt Ärger. Doppelten Ärger, verstehst du?«

»Hä? Ja, warte mal.« Ich musste mich kurz sammeln. Er meinte bestimmt Double Trouble. Scheiße, das klang nach Bullen.

»Können wir uns treffen?«, fragte Jens.

»Unbedingt. Aber nicht bei mir. Kennst du meinen Lieblingsimbiss?«, fragte ich ihn.

»Ja, klar. Sagen wir in einer halben Stunde?«

Ich fuhr mit dem Fahrrad hin, weil mir das unauffälliger erschien. Mein Kopf war voller Fragen und nicht einer einzigen Antwort. Dieser ganze Drogenmist. Von weitem sah ich Jens' Mercedes parken.

Drinnen im Laden begrüßte ich Ali, nahm mir ein Bier aus dem Kühlschrank und setzte mich zu Jens an den Tisch.

Er machte ein ernstes Gesicht. »Die Bullen haben Double Trouble beim Dealen in einer Disco erwischt und seine Bude auseinandergenommen. Dort fanden sie wohl noch mehr. Ich habe keine Ahnung, wie er sich bei den Bullen rausquatschen will, aber es ist nicht ausgeschlossen, dass er dich da mit reinzieht.«

Ich sah ihn fassungslos an. So eine verdammte Scheiße. »Wann haben die ihn hochgenommen?«

Jens beugte sich über den Tisch. »Letzte Nacht. Hab es von einem Kumpel erfahren. Du solltest klar Schiff machen. Beseitige alles belastende Material, damit sie dir nix anhängen können.« Ich trank mein Bier in großen Zügen und holte mir gleich noch eins. »Bleib cool, Blume«, sagte Jens, als ich mich wieder hingesetzt hatte und meine Nervosität nicht mehr verbergen konnte. »Der Hip-Hopper kennt doch nur deinen Spitznamen. Wenn du ihn nicht nach Hause zum Kiffen eingeladen hast, haben die Bullen erst mal keinen Anhaltspunkt. Aber mich haben sie vielleicht bald an der Backe, weil ich dem Typen ja den Kontakt mir dir vermittelt habe.« Jens sah, dass sich mein Gesicht keinesfalls entspannte. »Keine Sorge, Blume, von mir erfährt niemand was. Aber mach klar Schiff, sicher ist sicher.«

Ratlos radelte ich durch die Dunkelheit nach Hause. Dort angekommen eilte ich auf meinen Dachboden und versuchte mir einen Überblick darüber zu verschaffen, was es denn überhaupt an Spuren gab. Nach dem Debakel mit der Warenübergabe hatte ich halbherzig weiter angebaut, weil ich dachte, dass ich das auch irgendwie anders loswerden könnte. Hatte mich ja alles viel Zeit und Arbeit gekostet.

Pflanzen, Erde, Lampen, Elektroheizer – alles musste weg. Jetzt! Die Pflanzen zu entsorgen kostete mich keine halbe Stunde. Ich packte sie in einen blauen Müllsack und wollte sie morgen irgendwo außerhalb der Gärtnerei verschwinden lassen. Das wäre im Spätherbst meine zweite Ernte gewesen … Aber wohin mit der vielen Erde? Mitten in der Nacht schleppte ich die Eimer hinter die Gewächshäuser. Dort verteilte ich alles auf die Komposthaufen und schaufelte darüber andere Gartenabfälle. Am folgenden Tag nach Feierabend schraubte ich die Lampen auseinander und brachte sie wieder in den Schuppen, wo ich sie gefunden hatte. Die Plastikplane kam in dünnen Streifen in den Restmüll, und den Wasserschlauch und die Verlängerungskabel brachte ich dorthin zurück, wo ich sie mir vor Monaten aus der Garage »geborgt« hatte. Anschließend nahm ich meinen Walkman und drehte die Sonic-Youth-Kassette voll auf. Ich fegte, saugte und wischte den Dachboden. Je zweimal, inklusive der Bodentreppe unter Verwendung eines stark duftenden Reinigers. Die perfekte Kehrwoche. Sollten die hier mit Drogenspürhunden auftauchen, würde der Befund hoffentlich nicht gleich so eindeutig ausfallen.

16. There Is A Light That Never Goes Out

Ich war im Morgengrauen losgefahren, hatte den Bodensee schon hinter mir gelassen und fuhr auf der Autobahn durch die Schweiz, Richtung Italien. Die Berglandschaft machte dem Bus zu schaffen, und ich kroch den LKWs hinterher. Aus dem hinteren Teil des Wagens hörte man den Motor geschäftig tuckern. Am Horizont bauten sich wunderschöne, endlose Panoramen mit schneebedeckten Gipfeln auf. Ich hörte »This Is Where The Story Ends« von den Sundays. Über zehn Monate hatte ich durchgeschuftet und heute fuhr ich in meinen ersten richtigen Urlaub. Allein, das schon, aber … Ganz freiwillig hatte ich meine Reise nicht angetreten.

Gestern Nachmittag stand Gärtnermeister Merk mit zwei Männern vor dem Büro. Ich lief zu ihnen rüber, da ich die Schlüssel für den Transporter ins Büro bringen musste. Ich schätzte die beiden Typen auf Mitte vierzig. Einer hatte einen Schnurrbart, trug Jeans und ein gestreiftes Hemd und erinnerte mich wegen seiner Frisur spontan an Rudi Völler, nur seine Statur war etwas kräftiger. Der andere sah ganz unauffällig aus, fast zu unauffällig.

Ich grüßte und wollte gleich weiter, doch Herr Merk

sprach mich an: »Herr Blumenstrauß, eine kurze Frage. Die beiden Herren hier sind von der Kriminalpolizei, vom Drogendezernat.« Scheiße! Ich versuchte so teilnahmslos wie nur irgend möglich zu schauen. Das waren also Sonny Crockett und Ricardo Tubbs, die schwäbische Version von Miami Vice? Herr Merk fuhr fort: »Sie suchen in den umliegenden Gärtnereien nach jemandem, der illegal Cannabis anbaut. Haben Sie davon schon gehört?« In seinem Gesicht entdeckte ich Konfusion, fast so, als wäre er es, der sich ertappt fühlte.

Die beiden Polizisten schauten mich erwartungsvoll an. Rudi Völler hatte Notizblock und Stift in der Hand – als wollte er jedes Wort von mir gleich stenographieren.

»Tja, also, davon habe ich noch nie was gehört«, antwortete ich so unschuldig wie möglich. Herr Merk wurde ans Telefon gerufen, er entschuldigte sich, und ich stand plötzlich mit den beiden Bullen allein auf dem Hof.

»Nach unseren Informationen soll eine jugendliche Person mit einem Haarschnitt wie …«, Rudi Völler blätterte in seinem Notizbuch, »… wie Elvis Presley Näheres zu dieser Angelegenheit wissen. Arbeitet so jemand hier?« In Comedy-Fernsehsendungen wie »Sketch Up« wäre jetzt das lachende Publikum aus dem Off eingeblendet worden, aber zu hören war nur das Rattern des Computerdruckers aus dem Büro.

Ich rückte mein Basecap zurecht. »Elvis, wer? Ich glaube, das war noch vor meiner Zeit.«

Der Unauffällige zog ein Foto aus der Innentasche seines sandfarbenen Blousons und hielt es mir unter die Nase. Darauf zu sehen war Double Trouble, der gerade sehr be-

treten in die Polizeikamera schaute und ein Schild hoch-
hielt, auf dem sein bürgerlicher Name stand: »Udo Merk«.

»Kennen Sie diese Person?«, fragte mich Rudi Völler
und schaute dabei sehr ernst. Unser alter ABV in Grünau
erschien mir plötzlich viel harmloser als die West-Bullen.

Ich versuchte mein bestes Pokerface aufzusetzen. »Nein,
nie gesehen.«

»Wirklich? Das ist der Sohn Ihres Chefs. Den werden
Sie doch mal getroffen haben.«

»Nein, tut mir leid, der arbeitet hier nicht.«

»Wir haben nicht gesagt, dass er hier arbeitet. Dafür
fehlte ihm offenbar das Talent.« Der Unauffällige grinste zu
seinem Kollegen und der grinste zurück. Was die alles
wussten ...

»So wie es aussieht, sind Sie hier der einzige, der im gleichen Alter ist wie Merk Junior. Sie können uns doch nicht
erzählen, dass Sie noch nie mit ihm in Kontakt gekommen
sind.«

»Der wird Sie bestimmt gefragt haben, wie das mit dem
Hanfanbau funktioniert. Sie haben doch hier alles, was man
dazu braucht«, ergänzte der unauffällige Rudi Völler.

»Ich wusste bis eben nicht mal, dass Herr Merk einen
Sohn hat«, entgegnete ich. Doch ich wurde langsam nervös.
In was für eine Scheiße hatte mich Double Trouble nur
reingeritten?

»Junger Mann, ich kann Ihnen nur raten, uns alles zu
sagen, was Sie wissen. Verstöße gegen das Betäubungsmittelgesetz sind kein Kavaliersdelikt. Wir könnten Sie
auch schnell mal mit auf die Dienststelle nehmen und uns
dort in Ruhe zusammen mit dem jungen Herrn Merk über

alles unterhalten. Vielleicht fällt Ihnen dann wieder ein, woher Sie sich kennen.« Der Unauffällige war einen Schritt vorgetreten und spielte ziemlich glaubhaft die Rolle des Bad Cops. In meinem Gesicht konnte er jetzt wahrscheinlich mühelos erkennen, dass ich mir fast in die Hosen machte.

»Also, das wird mir jetzt alles zu Stasi-mäßig«, entgegnete ich mit zitternder Stimme. Die Beamten schauten mich ungläubig an. »Ich bin letztes Jahr aus der DDR geflüchtet, politisch, verstehen Sie? Es tut mir leid, aber ich weiß wirklich nicht, wovon Sie sprechen. Ich will hier nur meine Arbeit machen.«

»Ach, aus der Ost-Zone?« Die beiden Polizisten schauten sich an. »Ja, da werden Sie so was gar nicht kennen.« Dann drehten sie sich um und gingen zu ihrem Wagen. Ohne auch nur ein weiteres Wort.

Ich brachte den Schlüssel ins Büro. Was war hier nur gerade für ein Film abgelaufen? Wenn ich Double Trouble in die Finger kriegte, würde er nicht nur »doppelten« Ärger bekommen, das stand schon mal fest. Ob er gewusst hat, dass ich in der Gärtnerei seines Vaters arbeite? Wohl eher nicht.

Als ich wieder aus dem Büro kam, fuhren die Polizisten gerade vom Gelände. »Herr Blumenstrauß?« Gärtnermeister Merk rief mich aus dem offenen Fenster.

Ich zuckte fast etwas zusammen. »Ja, bitte?«

»Konnten Sie den Beamten weiterhelfen?«

»Nein, leider nicht. Mit so was kenne ich mich überhaupt nicht aus.«

Herr Merk starrte auf den Asphalt des Hofes und wirkte für einen kurzen Augenblick abwesend. Dann hatte er sich wieder gefangen. »Ach übrigens, Sie haben mir noch nicht Ihren Urlaubsantrag eingereicht. Ich will nachher den Dienstplan fertig machen.«

»Gut, dass Sie mich deswegen ansprechen, Herr Merk. Könnte ich gleich nächste und übernächste Woche frei bekommen? Mein Vater hatte eine Blinddarmoperation.« Eiskalt tischte ich ihm diese Lüge auf. Keine Ahnung, woher ich die Skrupellosigkeit nahm.

»Oh verstehe, Herr Blumenstrauß. Kommen Sie nachher noch mal vorbei.«

»Ja, vielen Dank. Das wäre echt wichtig. Meine Mutter ruft schon ständig an.«

Eine halbe Stunde später kam sein Okay, und ich packte. Natürlich wollte ich nicht zu meinen Eltern fahren. Aber ich musste dringend raus aus Stuttgart, weg von neugierigen Drogenbullen und weg von meinem Anrufbeantworter, der keine Nachricht von Anke aufgezeichnet hatte.

Mein Reiseziel hieß Elisabeth. Ich zweifelte, ob das wirklich eine gute Idee war, aber möglicherweise konnte ich dort ein paar Tage ausspannen und mich ablenken.

Populonia lag an einer kleinen Bucht an der toskanischen Küste, umgeben von Pinienwäldern. Ich parkte den Bus am Hafen und ging zu Fuß weiter. Im seichten Wasser ankerten unzählige kleine Motor und Segelboote. Weiter vorn badeten Kinder. Der Ort selber bestand nur aus wenigen kleineren Häusern aber Hinweisschilder informierten, dass sich gleich in der Nähe auf einem Berg eine frühere etruskische Siedlung befand, deren Ruinen man besichtigen konnte. Die Sonne schien, als wäre noch lange kein

Herbst in Sicht. Es roch nach Meer, Lavendel und Thymian. Der Weg, den ich entlangschlenderte, führte ein kleines Stück bergauf, vorbei an Olivenbäumen. Bislang kannte ich die nur als Kübelpflanzen. Von überall hörte man Grillen zirpen, noch lauter als am Balaton, damals vor einem Jahr. War das wirklich erst ein Jahr her? Mir kam es vor wie zwei.

Ich folgte einer mannshohen Natursteinmauer und stand schließlich vor einem großen Holztor an dem in eingefrästen Buchstaben »Villa Elisabeth« stand. Dahinter sah man ein ockergelb angestrichenes zweistöckiges Haus mit schon etwas verblichenen grünen Fensterläden. Ich drückte auf die Klingel. Gleich darauf hörte ich jemanden über einen Kiesweg laufen, und dann öffnete sich das Holztor.

»Oh, die Gärtnerei Merk arbeitet auch im Ausland?« Herr Albrecht stand vor mir in Anzug und weißem Hemd und machte eine Handbewegung, die mich nüchtern aufforderte das Grundstück zu betreten. »Elisabeth! Dein Gärtner aus Stuttgart«, rief er mit unüberhörbar ironischem Unterton zur offenen Haustür.

Auf dem Hof parkte sein schwarzer Audi neben ihrem weißen Saab. Ich versuchte gerade mal wieder im Boden zu versinken, mich unsichtbar zu machen, mich wegbeamen zu lassen. Scotty! Ich war fast tausend Kilometer gefahren, um Elisabeth in der Einsamkeit zu besuchen, und ihr Mann war schon vor mir da. Toll gemacht!

»Friedemann – was für eine Überraschung!« Elisabeth kam aus dem Haus und umarmte mich zur Begrüßung.

»Komme ich ungelegen? Ich bin auf der Durchreise und wollte nur mal kurz Hallo sagen«, log ich.

»Nein, das ist ganz wunderbar. Komm.« Wir gingen um das Haus herum zu einer Terrasse. Zu dritt.

»Mein Gott, ist das eine schöne Aussicht.« Ich blieb stehen und ließ meinen Blick schweifen. Von hier aus konnte man das stahlblaue Meer sehen, auf dem weiße Boote fuhren. Richtung Westen färbte sich der Himmel schon langsam orange. Zu meinen Füßen breitete sich eine kleine Olivenbaumplantage aus. Andi und ich hatten letztes Jahr den Balaton für was ganz Großartiges gehalten, doch es war nichts gegen das hier. Der Ungarnurlaub war ein alter klappriger Trabant und das hier zweifellos die Mercedes S-Klasse.

»Ich mach uns mal einen Espresso.« Elisabeth verschwand im Haus, und ich stand mit Herrn Albrecht allein auf der Terrasse. Eben noch hatte ich ihn beinahe vergessen.

»Na, wo soll's denn hingehen?«, fragte er mich.

»Hingehen? Ach so, mein Reiseziel. Ja, eben so weiter südlich.« Ich zeigte in eine Richtung von der ich annahm, dass dort Süden sei. »Hab mich noch nicht genau festgelegt.« Wo Elisabeth bloß blieb?

»Und wie läuft es in Stuttgart?«, fragte er weiter.

»Alles bestens.« Ich quälte mir ein Lächeln heraus. Konnte er nicht einfach die Fresse halten und sich verpissen?

»Vergessen Sie nicht, Herr ... Herr ...«

»Blumenstrauß.«

»Genau. Herr Blumenstrauß. Heißen Sie wirklich so? Sie haben noch was gut bei mir.« Herr Albrecht hatte sich an einen Tisch gesetzt und blätterte Unterlagen durch.

Ich setzte mich ihm gegenüber. Genau, er war mir noch was schuldig. »Nur mal hypothetisch«, sprach ich ihn nach einigem Zögern an, »die Polizei sucht in Stuttgart einen Gärtner, der Cannabis angebaut haben soll.«

»Verstoß gegen das Betäubungsmittelgesetz«, fiel er mir ins Wort. »Um welche Menge geht es?« Er hatte seine Brille abgenommen und schaute mich interessiert an.

»Na ja, so im Kilobereich.«

»Verstehe. Das geht eindeutig über den Eigenbedarf hinaus. Ersttäter?« Ich nickte. »In diesem Fall tippe ich auf Bewährung oder Geldstrafe. Haftstrafe ist eher unwahrscheinlich. Bei Ihnen würde außerdem noch das Jugendstrafrecht angewendet werden können. Sie sind doch noch unter einundzwanzig, oder?«

Elisabeth kam aus dem Haus mit drei Espressotassen und Wassergläsern auf einem Tablett. Herr Albrecht drehte sich zu ihr um und rief: »Stell dir vor, in Stuttgart baut ein Gärtner illegal Cannabis an. Und nun ist ihm die Polizei auf den Fersen. Wer wird das wohl sein?« Elisabeth schaute erstaunt und zugleich belustigt zu mir rüber, und ich merkte, dass ich rot wurde.

»Hat die Polizei schon Beweise sichergestellt?«, fragte mich Herr Albrecht, während er an seiner Tasse nippte.

»Nein, da wird auch nichts mehr zu finden sein. Es gibt nur die Aussage eines Dealers.«

»Gut, das klingt schon mal nicht so schlimm.« Herr Albrecht war wieder aufgestanden. »Sie haben meine Nummer vom Büro?«, fragte er, und ich nickte. »Super. Im Allgemeinen werden solche Ermittlungen irgendwann eingestellt, wenn sich keine neuen Verdachtsmomente ergeben.

Bis dahin heißt es Kopf einziehen. Und wenn es doch mal zu einer Vorladung wegen einer Zeugenbefragung oder so etwas kommen sollte: Nicht hingehen, denn dazu sind Sie nicht verpflichtet. Rufen Sie mich an. Alles klar? Super.« Er nahm seine Aktentasche und verabschiedete sich. »Ich muss morgen wieder in der Kanzlei in München sein. Macht's gut, ihr beiden.« Elisabeth brachte ihn noch zu seinem Wagen.

Ich saß allein an dem Tisch auf der Terrasse und schaute gebannt auf das Wasser. Mit dem hätte ich nicht in einem Haus übernachtet. Ich hörte Elisabeth schon von weitem zurückkommen, weil der Kies unter ihren Schuhsohlen knirschte. Sie setzte sich wortlos in einen Stuhl und schaute mich an. Ihr Blick war selbstbewusst und verunsichernd schön.

»Was hat dein Mann, ich meine, dein Ex-Mann denn hier gemacht? Seid ihr etwa wieder …«, fragte ich in die Stille.

»Nein, nein. Es ging nur noch um ein paar Unterschriften wegen der Scheidung. Sag mal, bist du ohne Gepäck hier, oder willst du etwa nicht über Nacht bleiben?«

»Doch, sehr gerne. Meine Tasche ist noch unten im Bus«, antwortete ich.

»Was hat das denn mit dem Cannabisanbau auf sich?«, fragte mich Elisabeth, und ich erzählte ihr von der Hanfplantage auf meinem Dachboden, von Double Trouble und von den Drogenbullen. Elisabeth musste immer wieder lachen und erzählte, dass sie früher auch mal gekifft hätte, selbst ihr Mann, also Ex-Mann. Von Anke erzählte ich nichts. Anke wollte ich hier vergessen. Anke passte nicht in diesen Moment.

Elisabeth war durch eine große Glastür im Haus verschwunden und rief mir von drinnen etwas zu. Ich folgte ihr in eine große Wohnküche. »Hast du Hunger? Ich wollte mir gerade Pasta machen. Machst du mal den Wein auf?« Elisabeth reichte mir eine Flasche rüber und hantierte geschäftig in der Küche. Ich lehnte an der Wand und überlegte, ob außer meiner Mutter überhaupt schon mal jemand für mich gekocht hatte. Das Pizzaaufbacken bei Andi und Katrin zählte ja wohl nicht.

Nach dem Essen saßen wir uns am Tisch schweigend gegenüber und lauschten in die abendliche Stille. Leichter Wind wehte vom Wasser herüber und brachte die Blätter an den Bäumen zum Rascheln, was sich mit dem Meeresrauschen zu einem unglaublichen Sound vermischte, den ich noch nie zuvor gehört hatte.

Keine Ahnung, wie lange ich geschlafen hatte, aber die Sonne schien hell ins Zimmer. Elisabeth war schon aufgestanden, ich hörte sie unten in der Küche. Ein Radio spielte klassische Musik. Das Zimmerfenster ging bis zum Fußboden, und man konnte im Liegen aufs Meer sehen. Ich freute mich auf die kommenden Tage. Hier konnte man alles andere ausblenden, und ich hatte schon damit angefangen.

Auf der Terrasse stand ein reich gedeckter Frühstückstisch. Elisabeth hatte ein großes hellblaues Hemd an und trank Kaffee.

»Guten Morgen, schöne Frau«, sagte ich verschlafen und setzte mich. Elisabeth lächelte und ich lächelte. Und die Sonne lächelte auch.

»Wenn du Lust hast, zeige ich dir nachher ein wenig die Gegend«, sagte Elisabeth.

Mit ihrem weißen Saab fuhren wir in die nahe gelegenen Berge. Im Radio lief dieser Italo-Pop, zu dem wir schon vor Jahren in der Disco getanzt hatten. Ich fand im Handschuhfach eine Sonnenbrille, wahrscheinlich von ihrem Ex-Mann, und setzte sie auf. »Die steht dir«, sagte Elisabeth, nachdem sie kurz rübergeschaut hatte. »Kannst du gerne behalten.«

Wir erreichten San Gimignano mit seinen merkwürdigen viereckigen Türmen aus dem Mittelalter. Busladungen von Touristen quetschten sich durch das kleine Tor der Stadtmauer in eine Fußgängerzone, vorbei an Geschäften die abwechselnd Lederhandtaschen oder Souvenirs verkauften. Alte, unverputzte mehrstöckige Häuser drängten sich dicht an dicht in verwinkelten Gassen. Sie waren das komplette Kontrastprogramm zu den saubergeleckten Einfamilienhäusern in den Stuttgarter Vororten. Mir fielen diese Mantel-und-Degen-Filme aus den 60er Jahren wieder ein, die ich als Kind oft im Fernsehen gesehen hatte und hier spazierte ich gerade durch die Kulissen. Elisabeth erzählte mir währenddessen von ihren Großeltern, die ihr das Grundstück in Populonia vererbt hatten, und dass sie aus den Oliven Ende Oktober Öl pressen lassen wollte.

Zurückgekehrt in ihrem Haus durchstöberte ich in der großen Wohnküche ihre Platten, aber die meisten Bands kannte ich nur vom Namen. The Byrds, Beatles, Genesis. Von Kraftwerk hatte ich wenigstens schon mal ein paar Songs gehört. Und dann waren da noch jede Menge Klassik-Scheiben, wovon ich überhaupt keine Ahnung hatte.

Ihr Ex-Mann schien die interessantere Sammlung zu haben.

Irgendwann fand ich »The Unforgettable Fire« von U2. Gleich beim ersten Song fiel mir ein, dass ich den auf Ankes Mixtape überspielt hatte und hob schnell die Nadel vom Vinyl. Ich war hier, um zu vergessen, nicht um mich in Selbstmitleid zu baden. An wen oder was hatte ich gerade gedacht? Es war mir schon wieder entfallen … Fast, jedenfalls.

Elisabeth kam mit zwei Gläsern Rotwein und reichte mir eins. Sie legte eine Platte von den Byrds auf – 60er Jahre Hippie-Kram, wie ich fand, aber ich wollte nicht unhöflich sein, schließlich war das ihr Haus. Wir setzten uns auf das große Sofa und hörten der Musik zu.

Gegen Mitternacht liefen wir betrunken an den menschenleeren Strand und badeten.

Vier Tage war ich nun hier. Ich wachte auf und fühlte mich schwer verliebt. In meinem Bauch kribbelte es. Ich hatte die Augen noch nicht geöffnet und musste grinsen. Doch ich dachte nicht an Elisabeth. Letzte Nacht hatte ich von Anke geträumt.

Wir beide waren mit meinem Bus am Straßenrand in irgendeiner Großstadt, saßen in der geöffneten Schiebetür auf dem Wagenboden und hielten uns an den Händen. Wir blickten auf eine Konzerthalle in der Morrissey spielte, gingen aber nicht rein, sondern saßen nur so da.

Langsam kehrte ich in die Wirklichkeit zurück. Elisabeth lag neben mir und schlief noch. Ich schaute kurz zu ihr rüber und schloss dann wieder die Augen. Ich wollte zurück in meinen Traum, zurück zu Anke, wollte mich weiden an diesem wunderbaren Gefühl der Verliebtheit.

Beim Frühstück war ich immer noch in Gedanken.

»Du bist heute so still«, sagte Elisabeth.

»Ich hab nur was Komisches geträumt.« Ich stand auf und brachte mein Geschirr in die Küche.

Den Vormittag verbrachte ich im Liegestuhl und tat so, als würde ich schlafen, um nicht mit Elisabeth reden zu müssen. Ich hatte plötzlich keine Lust mehr darauf. Ich vermisste die Clique aus der Rakete und The Innocent Disco, obwohl ich wusste, dass es uns nicht mehr gab. Ich vermisste die Abende mit Andi, obwohl wir uns irgendwie nichts mehr zu sagen hatten. Noel und Matti vermisste ich auch. Und mir fehlte Anke, obwohl ich sie wohl nie wiedersehen würde. Denn seit dem Mixtape hatte sie sich nicht bei mir gemeldet.

Oder vielleicht doch? Während ich hier in Italien faulenzte, konnte sie mir durchaus geschrieben oder was auf den Anrufbeantworter gequatscht haben. Ich musste das unbedingt herausfinden. Jetzt! Unmöglich konnte ich hier noch länger rumliegen.

Elisabeth kam aus dem Haus zu meinem Liegestuhl rübergelaufen. »Na, den Alptraum verarbeitet?« Sie trug einen großen Sonnenhut und schaute aufs Meer. »Man sieht heute sogar die Küste von Korsika.«

Ich zögerte kurz. »Letzte Nacht habe ich von meiner früheren großen Liebe aus Leipzig geträumt. Sie lebt jetzt in Düsseldorf und wird wohl bald heiraten.«

»Heiraten? Das ist wirklich ein Alptraum. Wie unvernünftig. Oder ist er etwa reich?« Elisabeth lächelte und schwieg. Ihr musste ich nichts vormachen. Wir waren ja nicht direkt ein Liebespaar. Wir trösteten uns nur. Das war zwischen uns von Anfang an irgendwie unausgesprochen, aber klar gewesen. Und das wurde mir jetzt noch klarer. Das hier, Elisabeth und ihr Haus und das ganze Dolce-Vita-Zeug, das war eine ganz andere Welt. Hier gehörte ich nicht hin. Das ist das Leben eines anderen Jahrgangs. Wenn ich zwanzig Jahre älter wäre, würde ich bestimmt bleiben wollen, aber nicht jetzt.

Ich überlegte noch einen Moment, doch dann sagte ich es: »Du, ich muss heute noch zurückfahren.«

»Heute schon? Ja, schade.« Trotz ihrer Frage schien sie nicht überrascht. »Lass dich nicht in Stuttgart verhaften.« Es klang ironisch. Bei Elisabeth schien alles irgendwie leicht. Sie schaute entspannt zu mir rüber, und für einen Augenblick wurde ich fast etwas traurig. Aber ich musste nach Hause und nachsehen, ob Anke sich gemeldet hatte. Auch auf die Gefahr hin, dass dort keine Nachricht auf mich wartete.

Elisabeth brachte mich noch bis zu meinem Auto. »Hier, falls du mich mal wieder besuchen möchtest, ruf vorher an. Nicht, dass ich gerade noch einen anderen Gärtner zu Besuch habe.« Sie lächelte und gab mir einen Zettel mit ihrer Telefonnummer. »Ich denke, ich bleibe mindestens den ganzen Winter hier. Du bist immer ein gern gesehener Gast«, sagte sie noch, gab mir einen Kuss auf die Wange und wandte sich zum Gehen.

»Danke für alles. Du bist echt cool. Ich meld mich mal wieder!«, rief ich ihr hinterher. Elisabeth drehte sich um und winkte mir noch kurz zu. Ich sah sie im Rückspiegel.

17. Love Will Tear Us Apart

Würde es blinken, hatte jemand was draufgesprochen. Ich schloss die Tür zu meiner Wohnung auf, und mein erster Blick fiel auf das rot leuchtende Lämpchen des Anrufbeantworters. Doch da war überhaupt kein rotes Licht. Weder blinkend noch andauernd. Nichts. Ich drückte die Wiedergabetaste – vergebens. Das Ding war aus. Mist! Hatte der Anrufbeantworter seinen Geist aufgegeben oder hatte ich in der allgemeinen Hektik vergessen ihn anzuschalten, bevor ich losgefahren war? Unmöglich! Mein Puls hämmerte noch vom schnellen Hochrennen der Treppe und von der Konfusion, die sich jetzt in meinem Körper ausbreitete wie Tinte auf einem Löschblatt.

Ich stürzte die Stufen wieder runter auf den Hof, vor zu meinem Briefkasten gleich neben dem Büro. Doch da purzelte mir nur lästige Werbung entgegen. Kein Brief, keine Postkarte. Keine Nachricht von Anke. Während der ganzen Rückfahrt aus Italien hatte ich davon geträumt, begleitet von meiner Morrissey-Kassette. Wie lange war das jetzt her mit meiner Mixtape-Post? Vierzehn Tage? Oder noch länger? War letztlich auch egal. Ich hatte umsonst gewartet, das war klar. »Every Day Is Like Sunday« – wie wahr, Herr Morrissey.

Und dann entdeckte ich doch noch einen Brief. Meine Adresse war mit Schreibmaschine draufgeschrieben. Post von Miami Vice aus Stuttgart. Na toll! Das war genau das, was ich jetzt gebrauchen konnte. Das Schreiben lud mich zu einer Zeugenbefragung ins Drogendezernat ein, in zwei Tagen. Langsam schlich ich über den einsamen Hof zurück in meine Wohnung. Erst jetzt merkte ich, dass es hier schon spürbar kühler war als am Mittelmeer. Wieso war ich nur von dort weg? Ach ja.

Am nächsten Morgen wachte ich früh auf. Es war Sonntag. Ich durchstöberte meine Küche nach etwas Essbarem, fand aber nur Zwieback und Cola. Für Döner bei Ali war es noch zu früh. Ich dachte an das Frühstück bei Elisabeth. Ich hatte im Paradies auf einer Sonnenterrasse gesessen und war dennoch unzufrieden abgefahren. Lustlos knabberte ich an einem Stück Zwieback und lief ziellos durch die Wohnung. Eigentlich hatte ich noch eine Woche Urlaub. Aber den konnte ich unmöglich hier verbringen, quasi bei der Arbeit. Auf dem Küchentisch lag das Schreiben von der Polizei. Ich könnte Elisabeths Ex-Mann anrufen, aber … Nein, das war einfach zu blöd.

Zeit für einen kompletten Tapetenwechsel, dachte ich immer wieder und kramte nach der neuen Adresse von Noel und Matti.

Wann war ich überhaupt das letzte Mal in Ost-Berlin gewesen? 1987 zu unserer Abschlussfahrt in der zehnten Klasse, glaubte ich. Da hatten wir uns mit unserer Klassenlehrerin Frau Heyne den Alexanderplatz angeschaut, den Palast der Republik und die Museumsinsel. In der Zeit »zur freien

Verfügung« war ich mit Andi die Friedrichstraße entlang bis zum Checkpoint Charlie gelaufen, diesem riesigen überdachten Grenzübergang. Teilweise sah man die Häuser auf der anderen Seite, und wir beschauten den Westen, der so nah war, wie noch nie zuvor in unserem Leben. Ich wusste noch, wie Andi damals gesagt hatte: »Der Fernsehturm ist von hier aus viel weiter weg als der Westen. Man müsste theoretisch nur ein paar Meter laufen und könnte Schultheiß-Bier trinken. Aber auf dem Weg dorthin wirst du wahrscheinlich erschossen.«

»Also dann doch lieber Fernsehturm?«, hatte ich entgegnet.

»Bleibt uns ja nix anderes übrig.«

Meinen gesamten Hausrat hatte ich in vier Kisten gepackt und im Bus verstaut – oder weggeschmissen. Im Klar-Schiff-Machen war ich mittlerweile geübt. Keine zwei Stunden brauchte ich dafür, und ich war selbst überrascht, wie schnell das ging und wie wenig an Habseligkeiten zusammen kam. Eine Umzugskiste voller Klamotten und Schuhe, eine mit Musikmagazinen, Schallplatten, Kassetten und Ankes Rekorder, eine kleine mit Geschirr und eine mit der silbernen Hifi-Anlage, inklusive Lautsprecher von Herrn Merks Schwiegereltern. Die hatte den perfekten Sound und Herr Merk bestimmt keine Verwendung mehr dafür. Wäre doch schade, sie hier allein zurückzulassen. Außerdem schuldete mir sein Sohn noch was. Mein grünes Fahrrad schob ich ebenfalls in den Bus und meine E-Gitarre, die ich hier nicht einmal aus ihrer braunen Stofftasche gepackt hatte.

Sollte ich in Berlin bleiben können, müsste ich nicht

noch mal zurück und würde mich einfach telefonisch mit einer Ausrede abmelden. Plan B wäre, ich fuhr rechtzeitig zum Urlaubsende zurück nach Esslingen, Herr Albrecht würde das mit dem verpassten Bullentermin für mich regeln, und alles ging wieder seinen gewohnten Gang. Aber Plan B gefiel mir nicht wirklich, denn ich hatte keinen Bock mehr hier zu sein. Ob ich trotzdem noch mal bei Andi anrufen sollte?

Auf der Autobahn konnte ich links von mir der Sonne beim Untergehen zuschauen, bis man nur noch einen schmalen orangefarbenen Streifen sah. Dann war es finster. Leipzig ließ ich rechts liegen, und nichts regte sich in mir dabei. Nicht einmal, als ich das feststellte.

Die Abfahrt Berlin-Schönefeld erreichte ich gegen acht Uhr abends. Die Stadt war riesig. Riesige Häuser, riesige Alleen. Größer als Stuttgart und Leipzig zusammen. Die Straßen nahmen kein Ende.

In der Nähe der Mainzer sahen die meisten Häuser von außen echt gruselig aus. Solche abgeblätterten Fassaden kannte ich noch aus den Leipziger Altbauvierteln. Nicht aus Grünau, nicht aus Stuttgart und Esslingen. Nur wenige Menschen liefen auf den schwach beleuchteten Gehwegen. Welche Häuser hier besetzt waren, konnte man unschwer erkennen. Ein Meer an Transparenten und Fahnen ließ die Bruchbuden irgendwie abenteuerlich aussehen, fast wie Piratenschiffe. Die Fenster im Erdgeschoss und im ersten Stock waren mit Holzplatten oder Metallgittern gesichert. An einem hing eine riesige DDR-Flagge. Von irgendwoher hörte ich alte UFA-Schlagermusik, wahrscheinlich aus einem offenen Fenster.

Ich fand den Zettel mit der Hausnummer nicht gleich in meiner Jackentasche und ging auf zwei Punks zu, die vor einem Ladenlokal standen, das offenbar eine Kneipe war. »Hallo. Ich suche das Haus von Matti und Noel aus Stuttgart. Kennt ihr die zufällig?«

Die beiden schienen schon einige Biere vertilgt zu haben und schauten mich mit glasigen Augen an. »Es gibt viel zu viele Schwaben in Berlin«, sagte der eine mit monotoner Stimme in norddeutschem Dialekt und starrte weiter geradeaus ins Leere.

Ich irrte an den Häusern vorbei, bis ich vor der Nummer 8 stand. Die war es doch gewesen, oder? Am Klingelbrett gab es nur einen funktionierenden Knopf. Ich drückte und wartete.

»Hallo?«, rief jemand aus einem der Fenster über mir. Ich trat zurück auf die Straße, um besser nach oben schauen zu können. Viel erkannte ich nicht.

»Ich wollte zu Matti und Noel«, rief ich hoch.

»Moment.« Der Kopf verschwand und tauchte kurze Zeit später wieder auf. »Die sind drüben im Tunten-Tower.«

»Ja, danke …« Bevor ich nachfragen konnte, wo das sei, war der Kopf schon wieder verschwunden. Ratlos stand ich auf dem Fußweg. Drei Häuser weiter ging immer wieder eine Tür auf, und Leute kamen und gingen. Ich lief hin und zwängte mich in einen dunklen Hausflur voller Fahrräder und Baumaterialien. Die Schlagermusik wurde lauter. Ich glaubte die Stimme von Marlene Dietrich zu erkennen, aber ich hörte auch unzählige andere. Ich folgte den Leuten vor mir und stand kurz darauf in einem gut besuchten Hinterhof, auf dem eine provisorische Bühne aufgebaut war. Bunte

Scheinwerfer erhellten die Rückfront des Hauses. Hinter der Bühne lehnte ein riesiges DDR-Emblem an der maroden Wand, bestimmt zwei Meter im Durchmesser. Als hätten die Leute das vom Palast der Republik abgeschraubt und hierher gebracht. Es wirkte seltsam in dieser Szenerie. Wie Honecker im Kirchenasyl.

Eingehüllt in reichlich Trockeneisnebel hatte eine hochgewachsene, grell geschminkte Frau mit blonden Haaren gerade ihren Auftritt. Sie trug hochhackige Schuhe und ein dunkles Abendkleid und sang zum Playback von Marlene Dietrichs »Lili Marleen«. War das wirklich eine Frau? Oder war das ein Mann? Die Beine erschienen mir zu muskulös, zu sehnig. Und die Frisur sah auch eher nach einer Perücke aus. Ich bemerkte vor der Bühne noch weitere auffällig gekleidete hochgewachsene Frauen, auch eine mit Schnurrbart. Mit Schnurrbart? Die Szenerie erinnerte an das Musikvideo »Relax« von Frankie Goes To Hollywood, in dem jede Menge extrovertierte Gestalten tanzten, die ich erst Jahre später als Transvestiten erkannt hatte. Das musste dann wohl der Hof des Tunten-Towers sein. Ob sich Matti und Noel auch verkleidet hatten? Wie sollte ich die dann bloß erkennen?

Zwei Männer in Frauenkleidern drängelten sich an mir vorbei Richtung Bühne. »Guck mal, Schwester, Elvis ist wieder auferstanden. Wie süß«, sagte der eine. Ich schaute betreten zur Seite. Die wollten mich doch nicht etwa anbaggern?

»Mensch, alter Schwabe! Das ist ja eine Überraschung.« Ich erschrak fast etwas, als Matti plötzlich vor mir auftauchte. Aber er sah aus wie immer. Kein Lippenstift und auch kein

Ballkleid. »Du kommst gerade richtig zur Galashow der ›Forelle Blau‹. Cool, nicht?«

»Ist mal was anderes«, sagte ich leicht unsicher. »Was ist die ›Forelle Blau‹?«

»So heißt die Kneipe hier im Tunten-Tower. Ein Typ aus Leipzig tritt nachher auch noch auf. Kennst du einen Marco? Der ist ein großer Depeche-Mode-Fan.«

Noel kam zu uns und hatte drei Bier mitgebracht. »Willkommen in Berlin.« Er hielt mir eine Flasche hin. »Na, hast es wohl bei den Häuslebauern nicht länger ausgehalten?« Ich nickte.

Das Marlene-Dietrich-Double beendete seine Playbackshow unter großem Applaus und Gejohle. Ein Moderator in einem rot-schwarz karierten Anzug kam auf die Bühne und kündigte als nächstes Marilyn Monroe an. Alles tobte. Und wirklich – Marco, also Martin aus unserer Grünauer Rakete, kam auf die Bühne. Er trug ein weißes Kleid, das in Brusthöhe üppig ausgepolstert war, eine wasserstoffblonde Perücke und sehr, sehr roten Lippenstift. »Diamonds are a girl's best friend«, hauchte er lasziv und tonlos zur Musik aus der Konserve in ein Mikrophon, und der ganze Hof flippte vor Begeisterung aus.

Es war schon nach vier Uhr morgens. Mit Noel und Matti ging ich rüber in ihr Haus. Vorher hatte ich noch Schlafsack und Reisetasche aus dem Bus geholt. Wir kämpften uns durch ein komplett vollgestopftes Treppenhaus.

»Sagt mal, hier ist wohl keiner mit der Kehrwoche dran?«, fragte ich die beiden leicht angetrunken.

»Kehrwoche fällt aus«, antwortete Noel und lachte.

»In unserer Etage ist ein Zimmer frei, wo du pennen

kannst«, erklärte Matti, während wir die knarrenden Holzstufen in den dritten Stock hochliefen. »Solltest du für
länger bleiben wollen, muss das Hausplenum entscheiden.
Ist aber nicht das Problem, du bist doch ein netter Typ.
Hauptsache du bist kein Junkie.« Ich blieb kurz stehen
und sah Noel verwundert an. »Keine Panik, Kiffer sind
keine Junkies. Aber wenn man einen Heroinabhängigen
im Haus hat, klaut der alles, was sich zu Geld machen lässt.
Das ist das Ende jedes einigermaßen vernünftigen Haus-
projektes.«

»Das Allerwichtigste ist außerdem unten das Haus-
türzuschließen«, ergänzte Matti. »Damit keine Bullen oder
Faschos hier reinspazieren können. Schlüssel bekommst du
noch.« Wir stiegen weiter die staubige Treppe hoch. Alle
Wohnungstüren standen offen. Irgendwo hörte jemand
Anne Clark.

Matti wohnte zum Hof raus und Noel in einem straßen-
seitigen Zimmer. Beide hatten sich Hochbetten reingebaut.
Sah cool aus, so was hatte ich noch nie zuvor gesehen.
Ansonsten bestand die Einrichtung nur aus einigen alten
Holzstühlen und Kisten für Klamotten. Alles noch sparta-
nischer als in Stuttgart, fand ich. Dazu Konzertplakate an
den Wänden. Noel zeigte mir ein Zimmer zur Straße raus,
wo ich pennen konnte. Eine schirmlose Glühbirne an der
Decke sorgte für Licht. Außer einer Matratze und einem
alten Holzstuhl befand sich nichts darin. An den Wänden
war noch die alte DDR-Blümchentapete, und zwei lange
nicht geputzte Fenster gaben verschwommen den Blick auf
die gegenüberliegenden Häuser frei, in denen offenbar ganz
normale Familien wohnten.

Matti erschien kurz im Türrahmen: »Hast du alles, was du brauchst?«

»Ja, danke. Alles perfekt«, antwortete ich und rollte meinen Schlafsack aus.

»Ach so, noch was: Manchmal haben wir hier nachts Fascho-Alarm. Die wollen meist Leute auf der Straße verprügeln oder mal 'nen Molli auf ein Haus schmeißen. Nicht wundern, wenn nebenan eine Sirene losgeht.«

»Klingt gruselig. Und die Polizei?«

»Die Bullen interessieren sich einen Scheiß für die Nazis. Das muss man hier alles selber regeln.«

»Sagt Bescheid, wenn ich was tun kann.«

»Na dann, gute Nacht, Friedemann! Ich weck dich, wenn es Frühstück gibt. So gegen Mittag.« Matti lachte.

»Passt mir ausgezeichnet. Gute Nacht!« Ich schloss die Tür und kuschelte mich in meinen Schlafsack. Aus den Kopfhörern meines Walkmans sangen Talk Talk mich langsam in den Schlaf.

Noel und Matti waren zum Kochen in der Gemeinschaftsküche eingeteilt, und ich sollte ihnen assistieren. Im ersten Stock hatte man mehrere Zwischenwände herausgerissen, und in dem so entstandenen Raum befand sich eine riesige Wohnküche. An manchen Stellen sah man noch die nackten Backsteine. Jede Wand hatte ein anderes Tapetenmuster, vermutlich von den letzten Vormietern. Ein langer Tisch stand mitten im Raum, und Stühle aus einer alten Ost-Schule gruppierten sich darum. Ein Endzwanziger mit Andis alter Billy-Idol-Frisur und schwarzer Bomberjacke saß dort und las in einer Zeitschrift, außerdem eine junge

Frau mit sehr kurzen Haaren und grauem Kapuzensweatshirt.

»Hi Flo, Hallo Sandra«, grüßte Matti die beiden. »Das ist
Friedemann, ein Kumpel aus … Tja, Friedemann, wie stellt
man dich denn überhaupt vor? Bist du nun Leipziger oder
Esslinger oder was?« Ich überlegte kurz und zuckte mit den
Schultern. »Jedenfalls ist er gerade in Berlin«, ergänzte Noel.
»Er wird erst mal eine Weile mit bei uns oben pennen.«

»Kein Problem. Willkommen im Club.« Flo nickte kurz
und vertiefte sich wieder in seine Lektüre. Sandra las in
einer Tageszeitung und biss dabei von einem Butterbrot ab.

An der Wand standen zwei alte Küchenschränke aus
Großmutters Zeiten, in denen sich verschiedenfarbiges Geschirr stapelte. Geschirr stapelte sich auch in den beiden
großen Abwaschbecken. Darüber hingen Demoplakate mit
wütenden Fäusten, Hassmaskenträgern oder Wasserwerfern.
Jemand hatte mit einer Spraydose in roter Farbe »Fuck The
System« an eine Wand gesprüht.

Ich machte mich über das schmutzige Geschirr her,
während Noel einen Topf mit Wasser auf den Großküchen-
gasherd stellte, um Nudeln zu kochen. Matti versuchte an
einem alten Radio einen Sender reinzubekommen. »Sagt mal
Jungs, wem gehört das Haus überhaupt?«, fragte ich, während ich eingetrocknete Soße von einem Teller schrubbte.

Noel schnippelte Tomaten klein. »Jetzt gehört es jedenfalls uns«, antwortete er. »Und Miete müssen wir auch nicht
zahlen – wie im Kommunismus.«

Matti grinste mich an. »Da müsstest du dich doch aus-
kennen.«

»Aber macht da nicht irgendeine Behörde Stress?«

Sandra schaute zu mir rüber: »Die wollen uns Verträge aufdrängen, zu völlig beschissenen Konditionen.« Sie hatte einen ziemlich lässigen Blick drauf, so als hielte sie mich für ein Greenhorn, einen völlig ahnungslosen Anfänger.

»Aber nicht mit uns«, ergänzte Flo. »Die Bonzen wissen, wie so was enden kann. Ich sag nur Hafenstraße 1987. Da hat nicht nur die Luft gebrannt.«

»Mensch Flo, verschone uns mit deinen alten West-Autonomen-Storys«, rief eine Stimme hinter mir. Die kannte ich doch. Martin stand plötzlich in der Tür. »Blume, ist das eine Überraschung«, fiel er mir um den Hals.

»Schön, ein bekanntes Gesicht zu sehen. Da fühlt man sich doch gleich wie zu Hause«, umarmte ich ihn kurz zurück, während von meinen Händen Geschirrspülschaum auf den Fußboden tropfte. »Dave hat mir letztens in Leipzig erzählt, dass du nach Berlin gezogen bist, wegen diesen Nazi-Kiddies.«

»Ach, fang nicht damit an. Mit Leipzig bin ich echt fertig. Und du?«

»Na ja, mal sehen. Ich komme gerade aus Süddeutschland und brauchte dringend 'nen Tapetenwechsel.«

»Tapetenwechsel?«, rief Flo hinter seiner Zeitung, »Da bist du bei uns richtig. Die Küche muss nämlich endlich gemalert werden. Wir konnten uns auf dem Hausplenum nur noch nicht auf die Farbe einigen. Vielleicht klappt es ja das nächste Mal.«

»Was macht denn eigentlich Andi? Der lebt doch jetzt auch in Stuttgart, oder?«, fragte mich Martin, während er sich ein Geschirrtuch nahm und begann, die sauberen Teller abzutrocknen.

»Andi wohnt mit Katrin zusammen und staubsaugt Autos. Hab ihn lange nicht gesehen«, antwortete ich.

»Mensch Blume, hättest du vor einem Jahr gedacht, dass wir mal zusammen mit Westgeld in der Tasche in Ost-Berlin Geschirr spülen?« Martin feixte.

»Oh nein, jetzt nicht schon wieder die Geschichten von Mauerfall und Montagsdemos«, rief Flo hinter seiner Zeitung zu uns rüber.

»Du alte Ziege«, entgegnete Martin und schaute ihn streng an. »Hilf lieber beim Abtrocknen.«

»Geht nicht, ich habe gleich Besetzerratplenum drüben in der Scharnweber. Da brauche ich meine Nerven noch.«

18. The Third Time We Opened the Capsule

Es war schon Mittag, aber ich musste noch nicht aufstehen. Draußen vor dem Fenster herrschte Spätherbstwetter. Vorhin war Matti kurz im Zimmer gewesen und erzählte, dass die Bullen in der Pfarrstraße ein besetztes Haus geräumt hatten und einige Leute vorne auf der Frankfurter Allee eine Aktion deswegen machen wollten. Vielleicht würde ich nachher mal vorbeischauen. Aber jetzt war ich noch zu müde, weil wir die ganze letzte Nacht die Küche gemalert und dabei nicht zu wenige Biere getrunken hatten. Martin und ich hatten dauernd alte Ost-Witze gerissen und Pionierlieder gesungen.

Ich lag unter einem dicken Federbett auf meiner Matratze und döste vor mich hin. Der Ölradiator spendete nur wenig Wärme. Ich sollte versuchen den Kachelofen zu reparieren, damit ich das Zimmer warm bekam, sonst würde der nahende Winter ungemütlich werden. Dabei war ich gerade dabei, es mir hier gemütlich zu machen.

Mit einer Hand schaltete ich den Anke-Rekorder an und versteckte sie gleich wieder unter der Decke. »Everyday is like Sunday«, sang Morrissey mal wieder aus den Boxen, und ich machte die Augen noch mal zu. Heute war Montag. Diese Woche würde ich endlich mein Hochbett bauen, damit ich im Liegen auf die Straße runterschauen könnte. Das Holz lag schon draußen im Flur, hatte ich mit Flo auf einer Baustelle ganz in der Nähe »besorgt«. Wenn die Sonne unterging, wurde ganz Ost-Berlin zu einem Selbstbedienungsladen, und im November tat sie das zeitig.

Vorgestern Abend war ich bei Noel und Matti im Proberaum, den sie sich vor ein paar Wochen im Keller eingerichtet hatten. Ich schnappte mir eine der Gitarren, und wir spielten einfach drauflos. Nach einigen Bieren bastelten wir an einer Coverversion von Icehouses »Hey Little Girl«. Noel sang dazu, und das klang gar nicht so schlecht. Die beiden hatten mich außerdem gefragt, ob wir drei im nächsten Frühjahr mit meinem Bus ein paar Wochen nach Südfrankreich fahren wollten. Wir könnten dort ihre Großeltern am Atlantik besuchen. Und morgen wollten wir wieder proben. Ich freute mich schon tierisch drauf.

Wenn wir für unser Haus irgendwann doch einen akzeptablen Vertrag bekämen, wäre das hier meine Perspektive. Da würden wir dann alles selber ausbauen. Okay, die beiden Asselpunks ausm zweiten Stock, mit denen müsste man noch mal reden, ob das hier so ihr Ding war, aber ansonsten … Fürs Frühjahr planten wir, mit irgendwelchen Pflanzen unser Dach zu begrünen, ich hatte schon einige Ideen. Wir könnten Kräuter und Gräser anpflanzen und Staudengewächse in Kübeln. Vielleicht auch Tomaten. Wir bräuchten nur ein gutes Schutzvlies, damit nichts nach unten durch die Decke tropfte. Und im Sommer würden wir uns dann zum Sonnen rauslegen und kalte Limo trinken. Oder Bier. Vielleicht würde ich mir ein Glasdach einbauen, dann könnte ich vom Bett aus auch in den Sternenhimmel schauen. Ich könnte mir auf dem Boden auch eine kleine Kammer einrichten, wo ich ein paar Cannabispflanzen hätte und verbrächte den Rest des Tages damit Musik zu machen. Ganz sicher würde aus uns eine coole Band werden. Noel und Matti hatten auch ein wenig Ahnung, wie das mit kleinen Indie-Labels lief. Ich wollte unbedingt auch mal eine Platte machen. Wenn das Lied im Rekorder zu Ende wäre, wollte ich aufstehen und schon mal anfangen, das Holz für mein Bett zurechtzusägen. Nur noch dieser Song, dann ging's los.

Unten auf der Straße gab es plötzlich Krach. Rufe und Autolärm drangen durch die Musik, und eine Etage unter mir schrie Martin, doch ich verstand nicht was. Im Treppenhaus hörte man hektische Schritte. Verschlafen schälte ich mich aus meinem Bett und ging zum Fenster. Ich sah einen grünen Räumpanzer und dahinter einen Wasserwerfer und jede Menge Polizeibusse. Nicht die alten Ost-Kisten, sondern ausm Westen. Scheiße!

Innerhalb weniger Sekunden war ich in meinen Klamotten. Matti riss die Tür zu meinem Zimmer auf. »Friedemann! Die Bullen kommen! Die solln uns räumen!« Ich hatte ihn noch nie so unter Strom erlebt. In seinen Händen trug er je einen Metalleimer mit Pflastersteinen. Die standen seit den Fascho-Überfällen immer in den Treppenhäusern. Ohne eine Reaktion von mir abzuwarten, eilte er zu meinem Fenster, riss es auf und fing an, Steine auf die Polizeifahrzeuge zu werfen. Ich öffnete das andere Fenster und schaute auf die Straße. Auch aus den Nachbarhäusern flogen Steine und Flaschen. Vom Wasserwerfer drangen unverständliche Kommandos. Aus einem Fenster schmiss jemand ein Waschbecken auf den Räumpanzer. Es zersprang, als hätte man einen Schneeball geworfen. Der Wasserwerfer nahm jetzt unser Haus ins Visier und schoss einen Wasserstrahl direkt gegen mein Fenster. Im letzten Moment konnte ich es schließen, aber die Scheibe bekam einen riesen Sprung. Räumpanzer und Wasserwerfer fuhren langsam weiter, dahinter eine scheinbar endlos lange Schlange von grün-weißen Sixpacks. Die Steine prasselten auf die Dächer der Wannen wie Hagelkörner. Laut, immerhin Beulen hinterlassend, aber dennoch ohne Wirkung auf diese merkwürdige Fahrzeugparade, die sich im Schritt-Tempo durch unsere Straße schlängelte. Wollten die uns wirklich aus den Häusern schmeißen? Einfach so, ohne Ankündigung? Na ja, wahrscheinlich war das hier gerade ihre Ansage – und unsere Antwort. Der Räumpanzer war schon gut zwanzig Meter von unserem Haus weg, als mir plötzlich mein Bus einfiel. Scheiße!

Ich beugte mich aus dem Fenster nach rechts, um nach ihm zu schauen. »Mein Bus! Ihr Schweine! Finger weg von meinem Bus!« Ich schrie mir die Seele aus dem Leib, doch der Fahrer des Räumpanzers hörte mich nicht. Selbst wenn, er hätte sich wohl kaum darum gekümmert. Weil auf der Straße mehrere große Mülltonnen als Hindernis umgeworfen worden waren, schob er sie kurzentschlossen zusammen mit meinen Bus zur Seite, der schräg zur Fahrbahn geparkt war. Er kippte dabei um. In Zeitlupe. Ich sah, wie das Dach sich löste und die Schiebetüre herausbrach. Ich schrie und schrie aber niemand hörte mich.

Wie von Sinnen rannte ich aus meinem Zimmer. Matti rief mir irgendwas hinterher. Mit großen Sprüngen nahm ich die Treppenabsätze. Die Holzstufen ächzten laut, und der Staub wirbelte in die Luft. Einige Leute kamen mir im Treppenhaus entgegen, doch ich schubste alle zur Seite. Unten war die Haustür mit schweren Balken verbarrikadiert. Ich riss sie weg. Hinter mir hörte ich wieder Matti. Er zerrte an meiner Jacke, doch ich war schon auf der Straße. Ich presste mich an die Hauswand, weil von oben ohne Unterbrechung Steine und anderes Zeug flogen. Ein Klobecken zerschellte vor mir auf dem Asphalt. Wenige Meter entfernt sah ich meinen Bus auf der Seite liegen.

»Bist du lebensmüde?«, schrien Matti und Noel und zerrten mich zurück ins Haus. »Das ist doch nur ein Auto. Da draußen ist Krieg, Mann. Du hast ja nicht mal einen Helm auf.«

»Aber wie kommen wir jetzt nach Südfrankreich?«, rief ich keuchend.

»Das ist jetzt nicht das Problem, Friedemann.« Die Tür wurde wieder verschlossen und mit Balken abgestützt. Völlig außer Atem ließ ich mich auf den Boden sinken. Draußen hörte man den Pflastersteinhagel ohne Pause niedergehen. Langsam wurde das Donnern schwächer bis es ganz aufhörte.

»Sie ziehen ab! Die Bullen verpissen sich!«, schrie jemand von oben durchs Treppenhaus. »Wir müssen raus und Barrikaden bauen. Los!« Alles rannte an mir vorbei nach draußen. Auch Matti und Noel. Ich schaute durch die offene Haustür auf die Straße. Sie war übersät mit Pflastersteinen und anderen Wurfgeschossen. Nach einer Weile erhob ich mich und ging den anderen nach. Wozu sich beeilen? Konnte ich noch irgendetwas verhindern?

Um mich herum standen gut hundert schwarzgekleidete Vermummte. Weiter hinten sah man noch mehr davon. Aufgeregt wurde gesprochen. Eine größere Gruppe lief vor zur Einmündung auf die Frankfurter Allee und begann wahllos Autos auf die Mainzer zu schieben, Mülltonnen und Gerüststangen. Ich ging zu meinem Bus. Er war komplett zerbeult, die Scheiben waren kaputt. Benzin lief aus und bildete eine immer größer werdende Pfütze.

Noel kam zu mir. »Hast du wenigstens 'ne Teilkaskoversicherung?«

Ich schüttelte den Kopf. »Nur Haftpflicht. War mir zu teuer.«

Ein paar Typen kamen zu uns. »Der wäre gut für 'ne Barri hier, Richtung Boxhagener. Fasst ihr mal mit an?«

»Hier fasst niemand was an oder es gibt Tote!«, schrie ich ihnen ins Gesicht.

»Ist das deiner? Der ist doch eh im Eimer. Ist doch Totalschaden«, erwiderte er erschrocken.

»Bei dir ist auch gleich Totalschaden, wenn du nicht abhaust!« Meine Worte überschlugen sich.

Noel hielt mich am Arm fest. »Komm, lass die.«

Die Typen verdrückten sich. Matti, Flo und ein paar andere aus unserem Haus kamen, und zusammen versuchten wir den Bus wieder aufzurichten, was uns nach einigen Versuchen auch gelang. Immer wieder musste ich mir die Tränen wegwischen. Ich bog die Fahrertür soweit auf, dass man sich auf den Sitz zwängen konnte, aber mein Versuch, den Motor zu starten, war vergebens. Nur die Scheibenwischer sprangen an und putzten die Stelle, wo zuvor die Frontscheibe gewesen war. Stumm saß ich da. Das Klappdach hing zur Hälfte runter, und Licht schien von oben rein. Nicht ein einziges Mal hatte ich es geschafft, in diesem Bus zu pennen.

Über dem Friedrichshainer Horizont aus unzähligen rauchenden Schornsteinen und Fernsehantennen ging langsam die Sonne auf und erhellte zunehmend unser Hausdach, auf dem ich mit Matti und einigen anderen stand. Es war Mittwochmorgen und ich hatte seit Montag kaum geschlafen. Abwechselnd waren wir mit Barrikadenbau beschäftigt gewesen oder versuchten die Angriffe der Bullen auf unsere Straße abzuwehren. Noch am Montagabend hatte Noel in Kreuzberg Matze, einen alten Stuttgarter Bekannten aufgetan, bei dem wir ein paar Sachen unterstellen konnten. In der Nacht packten wir eilig unsere Kisten und fuhren sie in Mattis Ford Granada rüber.

Der Kiez unter uns war zu einer gesetzlosen Zone geworden. Da und dort brannten Autos, flogen Tränengasgranaten und Steine hin und her. Polizisten mit Helmen und Schutzkleidung warfen ohne Hemmung mit allem um sich, was sie in die Hand bekamen. Meine Doc Martens waren vor lauter Dreck kaum wiederzuerkennen, und meine Frisur erinnerte auch nur noch entfernt an Morrissey.

Wenn man sich leicht vorbeugte, konnte man sehen, wie zwei Räumpanzer gegen die Barri an der Frankfurter Allee ankämpften, flankiert von zwei Wasserwerfern. Wir standen auf unserem Dach und warteten. Auf das Ende. Auf ein Wunder. Auf den Frühling. Darauf, dass uns Scotty endlich hochbeamen würde.

Gestern Nacht hatte ich das erste Mal erlebt, dass Matti

und Noel nicht einer Meinung gewesen waren. Trotz der anderthalb Jahre Altersunterschied wirkten sie auf mich immer so synchron.

Noel resümierte nüchtern, dass die Bullen unsere Mainzer auf jeden Fall »klarmachen werden«, wie er sich ausdrückte. Das hier machte überhaupt keinen Sinn, wir würden alle sowieso den Kürzeren ziehen. Bei Matze in Kreuzberg könnten wir erst mal unterkommen, der hätte noch ein Zimmer frei über den Winter. Matti entgegnete, dass er sich nicht ohne Gegenwehr von den Bullen aus der Mainzer rausjagen lassen würde. Das hier sei sein zu Hause.

Noels Kopf erschien jetzt in der Dachluke, er brachte eine Thermoskanne mit heißem Tee. »Bärbel Bohley soll gestern hier gewesen sein. ›Keine Gewalt‹ und so meinte sie, und man müsse doch auch die jungen Leute verstehen«, erzählte Noel, während er uns einschenkte. »Die Bullen haben Bohley bloß ausgelacht.« Er schaute nach vorne. »Oh, Scheiße. Ich schätze, Mittagessen gibt es in Polizeigewahrsam.«

An der Ecke zur Frankfurter, keine hundert Meter von uns entfernt, arbeiteten sich bereits Polizisten in voller Kampfmontur durch die Hindernisse auf den Flachdächern. Wir warfen einige Flaschen, die allerdings weit vor ihnen aufschlugen. Mein Wurfarm schmerzte vom vielen Steineschmeißen der letzten Tage. Über uns kreiste lautstark ein Hubschrauber. Flo und Matti rollten den bereitgelegten Stacheldraht quer über unser Dach und um die Schornsteine aus, und wir kletterten zurück ins Haus. Ich nagelte die hölzerne Luke von innen zu und riss die Leiter ab. Eilig liefen wir die knarrenden Stufen runter. Mit etwa zwanzig Leuten standen wir schließlich in der frisch gestrichenen Küche.

Martin lehnte neben mir an der Wand und schniefte. Ich konnte nicht erkennen, ob er sich vom vielen Wasserwerferbeschuss erkältet hatte oder ob er weinte. Seine blonden Locken quollen an den Seiten seiner schwarzen Strickmütze hervor. »Die West-Bullen sind so brutal krass drauf, da waren die am 7. Oktober in Leipzig letztes Jahr totale Hippies dagegen«, sagte er zu mir und schnaubte in ein Taschentuch.

Noel stand am Fenster. »Jetzt kommt das große Finale«, rief er in die Runde.

Geschrei erhob sich draußen, die Bullen hatten die große Barrikade an der Frankfurter überwunden und stürmten die von uns zerpflügte Fahrbahn der Mainzer. Über ihren Helmen hielten sie Sperrholzplatten.

Sandra rief in die Runde: »So, Leute, wie gestern besprochen. Wer sich verdrücken will oder muss, sollte jetzt versuchen noch abzuhauen. Alle, die hierbleiben wollen bis zur Festnahme, bleiben zusammen in der Küche. Die Bullen werden nicht gerade zimperlich mit uns umgehen.«

Einige eilten zu den Fenstern und warfen die letzten Steine runter, danach die Küchenstühle. Alles wurde zerlegt und aus den Fenstern geschmissen. Zum Schluss das Geschirr. Unten hörte man die Polizei an die versperrte Tür hämmern.

Mir fielen die Stuttgarter Drogenbullen wieder ein. Ich musste weg. Schnell. Martin stand immer noch an der Wand und starrte ins Leere.

»Martin, wir sollten uns lieber verpissen. Wir finden woanders was Neues«, rief ich, doch er stand da wie versteinert. Ich zog an seiner Jacke, aber er schleuderte meine

Hand weg. »Wo Blume? Wo nur? Wo haben wir die Freiheit, einfach wir selber zu sein? Nein, ich bleibe hier. Ich will nirgendwo anders sein«, flüsterte er apathisch. Sein Gesicht war voller Tränen. Flo und Sandra redeten auf Martin ein.

Noel zog mich ins Treppenhaus, und zusammen mit Matti hasteten wir im Hof an die Mauer, hinter der ein Friedhof lag. Wir lehnten eine Leiter an und kletterten rüber. Man hörte, wie das Holz unserer Haustür zu splittern begann. Auf der anderen Seite duckten wir uns hinter einen Baum, aber niemand war zu sehen. Ein Grabstein reihte sich an den anderen. Hinter uns hörte man leise aus unserem Nachbarhaus »Der Traum ist aus« von Ton, Steine, Scherben. Unter unseren Schuhen raschelte das Laub. Über uns auf den blattlosen Bäumen saßen Krähen und lachten uns aus.

Matti zog seine Motorradsturmhaube vom Kopf und verstaute die Handschuhe in seinen Jackentaschen. Ich tat es ihm nach und nahm mein schwarz geblümtes Halstuch ab. Im Hintergrund hatte sich eine kleine Trauergesellschaft um eine Grabstelle versammelt. Alle starrten in das ausgehobene Loch. Ein Pfarrer stand vor ihnen. Beschwörend hob er die Arme, aber man hörte nicht was er sagte. Das Knattern des Hubschraubers wurde wieder lauter.

Wir gingen langsam Richtung Ausgang. Noel schnappte sich im Vorbeigehen ein kleines Gesteck von einem frischen Grab. Ich blickte ihn fragend an.

»Falls vorne Bullen stehen, sagen wir einfach, wir haben das Grab nicht gefunden.«

Einzeln schlüpften wir durch das schmiedeeiserne Tor

auf die Boxhagener Straße. Draußen standen die Bullenwannen Schlange und dazwischen jede Menge Schau-
lustige. Uns beachtete niemand. Zuerst wollten wir wieder
Richtung Mainzer, um zu schauen, ob wir noch irgendetwas ausrichten konnten, doch eine gelangweilte Bullen-
kette scheuchte uns und alle Gaffer weg. Etwas ratlos standen wir in einer Seitenstraße. Aus einem vorbeifahrenden
Sixpack glotzten uns West-Bullen in Kampfmonturen an-
griffslustig an. Wir drehten uns langsam um und gingen
Richtung Warschauer Straße, wo wir die Nacht zuvor auf
Drängen von Noel unsere Fahrräder an ein Verkehrsschild
geschlossen hatten.

Wir radelten auf dem Fußweg Richtung Oberbaumbrücke. Keiner sagte etwas. Das Adrenalin der letzten Tage
war verbraucht. Da war kein Hass, keine Wut mehr in mir –
nur Leere und Konfusion. So, als ob jemand mit einem
Schluss gemacht hätte. Mir fiel das verheulte Gesicht von
Martin wieder ein. Ob ich hätte bei ihm bleiben sollen?
Dieses Haus würden wir bestimmt nicht wieder von innen
sehen. Noch nie hatte ich Martin so lebendig erlebt, wie er
es war, seit er in der Mainzer wohnte, und noch nie hatte
ich mich so lebendig gefühlt, so frei. »I know it's over«, sang
Morrissey bei den Smiths auf der »The Queen Is Dead«-
Platte und genau diese Textzeile wiederholte sich in meinen
Gedanken wie die hängengebliebene Nadel eines Platten-
spielers, die immer wieder dieselbe Stelle abspielte.

Alle Straßen, die wir mit unseren Fahrrädern Richtung
Kreuzberg überquerten, waren voller Bullenwannen, doch
wir beachteten sie nicht weiter. Noel hatte das Grabgesteck
auf seinem Fahrradlenker befestigt und fuhr uns voraus.

19. Here's Where the Story Ends

Dicke Schneeflocken fielen und wirbelten durch die Straßen rund um den Lausitzer Platz. Ich saß mit Noel und Matti im Bistro »Baraka« in Kreuzberg. Wir aßen Döner und sahen durch das Fenster dem winterlichen Treiben zu. Einer der Kellner stellte uns heißen Tee auf den Tisch. »Geht aufs Haus«, sagte er freundlich lächelnd. Wir nickten dankend. Hatte ich den Typen schon mal in einem orientalischen Abenteuerfilm gesehen? Würde mich nicht wundern.

Seit sechs Wochen wohnte ich mit Noel und Matti bei Matze in einer WG am Fränkelufer, in der Nähe des Kotti. Matze war gut zehn Jahre älter als wir und lebte seit den frühen 8oern in Kreuzberg. Sein Mitbewohner trampte bis März durch Südamerika, und wir konnten inzwischen dessen Zimmer nutzen. Seine Plattensammlung bestand leider nur aus Punk und Hardcore.

»Mir fehlt unser Haus«, sagte ich nach einer Weile und nippte vorsichtig am heißen Tee. »Da war alles so einfach. Das war wie Ferienlager, Buden bauen und Partywochenenden zusammen. Hätte von mir aus ewig so weitergehen können.«

Noel zündete sich eine Zigarette an und nickte bedächtig mit seinem Kopf. »Die Mainzer müssen wir abhaken«, sagte er. »Der Berliner Senat wird sich doch nach der krassen Bullenaktion nicht die Blöße geben und sagen: ›Sorry, die Räumung war nur ein Versehen, natürlich bekommt ihr eure Häuser wieder und auch Verträge‹. Nein, das war eine Machtdemonstration, um auch dir Ostler zu zeigen, wer jetzt am längeren Hebel sitzt. Willkommen in der bundesdeutschen Realität.«

»Aber das Nachbarhaus von Matze, das war doch in den 80ern auch besetzt und die haben Verträge bekommen.«

»Ja, aber das ist schon eine ganze Weile her. Die kuscheligen 80er sind vorbei. In ein paar Jahren wird Berlin wieder Hauptstadt, und da wollen die hier keinen Stress mit Autonomen. Oder wenigstens nicht noch mehr als sonst.«

»Noel mit seinen nüchternen Analysen. Da spricht der zukünftige Politologe und Soziologe. Du bist zu viel in der Uni.« Matti schaute seinen Bruder mit leicht ironischem Blick an. »Kannst du nicht einmal auch etwas weiterdenken als nur bis zur nüchternen Realität?«

»Ich glaube, Musik machen ist mehr meine Baustelle, als ein verfallenes Haus«, erwiderte Noel. »Vielleicht sollten wir uns lieber hier in Kreuzberg eine WG suchen, in der wir mehr als ein Zimmer bekommen. Von mir aus auch in einem Hausprojekt. Hier gibt es wenigstens keinen Stress mit den beschissenen Ost-Berliner Faschos.«

»Mir gefällt es auch in Kreuzberg«, sagte ich. »Hier hat mich noch niemand gefragt, woher ich komme. Ich bin einfach da, und das ist okay.«

»Ich glaube, das ist wirklich allen egal«, sagte Matti und räumte unseren Tisch ab. »Ich hab hier in Kreuzberg noch niemanden berlinern gehört.«

Kurz darauf war bei Matze Silvesterparty. Man konnte auch sagen, es war das Treffen einer unorganisierten Meute von Schwaben.

Die kleine Zweizimmerwohnung war brechend voll. In der verqualmten Küche saßen und standen ausschließlich Leute aus Stuttgart und Umgebung. Kam mir zumindest so vor. Und älter als ich waren auch die meisten. Noel und Matti mussten ständig zur Begrüßung von ihren Stühlen aufstehen, weil gerade jemand reinkam, den sie kannten und schon ewig nicht mehr gesehen hatten.

In der Kastanienallee gab es auch noch eine Mainzer-Soli-Party, hatte Martin vorhin am Telefon erzählt. Aber es sah nicht danach aus, als würde ich Noel und Matti hier von ihrem »Klassentreffen« wegbekommen.

Ich saß still in einer Ecke der Küche, schaute den Leuten beim Schwatzen zu und wurde langsam müde. Bis Mitternacht waren es noch zwei Stunden. Kurzentschlossen ging ich vor die Tür, um das alte Jahr zu verabschieden.

Auf der Straße roch es nach Blitzknallern und Winter. Diese kalte Luft war einfach unverwechselbar. Ich setzte meine Kapuze auf und knöpfte meinen alten schwarzen Mantel bis oben zu. Die Straßenlaternen warfen helle Lichtklackse auf den dunklen Asphalt und an Häuserwände voller Graffitis und Plakate, die zum Kampf gegen alles Mögliche aufriefen.

»Mainzer her, sonst kracht's!«, hatte ich mit Matti vor ein paar Wochen gegenüber an eine Wand gesprüht, aber unsere Forderung hatte bislang niemanden interessiert. Wenigstens krachten entfernt einige Feuerwerkskörper. Das hatten sie nun davon.

Die Fußwege waren fast menschenleer. Ich lief am Kotti vorbei, wo selbst bei dieser Kälte einige Junkies rumstanden. Waren wohl mal wieder von den Bullen oder irgendwelchen BVG-Fuzzis aus der U-Bahnstation vertrieben worden.

Der Skalitzer folgte ich Richtung Osten. Wohin ich wollte, wusste ich nicht. Einfach nur laufen, in Bewegung bleiben gegen die innere Unruhe. In den letzten Monaten war so viel passiert, dass ich jetzt kaum alles zusammenbekam.

Ob die Bullen wegen der Hanfpflanzen noch nach mir suchten? Der eine Typ von der Roten Hilfe aus der Mainzer hatte mir zwar erklärt, das sei nicht so wild, weil es nur eine Zeugenvorladung gewesen war. Aber bei Double Trouble konnte man ja nie wissen, was der noch so ausquatschte oder dazudichtete. Andererseits: Berlin war so riesig, und die Bullen hier hatten doch ganz andere Probleme, als mich zu suchen.

Über mir ratterte die Hochbahn vorbei. Da und dort flogen Raketen in den wolkenverhangenen Himmel. Alle Dönerbuden, an denen ich vorbeikam, hatten offen. Das war mir schon zu Weihnachten aufgefallen. Die kannten scheinbar keine Feiertage, deren Arbeitsethos überstieg den der Deutschen um einiges. Bestimmt stand Ali in Stuttgart jetzt auch in seinem Laden und putzte die Theke.

Einige Kiddies standen auf dem Fußweg und bewarfen sich gegenseitig mit Blitzknallern. Ich beeilte mich, dass ich weiterkam.

Was wohl Elisabeth jetzt gerade machte? Sicherlich saß sie auf ihrer Terrasse mit einem Glas Rotwein in der Hand und schaute aufs Meer. Oder hörte in der Küche ihre klassischen Schallplatten. In Italien sollte es noch um die 15 Grad geben, hatte ich heute Früh in der Zeitung gelesen.

Ich blieb kurz an einem Laden für gebrauchte Hifi-Anlagen und Fernseher stehen und schaute auf meine Anlage, also eigentlich die von Herrn Merk. Achthundert Mark hatte ich vor vierzehn Tagen dafür bekommen. Damit kam ich erst mal wieder über die nächsten Wochen.

Neben mir explodierte plötzlich etwas mit lautem Getöse. Ich erschrak und sprang zur Seite. Reflexartig nahm ich meinen rechten Ärmel vors Gesicht. Ich glaube, die Zeit in der Mainzer hatte mich ein bisschen paranoid werden lassen. Hinter mir hörte ich, wie die Kids sich kaputtlachten. »Ihr Rotzer, spinnt ihr?«, rief ich ihnen zu, doch sie zogen schon weiter und zeigten mir zum Abschied ihre Mittelfinger. Fünf kleine speckige deutsch-türkische Mittelfinger.

Andi und Katrin würden jetzt bestimmt auf ihrer Couch sitzen und Videos glotzen. Dazu gab es Aldi-Sekt und Salzstangen. Na, Prost Neujahr!

Und Anke? Ja, Anke … Ob es ihr gut ging in Düsseldorf? Vielleicht sollte ich mal hinfahren, ihre neue Adresse aus dem Telefonbuch raussuchen und dann vor der Tür stehen und klingeln. Michael würde wahrscheinlich aufmachen und mich gut gelaunt zum Kaffee einladen, und während wir beiden Männer über Autos, Schallplatten und das Leben in der DDR laberten, würde Anke uns Kuchen aufschneiden und mich zu ihrer Hochzeit einladen. Mich fröstelte bei diesem Gedanken.

An der Tankstelle bog ich ab und lief am Görlitzer Park entlang. Oben aus einem Haus hörte man vielstimmiges Lachen und Musik durch ein offenes Fenster. Ich ging weiter. Ein paar Schneeflocken fielen, und plötzlich wurde es still. Niemand war auf der Straße.

Nach einer Weile kam ich an einem kleinen Café vorbei, nur mit Kerzen ausgeleuchtet. An der Tür hing ein großes Schild mit der Aufschrift »Geschlossene Gesellschaft«. Direkt am Fenster konnte ich auf ein schon angeknabbertes Buffet schauen. Im Hintergrund standen gut zwei Dutzend Mittzwanziger, allesamt elegant angezogene Menschen, die sich mit Gläsern und Bierflaschen in der Hand angeregt unterhielten. Bestimmt ein Freundeskreis, der sich schon ewig kannte, Künstler oder angehende Ärzte oder so was. Keine Scheiß-DDR, keine Scheiß-Flucht hatte sie auseinandergerissen. Alle sahen zufrieden aus. Ich stand draußen in der Dunkelheit und schaute ihnen zu. Der Anblick hatte etwas Andächtiges, fast so als würde man in das knisternde Feuer eines Kamins blicken. Neben dem Buffet stand ein DJ-Pult, und durch die Fensterscheibe drang leise »Wicked Games« von Chris Isaak aus den kleinen PA-Boxen. Genau Chris, zieh mich runter mit deiner schnulzigen Ballade. Das ist genau das, was ich jetzt brauche. Immer rein in die Magengrube mit deiner Faust. Ist denn schon Zeit für die Kuschelrunde?

»Ach, deswegen gehst du nicht ans Telefon«, rief jemand hinter mir. War ich gemeint? Bestimmt eine Verwechslung. Oder? Ich kannte diese Stimme, doch nie im Leben hatte ich damit gerechnet, sie jetzt und hier in Berlin zu hören. Nie im Leben.

Ich drehte mich um, und sie stand wirklich vor mir: Anke, in ihrem alten schwarzen Wintermantel, der fast so wie meiner aussah, mit einer Sektflasche in der Hand. Natürlich Anke. Sie fehlte noch in diesem perfekten Bild hinter dem Schaufenster.

»Du hier und nicht in Düsseldorf?«, sagte ich. Fiel mir nichts Besseres ein? Ob ich sie umarmen sollte? Wir hatten ja schließlich … Doch wir standen wie versteinert da. Oder war nur ich versteinert? Anke schaute mich gelassen an, und ich war mir sicher, dass sie auch diese Begegnung bereits vorausgesehen hatte.

»Du hier und nicht in Esslingen?«, entgegnete sie und kam näher.

»Na ja, ich musste da kurzfristig meine Zelte abbrechen, nicht ganz freiwillig. Stress mit den Bullen. Was machst du denn in Berlin?«

»Medizin studieren. Düsseldorf wurde auf die Dauer zu langweilig. Du hast Stress mit der Polizei?«

»Na ja, nicht wirklich.« Ich zögerte kurz. »Bist du allein hier?«, fragte ich.

»Siehst du noch jemanden?« Anke blickte neben und hinter sich und dann wieder direkt in meine Augen.

»Ich meine …«, ihr Blick machte mich nervös, »… deinen Umzugshelfer.«

»Michael? Den habe ich in Düsseldorf gelassen. Ist besser so.«

»Wolltest du gerade zu dieser Party?«, fragte ich sie.

»Ja, da sind einige neue Bekannte von mir.« Jemand klopfte von innen an die Scheibe und winkte Anke zu. Sie winkte flüchtig zurück und sagte: »Von denen da drin arbeitet einer als Pathologe und erzählt beim Essen immer unappetitliche Geschichten von Autopsien, um die anderen zu ärgern. Wollen wir woanders was trinken gehen?«

Wir liefen schweigend nebeneinander. War das hier alles real?

»Vielen Dank für dein Mixtape«, sagte Anke nach einer Weile, und ich merkte, wie mir das Blut in den Kopf schoss.

»Und, konntest du was mit den Bands anfangen?«, fragte ich lauernd.

Sie nickte. »Hattest du meine Postkarte nicht bekommen?« Postkarte? Welche Postkarte? Welche verdammte Postkarte?

»Nee, leider nicht. Schade. Was stand denn da drauf?«

»Das willst du wohl gerne wissen.« Anke schaute mich an und lächelte geheimnisvoll.

»Klar«, sagte ich, aber sie erwiderte nichts. Wir liefen weiter durch die Nacht.

»Wo ist denn nun deine Kneipe?«

»Da drüben gleich.« Wir wechselten die Straßenseite und standen vor einer verschlossenen Tür. »Urlaub bis nächstes Jahr«, stand auf einem kleinen Pappschild. »Ausgerechnet heute, wo die mit uns das Geschäft ihres Lebens gemacht hätten«, sagte ich.

»Und nun?«, fragte Anke.

»Wir könnten zurück Richtung Oranienplatz oder an der Skalitzer Straße mal gucken. Oder wir laufen rüber in den Osten, bei Martin ist in der Kastanie eine Party.«

»Martin ist auch in Berlin?«, fragte mich Anke.

»Ja. Und wenn er sich hübsch zurechtmacht, sieht er aus wie Marilyn Monroe.«

Sie schaute mich verblüfft an. »Nicht wie Martin Gore? Was du alles weißt.«

»Wir haben zusammen in der Mainzer gewohnt bis zur Räumung.«

»Davon habe ich gehört, aber nur durchs Fernsehen. Ich wohne drüben in Kreuzberg 61. Das ist ein Stück weit weg von Friedrichshain – wie 'ne andere Stadt.«

In der Zwischenzeit waren wir an der Oberbaumbrücke angelangt und schauten rüber in den Ost-Teil auf die Reste der Mauer. Eine Kirchenglocke schlug. Andere stimmten mit ein. Aus einem offenen Fenster grölte eine ganze Partygesellschaft.

»Ist es etwa schon Mitternacht?«, fragte ich Anke.

Sie schaute auf ihre Uhr und nickte. »Los komm, von der Brücke hat man bestimmt die beste Aussicht auf das Feuerwerk.« Wir rannten. Um uns herum flogen Raketen und Böller in das neue Jahr und erleuchteten den Himmel.

»Wenn du die Sektflasche nicht die ganze Nacht mit dir rumtragen willst, wäre jetzt ein guter Zeitpunkt, sie aufzumachen«, sagte ich.

Anke öffnete sie schnell, und der Korken flog im hohen Bogen in die Spree. »Prost Neujahr, Friedemann.«

Ich nahm die Flasche und trank einen kräftigen Schluck.

»Sag mal, stehen wir hier auf der Brücke noch im Westen oder schon im Osten?«, fragte Anke.

Ich schaute mich um. »Keine Ahnung.«

»Here's where the story ends«, sang Anke plötzlich ganz leise vor sich hin. Ihre Stimme klang genauso schön und klar, wie die von der Sängerin der Sundays.

Ich drehte mich verwundert zu ihr. »Wie meinst du das?«, fragte ich.

»Na, 1990 ist zu Ende.« Anke schaute plötzlich ganz

ernst. »Nachdem ich diesen Song auf deinem Mixtape hörte, wurde ich so grauenhaft melancholisch, dass ich dich nach langem Zögern angerufen habe. Aber du warst nicht da. Ich dachte, dass du das wirklich als Abschied gemeint hattest. Ich habe dann alle Sachen bei Michael wieder eingepackt und bin zu meiner Cousine nach West-Berlin gezogen. Ich wollte einfach alles hinter mir lassen. Dich eigentlich auch.«

Wow. Das war … Ich wusste nicht, was ich antworten sollte. Ich schaute ihr nur in die Augen und hatte das unglaublich starke Bedürfnis, sie zu umarmen. Doch ich hatte keine Ahnung, ob sie das jetzt wollte.

Anke fröstelte. »Ist dir kalt?«, fragte ich und sie nickte. »Ich würde dich ja gerne zu mir nach Hause auf einen heißen Kaffee einladen, aber dort wo ich gerade wohne, teile ich mir ein Zimmer mit zwei Freunden aus Stuttgart, und die ganze Wohnung ist voller besoffener und bekiffter Schwaben, die Silvester feiern. Wie sieht es denn in deiner Bude aus?«

Anke schaute mich skeptisch an, um in meinem Gesicht zu lesen, wie ich das gemeint haben könnte. »Die ist nicht so übervölkert«, sagte sie schließlich. »Meine Cousine ist verreist. Ist aber auch ein ganzes Stück weg von hier, und die U-Bahn fährt jetzt nicht mehr, glaub ich.«

»Dann lass uns einfach loslaufen. Dieses Jahr kommen wir bestimmt noch an.«

Wir gingen schweigend unter den Gleisen der Hochbahn. Wer von uns beiden zuerst die Hand es anderen genommen hatte, wusste ich schon nicht mehr. Aber es fühlte sich großartig an, trotz der Handschuhe.

»Hast du eigentlich noch irgendwas aus deinem früheren Leben hierher mitgenommen?«, fragte mich Anke nach einer Weile.

»Nur deinen Kassettenrekorder und deine Platten«, antwortete ich trocken.

Anke schaute mich fassungslos an und musste aber sofort lachen. »Ich fass es nicht! Du altes Klauschwein!« Sie blieb stehen und schmiss mit Schnee nach mir. Dann umarmten wir uns.

»Und nach dieser Beichte – was sind denn deine anderen guten Vorsätze fürs neue Jahr?«, fragte sie mich, und ich grinste sie an, wie ein Kind, das Geburtstagsgeschenke auspackte.

»Ich will Popstar werden. Und bis alles soweit ist, werde ich mein Abi nachholen. Da gibt es so eine Schule für Erwachsenenbildung bei dir in 61, im Mehringhof. Hat mir Noel empfohlen, ein Freund von mir. Und danach könnte ich vielleicht studieren, Gartenbau zum Beispiel, das gibt es hier an der Humboldt-Uni. Anschließend schreibe ich eine Doktorarbeit zu irgendeinem total abgedrehten Thema, so was wie ›Schnittrosen in der Nacherntezeit‹ und ›Warum manchmal die Blütenstengel abknicken‹. Oder über Hanfanbau. Und dann müssen mich alle mit ›Herr Doktor Blumenstrauß‹ anreden.«

Anke hielt mir im Scherz die Hand auf den Mund. »Was laberst du denn für eine Grütze? Hast du gekifft?«

»Das ist mein voller Ernst. Und alle Drogenbosse werden mich abends auf meinem schicken C-Netz-Mobiltelefon anrufen: ›Herr Doktor, meiner Hanfzucht geht es gar nicht gut. Könnten Sie mal vorbeikommen und sich das anschauen?‹ – ›Mal sehen, wann ich einen Termin frei habe.

Wird aber nicht billig.‹ – ›Geld spielt keine Rolle, Herr Doktor‹.«

»Das klingt total verrückt.« Anke schaute mich mit skeptischem Blick an, musste aber gleich darauf lachen.

Ich nahm sie wieder in die Arme und flüsterte ihr ins Ohr: »Genau, total verrückt. Aber schon deswegen würde sich das doch lohnen, oder?«

Langsam gingen wir weiter. »Ich glaube, 1991 wird mein Jahr«, sagte ich halb zu mir selbst.

Inhalt

1. Primary – The Cure | 5

2. Under the Milkyway – The Church | 20

3. Hey Little Girl – Icehouse | 47

4. Road to Nowhere – Talking Heads | 73

5. Dirty Boots – Sonic Youth | 94

6. Happiness Is Easy – Talk Talk | 106

7. This Weel's on Fire – Siouxsie & The Banshees | 119

8. Crushed – The Cocteau Twins | 129

9. Shine on – House Of Love | 137

10. There She Goes – The La's | 148

11. Feed Me With Your Kiss – My Bloody Valentine | 156

12. Everyday Is Like Sunday – Morrissey | 173

13. True Faith – New Order | 188

14. A Sort of Homecoming – U2 | 203

15. Watch Me Bleed – Tears For Fears | 213

16. There Is A Light That Never Goes Out – The Smiths | 220

17. Love Will Tear Us Apart – Joy Division | 234

18. The Third Time We Opened the Capsule – Kitchens Of Distinction | 246

19. Here's Where the Story Ends – The Sundays | 257

Die Handlung sowie die darin vorkommenden Personen sind sämtlich frei erfunden, einige angesprochene historische Ereignisse haben hingegen tatsächlich stattgefunden.

Dieses Buch entstand zwischen 2008 und 2010 zu Hause in Leipzig, an der Ostsee, auf einem Zeltplatz in Stuttgart, in einem Hotelzimmer in München und auf langen Zugfahrten mit kleineren Verspätungen. Maßgeblich unterstützt wurde das Schreiben durch die Musik von Death Cab For Cutie – »Transatlanticism«, Foals – »Total Life for Ever«, Kings Of Convenience – »Declaration of Dependence«, Talk Talk – »The Colour of Spring« und Friedemanns Mixtape für Anke, das aus irgendeinem Grund vor ein paar Jahren bei mir landete.